Anne Grießer, Sascha Berst-Frediani (Hrsg.)

Breisschauer

Für Do...

Vorsicht der Baum am Ahorn hat magische Kräfte!

Birgit [illegible]

Jan '16

Wellhöfer Verlag
Ulrich Wellhöfer
Weinbergstraße 26
68259 Mannheim
Tel. 0621/7188167
info@wellhoefer-verlag.de
www.wellhoefer-verlag.de

Titelgestaltung: Uwe Schnieders, Fa. Pixelhall, Mühlhausen
Satz: Creative Design, Lukas Fieber, Mannheim

ISBN 978-3-95428-149-7

Anne Grießer, Sascha Berst-Frediani (Hrsg.)

Breisschauer

wellhöfer VERLAG

Inhalt

Sascha Berst-Frediani

Die Anhalterin

Ihr glaubt nicht an Gespenster, nicht wahr? Habe ich früher auch nicht – bis ...

Am besten ich erzähl's euch. Es war in meinem ersten Semester in Freiburg. Damals fuhr ich noch fast jedes Wochenende nach Hause. Der Liebe wegen. Wie hieß sie noch gleich? Sabine – glaube ich. Verrückt! Damals dachte ich, ich müsste sterben, wenn ich sie mehr als eine Woche lang nicht sehe. Und heute habe ich Mühe, mich an ihren Namen zu erinnern. Na ja, ich schätze, so ist das eben.

Ich hatte da diesen alten Fiat Mirafiori, eigentlich ein fürchterliches Auto, 45 PS und fast eine Tonne schwer. Von null auf hundert in 5 Minuten – mit Glück. Aber ich mochte den Wagen, war mein erstes eigenes Auto. 1000 Mark und zwei Kasten Bier hat er mich gekostet. 1000 Mark für den schmierigen Händler, der ihn mir angedreht hat, das Bier für meinen Kumpel Horst, der die Rostlaube dann zusammenflicken und über den TÜV bringen musste. Verstand deutlich mehr von Autos als ich, der Horst. So ein richtiger Schrauber war das. Ich dagegen: zwei linke Hände. Damals schon und heute noch.

Ich also Freitagnachmittag in den Fiat, Radio an und nichts wie ab nach Hause. Ich wohnte damals ihn Herdern, also los, Mozartstraße, Schwabentorring. Plötzlich stand sie da und hielt den Daumen raus, aufgetaucht wie aus dem Nichts, gerade hinter dem Schwabentor bei dieser Statue, bei diesem Jungen, der so verdreht nach oben sieht. Eigentlich überhaupt kein

Ort, um zu trampen, weil man als Autofahrer praktisch nicht anhalten kann; aber die Ampel an der Kreuzung vor mir war gerade rot und als ich anhielt und mich zu ihr umsah, hatte sie schon begriffen, dass ich sie mitnehmen würde, zack war sie eingestiegen. Ich meine, Anhalter mitzunehmen war damals sowieso Ehrensache, und dann auch noch so ein hübsches Ding! Lässt man natürlich nicht einfach an der Straße stehen. Wer weiß, wer sie sonst mitnimmt.

Ja, hübsch, das war sie, richtig hübsch. So auf eine ganz eigene Art: eine dieser seltenen, blassen Schönheiten mit hellen Haaren und durchscheinender Haut. Ein bisschen wie diese rothaarige Schauspielerin, die ... Jetzt fällt mir der Name nicht ein. Ihr wisst schon ... Aber sie hatte keine roten Haare, sondern blonde und eine fast völlig weiße Haut – makellose Haut, auf der an den Armen und Beinen ganz zarte, durchsichtige Härchen standen.

Es war Herbst, trotzdem trug sie ein leichtes Sommerkleid, das ihr nur knapp über die Knie reichte, und ein paar Riemchensandalen. Dieses Kleid war aus so einem feinen, fließenden Stoff, ich kenne mich da nicht aus. Jedenfalls konnte man einiges ahnen unter diesem Stoff. Schenkel, Hüften, Brüste – ihr könnt es euch vorstellen. Einen BH trugen die jungen Frauen damals nicht. Trotzdem war da nichts Aufreizendes an ihr. Ich meine, ich war damals knapp zwanzig Jahre alt. Sabine hin oder her, hätte mich damals jede andere junge Frau in dieser Aufmachung ziemlich angemacht, auch wenn sie nur halb so hübsch gewesen wäre. Aber bei ihr war das nicht so – sie war für mich irgendwie, ich weiß gar nicht, wie ich das nennen soll – irgendwie körperlos.

Vielleicht war das auch der Grund, wieso wir uns so gut verstanden. Ich sah sie an wie eine Schwester und war völlig unbefangen. Sonst war ich mit Frauen eher ungeschickt. Bei denen, die mir egal waren, hatte ich eine große Klappe und bei denen, die mir gefielen, brachte ich die Zähne nicht auseinander. Wie Obelix mit Falbala *trezzbwublexxuv* – so in der Art. Bei ihr dagegen – ganz locker. Wo willst du hin, was machst du so, wie heißt du eigentlich? Ganz normal eben. Und sie antwortete ganz normal. Dass sie an der PH studiert und jetzt ihren Vater zu Hause besuchen will und so. Nachdem wir aus Freiburg draußen waren, waren wir nur noch am Lachen und schon fast die besten Freunde. Irgendwann fragte ich sie, ob sie in ihrem dünnen Kleid eigentlich gar nicht friere, aber sie antwortete: »Nein, warum?«

»Und hast du gar keine Angst, dass dir etwas passieren kann, wenn du in so einem Kleid trampst? Ich meine, du weißt ja nie, zu wem du ins Auto steigst?«, fragte ich weiter. Da lächelte sie zur Antwort und sagte: »Nein, früher hatte ich mal Angst, aber jetzt nicht mehr, es kann mir nichts mehr passieren.« Komische Antwort, nicht?

Irgendwann sah sie nach hinten auf den Rücksitz und entdeckte den Hut, der dort lag. Ein richtig dicker lederner Schlapphut war das, den hatte ich von einer USA-Reise im vorletzten Sommer mitgebracht. Ich hatte ihn damals eigentlich gar nie auf, aber dabei hatte ich ihn trotzdem.

»Der ist ja schick!«, sagte das Mädchen und schwupp, hatte sie ihn auch schon auf dem Kopf. Standen ihr gut, der Hut, das Sommerkleid und die Sandalen, irgendwie Woodstock, wenn ihr wisst, was ich meine. Und dann plauderten wir weiter und sie fragte, wann ich denn wieder nach Freiburg zurückfahren würde, und ich meinte, am Montag, und bot ihr an, sie wieder mitzunehmen. Warum auch nicht? Lag ja auf meinem Weg, und sie war mir sympathisch, sehr sogar.

»Das würdest du tun?«, fragte sie ganz aufgeregt und gab mir einen Kuss auf die Backe. Kuss? Damals sagten wir eigentlich Schmatz, Kuss war irgendwie bürgerlich. Egal ob Kuss oder Schmatz – auch der war irgendwie kaum da, gehaucht vielleicht.

Wir plauderten weiter, bis wir ins Höllental kamen. Da wurde sie mit einem Mal still. Ich dachte schon, jetzt hätte ich sie irgendwie beleidigt, weil mir das mit Frauen oft passiert, ohne dass ich es merke, und fragte sie, ob ich vielleicht was Falsches gesagt hätte, aber sie schüttelte nur den Kopf und spielte nervös mit einem schmalen Ring, den sie am Finger trug. Dabei sah sie stumm geradeaus. Als wir dann zu dieser Abzweigung kamen, wo es zur Ravenna-Schlucht geht, da fing sie an zu zittern – richtig stark zu zittern, fast wie jemand, der Parkinson hat oder so. Mir wurde richtig angst.

»Frierst du jetzt doch, möchtest du eine Jacke?«, fragte ich. Aber sie schüttelte wieder nur den Kopf. Dann zog sie die Knie zu ihrer Brust hoch und umklammerte die Beine, bis das Zittern wegging. Da hatten wir die Serpentinen aber schon fast hinter uns und waren auf dem Weg nach Hinterzarten, wo sie wohnte.

»Besser?«, fragte ich, und sie antwortete: »Ja, viel besser.«

»Was war denn gerade?«, fragte ich weiter. Und sie: »Die Ravenna-Schlucht ist kein guter Ort für mich.«

»O. k.«, sagte ich nur. Ich meine, das gibt es ja, dass

man einen Ort nicht mag. Bei mir z.B. die Kreuzung zu meiner alten Schule … Hab ich schon mal erzählt? Egal. Ich hab dann nicht weiter nachgefragt. Ging mich ja nichts an und solche Gespräche sind sowieso nicht mein Ding. Aber das war auch gar nicht nötig, denn ein paar hundert Meter weiter war sie wieder ganz normal und machte einen Witz.

»Sieht aus wie ein Ehering«, sagte ich und zeigte auf ihre rechte Hand, die sie vorhin so nervös gedrückt hatte.

»Ist es auch«, antwortete sie mit einem breiten Grinsen, so als ob es ihr Ehering wäre. Dann nach einer Pause: »Er gehörte mal meiner Oma.«

Bei Hinterzarten bog ich ab und wollte sie an der ersten Bushaltestelle rauslassen, aber sie bat mich, sie doch noch nach Hause zu bringen. Es sei jetzt schon ein bisschen kühl hier oben, sie hätte das Wetter in der Höhe falsch eingeschätzt. Na ja, da konnte ich natürlich nicht nein sagen, oder?

Sie dirigierte mich wieder aus dem Ort raus, bis wir an so ein richtig altes, dunkles Schwarzwaldhaus kamen mit einer fast schwarzen Holzfassade und Krüppelwalm und allem, was zu so einem Schwarzwaldhaus gehört.

»Wir sind da, hier wohne ich«, sagte sie und zeigte mir eine Einbuchtung, wo ich gut anhalten konnte. Wir verabredeten uns für Montag und sie stieg aus, drehte sich um und winkte mir zu. Da fiel mir auf, dass sie meinen Hut noch auf dem Kopf hatte.

»Hey, was ist denn mit meinem Hut?«, rief ich ihr nach.

»Den behalte ich als Pfand!«, sagte sie scherzend. Und ich? Ich fand's irgendwie o. k. hat mich nicht gestört, dass sie meinen Hut behielt. Ich fand's sogar irgendwie schön.

Ich musste den Wagen dann kurz wenden, aber das ging nur ein paar Sekunden. Danach drehte ich mich noch mal nach ihr um, da war sie schon weg. Wie vom Erdboden verschluckt. Dafür hatte ich das Gefühl, dass mich jemand aus dem Haus beobachtete. Bei einem der unteren Fenster bewegte sich ein Vorhang, als ob ihn jemand zur Seite schiebt. Aber ich kann mich auch getäuscht haben. Als ich dann losfuhr, flog ein Bussard neben mir auf, ein unglaublich großer und schöner Vogel. Das hat mich irgendwie sehr berührt.

Montagmorgen Punkt acht Uhr war ich wieder da. Mein Wochenende war – naja, wie es eben so ist, wenn man mit der einen Frau zusammen ist und dabei ununterbrochen an die andere denkt. Nicht so schön eben. Wobei sich in dieses Denken keinen Moment etwas wie Begehren mischte. Das war das Unheimliche daran. Bei mir war es damals sonst eher umgekehrt. Meistens begehrte ich eine Frau, lange bevor ich einen Gedanken an sie verloren hatte.

Der Morgen war kalt. Mein Atem dampfte und über den Wiesen hingen dünne Nebelschwaden – ein bisschen wie schwebende weiße Laken. Es gab keine Klingel an der alten Eingangstür, deswegen musste ich klopfen. Ich versuchte es erst schwach, dann stärker, weil sich niemand zu regen schien. Bei meinem vierten oder fünften Versuch ging die Tür dann endlich auf und ein gedrungener, grauer Mann stand vor mir. Er war nicht rasiert und seine Haare standen wirr von seinem Schädel ab. Er sagte kein Wort, kein guten Morgen, gar nichts. Er sah mich an, aber sein Blick schien mir leer. Nicht nur traurig oder müde, sondern gebrochen – ich weiß nicht, wie ich es sonst nennen soll, gebrochen.

»Guten Morgen«, sagte ich, »ich bin hier um ... ich meine ich soll ...« Erst jetzt fiel mir auf, dass ich nicht wusste, wie das Mädchen hieß, das ich jetzt abholen sollte. Nicht dass ich den Namen vergessen hätte; ich hatte gar nicht danach gefragt!

»Ich soll ... also ich habe hier diese junge Frau abgesetzt und jetzt will ich sie wieder abholen«, stammelte ich, während mich dieser Mann immer noch aus seinen leeren Augen ansah. Er war nicht mehr jung, das war klar, sechzig Jahre vielleicht, die Haare und die Bartstoppeln waren grau. Vom Alter hätte er gut der Vater oder vielleicht sogar Großvater der Anhalterin sein können, aber in seinem traurigen Gesicht fand sich so gar nichts von ihren fröhlichen Zügen wieder.

Ich wusste schon nicht mehr, was ich noch sagen sollte, als ich den Eindruck hatte, als sähe er an meiner Schulter vorbei auf mein Auto. Dann nickte er. »Sie sind das«, sagte er und trat einen Schritt zurück. »Kommen Sie doch rein, meine Tochter ist gleich so weit.«

Er führte mich in eine Stube neben der Eingangstür, einen niedrigen Raum mit Kachelofen und dunklen Möbeln, durch dessen alte Fenster kaum ein Lichtstrahl ins Innere drang. Wenn ich mich nicht getäuscht hatte und ich am Freitag beobachtet worden war, dann war das von diesem Zimmer aus geschehen.

»Warten Sie hier, sie kommt gleich«, sagte der Alte, dann schloss er die Tür und ließ mich allein.

Ich fühlte mich nicht wohl in diesem finsteren Zimmer. Es war kalt, trotzdem war die Luft abgestanden und stickig. Die Wände waren verraucht und schmutzig, die Decke so tief, dass man das Gefühl hatte, erdrückt zu werden.

Ich setzte mich auf die Chrust und wartete eine ganze Weile. In einem Stock über mir schien der Alte mit jemandem zu sprechen, vielleicht telefonierte er aber auch nur. Sonst hörte ich nichts. Ich meine, wenn sich meine Anhalterin jetzt fertig gemacht hätte, hätte ich das hören müssen. Schritte auf dem Flur, Türen, die geöffnet und geschlossen werden. So in der Art. Aber ich hörte nichts.

Nachdem sich meine Augen an die Dunkelheit gewöhnt hatten, entdeckte ich eine Kommode in der hinteren Ecke des Zimmers, auf der einige gerahmte Fotografien standen. Eigentlich gingen sie mich ja nichts an und an sich bin ich auch nicht neugierig, aber irgendetwas zog mich zu diesen Bildern. Und plötzlich hatte ich eines davon in der Hand.

Ich habe keine Erinnerung mehr daran, wie ich zu der Kommode kam, und warum ich dieses Foto dann in der Hand hielt. Ich muss aufgestanden und dort hingegangen sein, natürlich; aber ich weiß es nicht mehr. Der Boden wird geknarrt haben, als ich über die alten Holzdielen ging; ich weiß es nicht mehr. Ich muss das Foto genommen haben, ich – . Ich weiß nur noch, dass ich es auf einmal in der Hand hatte und mir übel wurde. Es zeigte meine Anhalterin, genau so, wie ich sie am Freitag gesehen hatte, dieselbe Frisur, dasselbe Sommerkleid, der Ring und die Riemchenschuhe. Rechts oben am Bilderrahmen: ein schwarzes Band, zwei Finger breit, sorgfältig und ohne Falte um die Ecke geknüpft – ein Trauerflor.

Ich muss hier weg! Ich muss hier weg! Das war der nächste Gedanke, an den ich mich erinnern kann. Vielleicht habe ich das sogar laut gesagt, denn noch bevor ich aus dem Haus war, packten mich zwei Hände an der Schulter und jemand sagte: »Du gehst nirgendwo hin!«

Ich wollte mich wehren, mich losreißen, aber der Kerl, der mich festhielt, war einen ganzen Kopf größer als ich und hatte Hände wie Schraubstöcke. Wir rangen kurz miteinander, aber ich kam nicht gegen ihn an. Dabei dauerte es einen Moment, bis mir klar wurde, dass ich es mit einem Polizisten zu tun hatte, einem sehr jungen und wendigen Polizisten. Von wegen versoffener Dorfbulle oder so ähnlich. Mein Gegner war noch keine dreißig und wahrscheinlich badischer Meister im Ringen – ich hatte keine Chance. »Lassen Sie mich, ich habe nichts getan!«, rief ich ängstlich wie ein kleiner Junge. »Ich habe nichts getan!«

»Dann beruhige dich und hör auf zu zappeln!«, sagte er streng und ich nickte und hörte auf zu zappeln. Beruhigt war ich natürlich nicht.

»Ist das dein Auto da draußen?«, fragte er und ich antwortete blöde: »Wieso, was ist damit?«

Ihr müsst wissen, damals wollten wir eigentlich ganz harte Jungs sein, und mit einem Bullen zu sprechen, ging gegen die Ehre. Aber ich machte mir fast ins Hemd.

»Ist das dein Auto?«, fragte er noch mal, natürlich ohne irgendetwas zu erklären und da gab ich es auch gleich zu. »Ja, ist mein Auto.«

Er schob mich aus der Eingangstür ins Freie. Draußen war ein zweiter Polizist dabei, meinen Wagen zu durchsuchen. Er hatte die Fahrertür aufgemacht und lag dabei halb im Auto; offenbar kramte er im Handschuhfach herum.

»Hey, lassen Sie das!«, rief ich ihm zu. Ich hatte die Hose immer noch gestrichen voll, aber so viel Widerstand war ich mir schuldig. Deswegen legte ich auch noch nach: »Haben Sie dafür überhaupt einen Durchsuchungsbefehl?«

Da drückte der Ringerbulle wieder ein bisschen fester zu und sagte: »Halt die Klappe!« Ja, und das tat ich dann auch.

Der Polizist am Auto fand irgendwann meine Papiere und sah sie sich an. Dann stieg er aus, lief mit dem Fahrzeugschein in der Hand um den Wagen und kontrollierte das Kennzeichen, anschließend öffnete er die Motorhaube und überprüfte die Fahrgestellnummer. Ich wollte eigentlich noch etwas sagen, aber der Bulle neben mir muss das irgendwie gefühlt haben, denn er sah mich scharf an und meine nur: »Kein Wort!« Und da blieb ich still.

Der andere setzte sich in den Streifenwagen und sprach in sein Funkgerät. Es dauerte eine Weile bis die Antwort kam. Jedenfalls nickte er und stieg dann wieder aus. »Du kannst ihn loslassen«, sagte er zu seinem Kollegen, »er kann es nicht gewesen sein.« Der Schraubstockgriff lockerte sich sofort. Was für ein Gefühl, wenn plötzlich das Blut wieder durch die Adern fließt!

»Mann, haben Sie aber einen Griff!«, sagte ich fast anerkennend zu meinem Bullen und strich mir noch eine paar Mal über den Oberarm.

»Tut mir leid«, sagte er leise, vermutlich weil er nicht wollte, dass sein Kollege uns hörte. Der kam nämlich gerade zu uns.

»Guten Tag«, sagte der und hob die Hand kurz zu seiner Mütze, um so etwas wie einen militärischen

Gruß anzudeuten. »Das ist Ihr Auto, nicht? Woher haben Sie es denn?«

»Von einem Händler aus dem Wiesental, warum?«

»Wissen Sie noch wie der hieß?«, fragte er weiter, ohne meine Frage zu beantworten.

»Keine Ahnung«, antwortete ich ehrlich. »Stoll, Schmitt, Schilling ... irgend so ein Allerweltsname. Zu Hause hätte ich noch den Kaufvertrag, wenn Sie es genau wissen müssen ...«

»Ist das so ein kleiner Betrieb auf der Straße nach Schopfheim?«, fragte der ältere Polizist weiter. Er schien irgendwie derjenige zu sein, der das Sagen hatte, denn mein Ringer neben mir blieb die ganze Zeit stumm.

»Ja!«, antwortete ich, »so eine stillgelegte Tankstelle an der Bundesstraße.«

»Kenne ich«, meinte der Chefbulle und sah meinen Ringerbullen vielsagend an. Dann ging er zurück zum Streifenwagen, setzte sich hinein und sagte irgendetwas in das Funkgerät, das ich aber wieder nicht verstand.

»Darf ich wissen, was hier eigentlich los ist?«, fragte ich den Polizisten neben mir, den ich jetzt, nachdem er mich in Ruhe ließ und nicht mehr festhielt, eigentlich ganz sympathisch fand. »Ich meine, ich wollte hier nur die Anhalterin wieder abholen, die ich am Freitag abgesetzt habe, und jetzt ...«

»Sie haben am Freitag eine Anhalterin hier abgesetzt?«, fragte er. Nachdem offenbar feststand, dass ich nichts ausgefressen hatte, duzte er mich nicht mehr.

»Ja, klar ... sie – ich weiß blöderweise nicht wie sie heißt – sie ist die Tochter von dem Mann, der hier wohnt, von dem Eigentümer ... der Typ mit dem Bart.

Der hat auch Fotos von ihr, also eines habe ich zumindest gesehen, aber das hat einen Trauerflor an der Seite, so als ob sie gestorben wäre ...«

»Das ist sie ja auch«, sagte der junge Polizist erschrocken, schien es aber gleich darauf zu bereuen.

»Das ist sie ja auch? Das kann doch nicht sein! Am Freitag war sie noch putzmunter. Das glaube ich jetzt nicht«, stammelte ich.

Ich war wie vor den Kopf gestoßen. Dass dieses junge, lebenslustige Mädchen ...

»Sie ist doch nicht verunglückt, oder?«, fragte ich den Polizisten weiter. »Hatte sie einen Unfall?«

Ich erhielt keine Antwort.

Der ältere Polizist ging in der Zwischenzeit wieder zu meinem Wagen, öffnete den Kofferraum und begann ihn zu durchsuchen. »Ist das Ihre Tasche?«, fragte er und hielt den Kleidersack hoch, mit dem ich meiner Mutter die Wäsche gebracht hatte ... Ich weiß, das klingt jetzt nicht allzu selbstständig, aber sie bestand darauf.

»Ja, die gehört mir!«, rief ich ihm zu. Hierauf stellte er sie vorsichtig zur Seite und kramte weiter im Kofferraum herum, er gab sich richtig Mühe dabei – nahm den Teppich heraus, den er sorgfältig inspizierte, holte eine Stabtaschenlampe und leuchtete mit ihr in die hintersten Ecken. Ja, und irgendwann schien er etwas gefunden zu haben. Jedenfalls hielt er erst etwas zwischen den Fingern, legte es sich dann auf die Handfläche und betrachtete es lange. Was es war, konnte ich auf die Entfernung natürlich nicht erkennen, irgendein kleiner metallischer Gegenstand. Nach einer Weile nickte er und ging wortlos ins Haus. Die Tür stand noch offen und der Chefbulle ging ohne zu klopfen hinein. Als er wieder hinauskam, schien er wie elektrisiert, eilte hastig zum Streifenwagen, sagte wieder etwas ins Mikrofon und zeigte ein völlig bestimmtes, entschlossenes Gesicht.

»Wir fahren los!«, rief er schließlich zu meinem jungen Polizisten hinüber, der dann sofort losstürmte und mich wie einen Trottel stehen ließ.

»Sie halten sich bitte in den nächsten Tagen zur Verfügung!« Dieses Kommando galt mir. »Und lassen Sie alles in Ihrem Auto so, wie es ist. Auf keinen Fall saugen!«

»O. k.«, antwortete ich. Ich wäre damals ohnehin nie auf die Idee gekommen, mein Auto zu saugen, schon gar nicht den Kofferraum.

Ich sah dem Streifenwagen nach, wie er zurücksetzte, wendete und mit quietschenden Reifen verschwand. Da stand ich und verstand nicht, stand und wartete eine Weile, bis ich wieder das Gefühl hatte, beobachtet zu werden. Ich drehte mich um und tatsächlich war da der alte Mann hinter mir und sah mich an.

»Sie sagen, du kannst es nicht gewesen sein«, meinte er nach einer Weile. Seine Stimme war rau und belegt.

»Was kann ich nicht gewesen sein?«, fragte ich.

»Der Mmm…«. Das war das Einzige, was ich verstand. Der Alte stoppte mitten im Satz. »Der Mmm…« Dann sah er zu Boden, drehte sich um und ging wieder in das Bauernhaus zurück. Ich hörte noch, wie der Schlüssel im Schloss umgedreht wurde. Offensichtlich wollte er nicht mit mir sprechen.

Ich ging langsam zu meinem Wagen und fuhr davon.

Zwei Tage später waren die Zeitungen voll davon. Tina W., zwanzigjährige PH-Studentin und seit einem Jahr spurlos verschwunden, war Opfer eines Verbrechens geworden. Ein Autohändler aus dem Wiesental hatte die Tat gestanden, nachdem in einem PKW, den er verkauft hatte, ein Ring gefunden worden war, der eindeutig der vermissten jungen Frau gehörte. Er hatte die Tat nach einem langen Verhör zugegeben und die Polizisten zum Versteck der Leiche geführt.

Sicher ahnt ihr schon, wo das war … nicht?

Nach dem PKW wurde seinerzeit lange gefahndet. Eine Kommilitonin des Opfers hatte gesehen, wie sie am Tag ihres Verschwindens getrampt und in den Wagen eingestiegen war. Er konnte aber nicht gefunden werden, weil der Täter falsche Kennzeichen montiert hatte. Bei einer Verkehrskontrolle habe man das Fahrzeug jetzt zufällig entdeckt. Der neue Halter, ein Student aus Freiburg, habe nichts mit der Tat zu tun.

Tina W. … ich hatte nie von ihr gehört. Sicher war ihr Verschwinden auch durch die Presse gegangen, aber das war zu der Zeit gewesen, als ich in den Staaten war.

Am nächsten Wochenende fuhr ich wieder nach Hause. Horst hatte mir sein Auto geliehen – gegen einen Kasten Bier natürlich. Den Mirafiori hatte die Polizei, aber ich hätte mich sowieso nicht mehr reingesetzt. Mein Herz tat mir weh, als ich am Schwabentor vorbeifuhr und an die Stelle kam, wo ich die Anhalterin vor einer Woche aufgelesen hatte. – Die Anhalterin, oder was auch immer ich für eine Anhalterin gehalten hatte … . Als ich zu der Statue des Jungen kam, der so verdreht nach oben sieht, stockte mir der Atem.

Auf seinem Kopf trug er … meinen Hut.

Ihr glaubt mir die Geschichte nicht, oder? Ich kann sie beweisen. Seht her, den Hut habe ich immer noch.

Bernadette Kuner

Die Tote im Sommerkleid

Die Furcht überkam sie wie eine Geburtswehe. Unaufhaltsam kroch sie über ihren Schädel, den Rücken, ihre ganze niedergekauerte Gestalt, umschlang sie, zog zu, würgte jede Faser, schwoll unerträglich. Atmen. Kirschrote Lider. Dann Freiheit. Und Stille. Nur ihre eigenen Atemzüge waren zu hören. Die Welt draußen auf der Straße schien fern.

Es war ein Dienstag, als Anja die Tote in ihrem Wohnzimmer erblickte. Sie kam gerade aus der Küche zurück, da saß sie im Sessel und starrte aus dem geöffneten Fenster. Es war weder Mitternacht noch dunkel, nicht einmal dämmrig, es war ein später Vormittag im April und wie in Freiburg um diese Jahreszeit nicht ungewöhnlich, war es draußen schon über 20 Grad warm und der schwere dunkelgrüne Duft blühender Kastanien streunte in zudringlichen Wolken durch die Straßen der Stadt und wehte in die geöffneten Fenster. Anja mochte den Kastanienduft. In ihrer Straße wuchsen die Bäume auf beiden Seiten und verdunkelten die Häuser wie eine erstickende Umarmung einer überfürsorglichen Mutter.

Natürlich erschrak Anja. Gerade hatte sie sich für ihr zweites Frühstück Kaffee gekocht. Unbeeindruckt von der im Stühlinger üblichen und anerkannten Zubereitungstechnik mittels echt italienischer Espressokanne und mit aufgeschäumter Milch, brühte Anja ihren Kaffee seit Jahren durch einen Filter direkt in eine altmodische Thermoskanne. In ihrer rechten Hand hielt sie also eine randvolle Tasse Kaffee, als sie die Tote im Sessel sah. Zuerst erschrak nur ihre Hand, ein unkontrolliertes Zucken, und für einen kurzen Moment sah sie eine gebogene, dampfende Wand aus heißem Kaffee in der Luft, bevor sie die nasse Hitze auf ihrem Arm spürte. Ein glühendes Band aus Angst jagte rund um ihr Herz und schoss in ihren Bauch, in die Schultern und in zwei breiten Streifen den Hals hinauf bis unter die Ohrläppchen. Anja sank auf die Knie. Die Tote hatte sich nicht bewegt. Vorsichtig stellte Anja den nassen Porzellanbecher auf den Teppich und schlang die Arme um den Leib, der sich aufzulösen drohte. Ameisen kribbelten hektisch durch ihre Pobacken. *Was geschieht hier?* Sie atmete behutsam einige Male ein und aus und versuchte dabei kein Geräusch zu machen. Der Sessel stand zur Linken vor der Raufasertapete. Der Geist saß würdevoll darin, hatte ein Bein über das andere geschlagen und sich mit dem Ellbogen auf die linke Lehne gestützt. Halb abgewandt von Anja sah die tote Frau still ins Grün der Bäume, die Augen weit geöffnet. Sie trug eines von Anjas liebsten Sommerkleidern. Es war aus fließender Viskose, ärmellos, kniekurz, vorne hochgeschlossen, darauf ein Muster aus blühenden Holunderzweigen auf elfenbeinfarbenem Grund. Wie in einem Lehrbuch stand der botanische Name in lateinischer Sprache unter den gesternten Dolden. *Sambucus nigra.*

Für den Bruchteil einer Sekunde fragte sich Anja, wie die tote Frau hier hereingekommen war, aber schließlich können sich Jenseitige aus dem Nichts an beliebige Orte materialisieren, dachte sie dann. Man sah und fühlte auf der Stelle, dass dies ein Geist war, keine Einbrecherin. Eine Blase umgab ihn, in der die Luft grobmaschiger schien als im restlichen Raum. Der Geist war schön. Eine schlanke Frau mit schokoladenbraunen Haaren. Die Hände hielt sie ruhig im Schoß gefaltet. Den Kopf trug sie sehr aufrecht, sodass ihr Hals lang wirkte, wie der eines Schwans. Ihre Augen sahen nicht tot aus. Sie waren ebenfalls braun und von großer Wärme. Die Haut an den glatten Waden hatte die Farbe von dunklem Honig, die Zehennägel waren rot lackiert. Sie sah sehr lebendig aus.

Was hatte sie vor? Plötzlich aufschnellen, eine dämonische Fratze offenbaren und tödliche Krallen in Anjas Fleisch schlagen? Würde sie Anja anfassen, mit ihr sprechen wollen? War sie ein Engel? Die angespannte Erwartung stach spitz in Anjas Unterarme. Würden sich ihre sanften Lippen zu einem Lächeln biegen, ihre glänzenden Augen auf sie richten? Die Brust der toten Frau lag still wie eine Marmorbüste. Ihr Haar wehte nicht in der hereinströmenden Brise. Unmittelbar vor sich spürte Anja die Aureole aus geronnener Stille, die die Tote umgab. Vorsichtig schob sie ihre geöffneten Handflächen gegen die unsichtbare Grenze. Es fühlte sich an wie ein dichter Schwamm, der, so fürchtete Anja, ihre Hände unsichtbar machen würde, wenn sie sie tiefer hineinsteckte.

Warum trug die Frau ihr Kleid? Plötzlich hatte sie Lust es selbst anzuziehen, sie fühlte sich so barock, wenn sie es anhatte. Sie mochte das barocke Gefühl. Immer wenn sie das Holunderkleid trug, rezitierte sie in Gedanken erotische Oden aus dem 17. Jahrhundert. *So soll der Purpur deiner Lippen, itzt meiner Freiheit Bahre sein? Soll an den korallinen Klippen, mein Mast nur darum laufen ein, dass er an statt dem süßen Lande, auf deinem schönen Munde strande* ... Einmal hatte sie Andreas eine vorgetragen, als sie an einem verheißungsvollen Frühsommerabend nebeneinander durch Schwaden weißer Blütenflocken längs der Dreisam zu einem Geburtstagsfest geradelt waren. Sie hatte das Kleid angehabt und sich anmutig gefühlt. Der warme Wind hauchte ihr unter den Rock und umschmeichelte ihre Schenkel. Andreas hatte nur seine Lippen zusammengekniffen und spitz »Aha« gesagt. Danach trug ihm Anja keine Gedichte mehr vor. In ihrem Inneren jedoch sangen sie weiter, die Wörter, zogen unermüdliche Bahnen zwischen den Ohren, schlängelten sich fröhlich zwischen den Hirnhäuten, stürzten sich jauchzend in den Rückenmarkskanal und schmiegten sich wollüstig in die Hängematte des Beckenbodens. Unaufhörlich summten und flüsterten sie. Lange Ketten aus *lässtseinblauesBandamBrunnenvordemToresaheinKnabeinRösleinstehnundströmtundruhtundjedemAnfangwohnteinZauberinne ...*

Schön war das.

Vor ein paar Monaten vielleicht, Anja wusste nicht genau wann, hatte sich das dunkle Tuch über sie gesenkt und der Gesang der Ketten verwandelte sich in graue Verben und strenge Befehle. Sie tanzten nicht mehr, sie drängten sich aufdringlich in jede Ritze und krallten sich fest, bis es wehtat. Eines Morgens war die Traurigkeit einfach da gewesen. Es hatte damit angefangen, dass Andreas weg war. Er zog es jetzt vor, die Abende mit rosaroten Polohemden und Frauen, die aussahen als ob sie sich am ganzen Körper klinisch rein rasierten, im *Kagan* zu verbringen. Anja wunderte sich nicht, als er ging. Sie wunderte sich nur, dass er so lange geblieben war. Zurück ließ er abgesehen von einem Paar Tennissocken nur ein leises Gefühl des Nicht-Genügens. Und ein bisschen schämte sie sich auch dafür, dass sie sich nicht überall rasierte und er es nun wusste. Dann hörte sie auf, ihre Sommerkleider zu tragen, denn irgendwann musste man ja schließlich erwachsen werden. Zuerst das Holunderkleid, dann die anderen. Vielleicht war ja etwas dran, an dem was Andreas gesagt hatte, dass das Leben kein ewiges Spiel sei und dass sie endlich etwas Vernünftiges auf die Beine stellen solle. Anja versuchte, jetzt besser zu sein. Abends Steuererklärung statt Lyrik, morgens Wechselduschen statt Kaffee im Bett, low carb statt Mehlspeisen, in jedem Lebensbereich gab es etwas zu tun. Ausreichend schlafen, kein Dialekt mehr, nur noch biologische Lebensmittel, kein Zucker, kein Fett, immer fröhlich, sportlich, schlank, das richtige Tablet in der richtigen Tasche, das richtige Reiseziel. Optimierung des Arbeitslebens, Berufung ist nur was für Spinner, für braungebrannte Tagediebe, die barfuß, ihre grauen Haare hochgesteckt, werktags unter der Stadtbahnbrücke schrumplige Kartoffeln kaufen. Es war ein schleichender Prozess. An jedem neuen Morgen war die Traurigkeit ein wenig größer. Kein Ereignis. Nur noch Überdruss, graue Verben, müssen, aufstehen, schlafen, jederzeit schnell, klug, genügend, Erwartungen übertreffen, jederzeit freundlich, lachen müssen. Aber schnell. Willst du leben, dann schnell! Und irgendwann nur noch nackte Verzweiflung, leben ohne Notausgang.

Der schöne Geist saß einfach da. Wie lange würde er noch bleiben? Anja entspannte sich ein wenig und legte sich müde auf den Teppich, den Kopf auf die Arme gebettet. Goldene Verheißungen, leises Geflüster aus dem fremden Raum. Antworten und Frieden. Und Liebe. Sie dachte an einen Tag in der letzten Woche. Sie hatte vor dem Schrank gestanden und auf die stoffbeladenen Bügel gestarrt. Was wurde heute von ihr erwartet? Blazer oder Kapuzenpulli? Boots oder Pumps? Da fiel ihr Blick auf den Geigenkasten. Ganz unten, unter den Strumpfhosen, schaute ein Stück des schwarzen, genarbten Leders hervor. Sie kniete sich auf den Teppich, zog ihn heraus, sog den muffigen Geruch aus Samt, poliertem Fichtenholz und verklungenen Tönen in sich auf. Die Haut an ihrem Hals erinnerte sich an die erregenden und beruhigenden Vibrationen der klingenden Saiten, wenn sie behutsam mit dem Bogen darüber strich. Ein schlichter, schwingender Ton voller Sehnsucht konnte ein Quantum Glück aus dem Instrument über seine Spielerin schütten. Anja sah die Geige an. Und fühlte nichts, einfach nichts. Kein übermächtiges Verlangen zu spielen, keine leise Lust, nur nichts. Und dann hatte sie doch etwas gefühlt. Sie hatte gefühlt, dass es schön sein könnte, tot zu sein.

Die tote Frau im Sommerkleid bewegte sich. Sie wandte sich Anja zu. Ihr war es einerlei. Immer noch lag sie auf dem Boden. Der Geist sah sie an und lächelte. Er kniete sich nieder und strich Anja langsam über den Kopf, die Haare, die Ohren. Ein überwältigender Strom himmlischer Wärme ging von dieser Hand aus und hüllte Anja ein wie eine Decke. Auf der Stelle schloss sie die Augen, gab Sturzbäche von Tränen frei, gab sich hin, weinte und weinte sich leer und leerer. Dennoch wuchs der Kloß in ihrem Hals, schwoll weiter an, bis nichts mehr da war, nur noch der Schmerz und diese Hand auf ihrem Haar, die sie streichelte und ihr Geländer war im Meer des Kummers. Lange kauerten sie so da.

»Komm«, flüsterte der gute Geist. Er nahm Anjas Hände und sah sie an. »Komm mit.«

Anja spürte den unwiderstehlichen Sog der Worte. Einfach gehen. Wie schön wäre das! Sie hatte es versucht, das Leben, und war rausgeflogen. Schluss aus, setzen, sechs, versagt, zerbrochen inmitten des Überflusses, erstickt an der Überfülle der Möglichkeiten, geknickt von der Belanglosigkeit. Gefühle macht ein jeder Mensch selbst – nicht mal das geschafft. Keiner ist schuld, niemals ist man Opfer, man selbst ist sein eigener Henker, also stirb, Täter! Auch wenn du dein Opfer mitnimmst.

Die Hände greifen Anja nun fester, scheinen mit den ihren zu verschmelzen, zugleich wird es heller, weißhell, sie löst sich auf, ihre Füße und Beine sind schon nicht mehr da. Unendlicher Frieden, helle Freude mit silbernen Funken durchpulst ihren Geist und ihre Seele stößt sich ab. Ein letzter Blick auf diese Welt ...

In diesem Augenblick sieht sie draußen den Mann. Er läuft mit schnellen Schritten den Gehweg entlang. Auf dem Kopf balanciert er eine schwarze Melone und über der Schulter trägt er wie eine Steinzeitkeule einen prächtigen Kontrabass. Sein Körper ist schräg nach vorne geneigt, um das Gewicht des Instruments auszugleichen. Jäh zerreißt ein lauter Schrei den Augenblick, schreit »nein«, und Anja stürzt zu Boden. Sie sieht sich um. Woher kommt der Schrei? Ihre Kehle schmerzt und sie merkt: Sie ist es, die geschrien hat, ein Schrei vom Boden ihrer Sehnsucht.

Der Sessel war leer.

Anja tat einen tiefen Atemzug, zog sich bis auf die Unterwäsche aus, ging zum Schrank und holte die Geige aus ihrem Kasten. Sie ging mit ihr hinaus auf den Balkon und spürte die kühlen Küchenfliesen unter ihren nackten Fußsohlen, das trockene Douglasienholz. Die laue Nacht umfing sie.

Und Anja spielte.

Sie spürte, wie das Leben in sie zurückströmte. Dieses verrückte, schmerzliche, großartige Leben, in dem es Menschen gibt, die Melonen tragen und Kontrabässe durch Straßen balancieren.

Sibylle Zimmermann

Sie kennen Milton?

Er steht plötzlich da. Als hätte er sich aus dem Nichts materialisiert. Steht vor ihr in der Dunkelheit auf dem Gehweg, zwei, drei Schritte entfernt. Es ist neblig und von dem Baum über ihr fallen große Tropfen auf sie, obwohl es nicht regnet. Ihr fällt auf, wie dunkel diese Nacht ist und kalt. Sie zieht ihren Mantel fröstelnd um sich. Sie steht vor dem Haus, in dem das Seminar stattgefunden hat, ein ganz normales Wohnhaus in einer ganz normalen kleinen Seitenstraße im Stühlinger, und wartet gerade noch auf den Ungläubigen, den mit den langen Haaren.

»Entschuldigen Sie«, sagt der Mann. Eine funzelige Straßenlampe erleuchtet ihn ein bisschen von hinten, das Gesicht liegt im Schatten.

»Ja?«, sagt sie.

Er kommt einen Schritt auf sie zu und sie geht einen Schritt zurück. Sieht sich um. Die anderen Seminarteilnehmer sind schon weg, da drin ist nur noch der Langhaarige.

»Ich will Sie nicht erschrecken«, sagt der Fremde und ein kühler Hauch weht ihr ins Gesicht.

Er hat eine dunkle Mütze auf und eine schwarze Winterjacke an, deren Kragen den Mund fast ganz verdeckt.

»Ich wollte nur fragen, ob Sie hier in der Gegend eine Kneipe kennen, wo man noch etwas trinken könnte.« Seine Stimme ist hart, tief.

Sie dreht sich ein bisschen nach rechts und weist mit dem Arm: »Da, an der Ecke nach links, dann geradeaus und linkerhand ist dann eine größere Kneipe, das *Paradies*«, sagt sie.

Er scheint zu zögern. Sie versucht, sein Gesicht besser zu sehen, aber viel sieht sie nicht, außer großen dunklen Augen, die ihr nicht freundlich vorkommen.

»Vielleicht hätten Sie ja Lust, mich zu begleiten«, sagt er und fügt hinzu: »auf ein Glas oder zwei?«

Sie hat eigentlich etwas anderes vor, aber irgendetwas in seiner Stimme reizt sie, vielleicht das Siegesgewisse? Oder das allzu gekonnt Bescheidene?

Sie antwortet schnell, hat es nicht nötig, zögerlich zu tun: »Ja, warum nicht, ich habe allerdings noch etwas zu erledigen, muss noch mal zurück«, und weist dabei auf den Hauseingang. »Aber so etwa in einer Viertelstunde komme ich nach.«

»Ich freue mich«, sagt er mit dieser unangenehm tiefen, harten Stimme und ist gleich darauf im nebligen Dunkel verschwunden.

Er sitzt an dem kleinen Tisch in der Ecke. Rücken dem Gastraum zugekehrt. Sie geht um ihn herum und er steht auf, nur halb, damit es wohlerzogen, aber nicht zu höflich wirkt und ihr fällt auf, wie groß er ist. Er gibt ihr die Hand.

»Oh, regnet es jetzt doch?«, fragt er.

»Nein, ich war nur grade noch schnell«, sie macht eine vage Handbewegung Richtung Toilette, »und habe mir die Hände gewaschen.«

Sie setzt sich ihm gegenüber, mit dem Rücken zur Wand. Sieht sich um.

»Außer uns ist niemand hier, so leer ist es fast nie.«

»Es ist ja schon spät«, sagt er.

Sie weicht seinem Blick nicht aus, besieht ihn sich ungeniert. Er hat schwarzes lockiges Haar, in das das Licht des Kronleuchters schimmernde Edelsteinsplitter in Grün, Dunkelrot und Blau zaubert. Ihr gefällt sein Haar. Sie mag gerne dunkles Haar. Sie denkt kurz an den anderen aus dem Seminar, mit dem langen Haar. Es war auch schwarz, aber von einem so dumpfen, glanzlosen Schwarz, dass man beim Hinsehen ganz hoffungslos wurde. Die Seminarleiterin hatte sich davon aber nicht abschrecken lassen, hatte trotzdem versucht, ihn zu überzeugen.

Die Bedienung kommt. Eine pummelige Hübsche mit Piercing in der Unterlippe.

»Einen Rioja.«

»Sehr gerne.« Und verschwindet wieder.

»Ich habe gerade ein Engelseminar besucht«, sagt sie und fährt mit dem Zeigefinger liebevoll an der kurvigen Holzmaserung des Tisches entlang.

»Ein was?«

»Ein Engelseminar«, sie lächelt, lässt ihn aber im Ungewissen, ob sie es nun gut fand oder nicht. Sieht ihm an, dass er nichts davon hält, aber er ist vorsichtig.

»Ich war zum ersten Mal da, hat mich interessiert«, fügt sie hinzu.

Sie entdeckt für einen Sekundenbruchteil einen bösen Zug um seine vollen Lippen.

»Und?«

»Sieht man das nicht?« Sie blinzelt übertrieben mit den Augen. »Ich meine … die Aura?«

Er ist vorsichtig, neigt den Kopf leicht zur Seite, ihr fällt auf, dass seine Nase groß ist und schön geschnitten.

»Die Leiterin stand zur Begrüßung am Eingang und besprühte uns mit Aura-Spray!« Sie lächelt und denkt an den Langhaarigen. Der schlug den Arm der Leiterin (»Sag einfach Engelfrau zu mir«) weg und fauchte sie wütend an: »Verdammt noch mal, das ist voll in mein Auge gegangen!«, und rieb sich demonstrativ das linke Auge. Sein Ton, hoch aggressiv, irritierte alle. Und später, als die Teilnehmer, in der Mehrzahl Frauen mittleren Alters, in der Runde auf dem Boden saßen, in der Mitte eine Duftkerze (irgendetwas mit Jasmin), an den Wänden all die Bilder mit Lichtwesen, fragte er ohne Grund plötzlich: »Wenn es Engel gibt, dann gibt es doch bestimmt auch gefallene Engel?«

Es ging ein Rucken durch die Runde, als hätte jemand eine große Schere genommen und das Band der Harmonie, das sich zwischen ihnen allen aufspannte, durchschnitten.

Die Engelfrau sagte stoisch lächelnd: »Wir fühlen uns dem christlichen Kinderglauben nicht nahe.« Und fuhr in übertrieben kindlichem Tonfall fort: »Gute Engel, bööse, bööse Engel: nein! Hier geht es um etwas anderes, echteres: um Lichtwesen, um positive Energie …«

»Um Schutzengel eben«, kam ihr eine Seminarteilnehmerin, sie trug einen safrangelben Seidenschal, zu Hilfe, wurde aber von der Engelfrau, die keine Hilfe nötig hatte, mit einer Handbewegung zum Schweigen gebracht.

»Seelennahrung ist das Schlüsselwort. Lass das Wort einfach auf dich wirken, lass es in dich einsinken und nach kurzer Zeit weißt du, was gemeint ist.«

»Sie wollen damit sagen, es gibt keine gefallenen Engel? Nicht das Dunkle, Böse?« Er machte ein gekonnt düsteres Gesicht und fuhr in böse grollendem Ton fort: »Keinen Satan, keinen Luzifer?« Hohn troff aus seiner Stimme.

»Nein«, sagte die Engelfrau tapfer, »es gibt nur gute Engel.«

»Was für ein Quatsch«, platzte er heraus, »es gibt gar keine Engel, null, keine guten, keine bösen, alles Märchen.« Und lehnte sich zurück, als hätte er jetzt alles gesagt, was ihm wichtig war.

So jemanden kann man nicht überzeugen, dachte sie, so jemanden muss man verführen.

Der Wein kommt. Er hat schon ein Glas vor sich stehen. Seine vollen Lippen sind davon tiefrot gefärbt, was nicht schön aussieht, denkt sie, eher gefährlich.

»Was machen Sie so?«, fragt er in ihre Gedanken hinein.

»Wie?«, fragt sie.

»Beruflich zum Beispiel«, er senkt den Kopf leicht und sieht sie auf eine Art an, die sie fast verwirrt.

»Ich bin selbstständig«, sagt sie.

»Oh, das war ich auch einmal.«

Sie zieht fragend die Brauen hoch.

»Ich habe es aufgegeben, war nichts für mich, war offen gestanden die Hölle.« Er tut ein bisschen verlegen dabei, wie ein Loser, aber sie ist sich sicher, er ist jetzt hoch erfolgreich.

»Wie halten Sie das nur aus, die Unsicherheit und alles?« Er sieht sie aufmerksam an.

»Better to reign in hell …«, beginnt sie zu zitieren.

Er unterbricht sie: »Sie kennen Milton?«

»Natürlich«, sagt sie.

Er offenbar auch.

»*Paradise Lost,* die Geschichte von Satan, dem gefallenen Engel«, sagt er pathetisch und in seinen Augen ist so ein Glimmen, »tolles Gedicht, gefällt mir sehr.«

»Warum? Wegen der Blankverse?«

Er lacht und sieht dabei sehr anziehend aus.

»Nein, es ist der Inhalt«, er zögert, »vor allem der Anfang, die Geschichte von der Rebellion gegen Gott, gegen das langweilige Gute.« Er dreht versonnen sein Glas. »Und Sie?«

»Mir gefällt vor allem der Teil, als Satan, bestens getarnt, die dummen Geschöpfe Gottes verführt, das ist wunderbar.« Sie hebt das Glas und stößt mit ihm an. »Auf die Hinterhältigkeit!«

»Better to reign in hell …«, beginnt er das Zitat noch einmal mit einem Lächeln auf seinen dunkelroten Lippen, und sie will es gerade gemeinsam mit ihm zu Ende sagen, als ein lauter Schrei vom Eingang her ertönt und im gleichen Augenblick ein Mann hereinstürzt – »Kann jemand helfen? Ein Handy, ein Telefon, die Polizei, ein Krankenwagen!« – und gleich von der vorher etwas gelangweilt herumstehenden Bedienung die gesamte Aufmerksamkeit erhält. Sie legt den Arm um ihn, beruhigend, und führt ihn zum Tresen.

Sie betrachten beide interessiert das weitere Geschehen: Der junge Mann, wahrscheinlich Student, spricht mit dem Typen hinter dem Tresen. Er spricht und schluchzt in einem: »Eine riesige Blutlache« und er muss sich hinsetzen, die Bedienung schiebt ihm einen Stuhl unter den Hintern. Der Typ hinter dem Tresen telefoniert und der Student kollabiert fast. Hält sich an der Bedienung fest.

Der Tresentyp fragt, das Handy in der Hand: »Wo genau?«

»Da hinten am Ende der Straße auf dem kleinen Spielplatz, ich hab da jemanden liegen sehen im Sand und dann bin ich vom Rad abgestiegen und hin und direkt neben der Schaukel, aaah!« Er bricht ab.

Der andere erklärt ins Telefon und sagt schließlich: »Krankenwagen und Polizei unterwegs«, und der Student springt gleich wieder auf.

»Das ist furchtbar, einfach nur furchtbar! Aufgeschnitten!«, und fasst sich an den Hals. »Von da bis da«, fährt mit dem Zeigefinger von ganz außen links nach ganz außen rechts an seiner Kehle entlang. »Das war so grauenhaft! Ich muss raus, der Polizei alles sagen, wenn die kommen!« Und stürmt wieder hinaus. Der Typ hinter dem Tresen schüttelt bestürzt den Kopf.

Die Bedienung verschwindet aufgeregt in der Küche.

»Tja«, sagt er und runzelt fragend die Stirn. »Ein Unfall? Oder ein Meuchelmörder, der hier nächtens herumschleicht und Kehlen aufschneidet? Möchten Sie vielleicht hinausgehen, ein wenig gaffen?« Er lächelt süffisant.

»Wie wäre es mit ein bisschen Mitgefühl?«, sagt sie.

Kurz darauf sieht sie durch das hohe Bogenfenster, das sie an Kirche erinnert, blaues Licht blinken und an ihnen vorbei die Straße nach hinten verschwinden.

»Und schon ist Hilfe da«, sagt er und wieder ist sein Ton spöttisch, wie auch sein Mund und die Augenwinkel ganz außen.

»Ich muss«, sagt sie, und als er den Kopf zur Seite neigt, fast wie bedauernd, steht sie auf. »Lassen Sie uns vorne zahlen«.

Draußen rast ein Polizeiauto an ihnen vorbei und biegt rechts in die Straße ein. Er hält ihr förmlich die Hand hin. Es ist immer noch so dunkel. Der Nebel noch feuchter. Er wird kleine Diamanten in sein schönes Haar zaubern, denkt sie und ist plötzlich fast wehmütig. Sie nimmt die angebotene Hand, die kalt ist wie die Nacht.

»Vielleicht mal wieder im *Paradise Lost*«, sagt er und fügt hinzu: »Ich muss da lang«, und deutet nach rechts.

Sie reagiert schnell: »Ich auch, zumindest ein kurze Strecke, gehen wir noch ein Stück weit zusammen.« Wartet seine Zustimmung nicht ab und geht schon mal los.

Er holt auf und sie gehen schweigend nebeneinander, links die ruhige Heiliggeiststraße, rechterhand das dunkle Gelände der Kinderklinik. Bei jedem zweiten Schritt berührt er sie an irgendeiner Stelle. Einmal streift sein Jackenärmel den ihren, dann stößt sein Oberarm an ihren. Einmal schafft er es, dass seine kalte Hand ihre berührt, nur leicht wie ein eisiger Hauch. Sie steckt ihre schnell in die Tasche.

»Ich glaube, es ist schon ziemlich spät«, sagt sie, »so wenig los, kaum Autos.« Er sagt nichts darauf, wirkt angespannt.

Sie gehen unter der Unterführung hindurch und kurz darauf bleibt sie neben dem dunklen Café Royal stehen. »Tja, ich muss mich jetzt verabschieden, hier muss ich abbiegen.« Zeigt auf die gegenüberliegende Straßenseite.

»Wie?«, sagt er, »hier?«, und schaut sich um. »Aber da ist nur der Friedhof!«

Sie nickt und zaubert einen kindlichen Gesichtsausdruck hervor, probiert sogar einen mädchenhaften

Augenaufschlag: »Warum denn nicht? Das ist der kürzeste Weg für mich.«

»Das ist nicht Ihr Ernst, da müssen Sie doch nicht durch?«

Sie nickt, ein bisschen ungeduldig bereits. »Wie gesagt: kürzester Weg.«

»Sie wissen aber schon, dass in letzter Zeit in der Gegend hier einiges passiert ist, oder? Und das vorhin war wohl auch nicht gerade ein Fahrradunfall.«

Sie sieht ihn lange an. Er wirkt sehr massiv mit seinen breiten Schultern. Etwas in seinen Augen erzählt ihr eine Geschichte. Eine dunkle Geschichte.

»Ich bin eine erwachsene Frau«, sagt sie, »und kann alleine auf mich aufpassen«, und jetzt ist deutlich, dass sie ungeduldig ist.

»Ist der überhaupt noch geöffnet?«

»Eigentlich müsste er geschlossen sein, aber meist vergessen sie es.«

»Na, offenbar haben Sie Erfahrung darin, in dunklen nebligen Nächten über den Friedhof zu gehen. Lassen Sie mich mitkommen, ich begleite Sie, nur zur Sicherheit.« Er kommt ihr zu nahe und sie tritt einen Schritt zurück.

»Danke, nein«, erwidert sie, lächelt dabei aber auf eine charmante, fast schon neckische Weise. Sagt dann mit einer abschließenden Handbewegung: »Aber ich bin mir sicher, wir sehen uns irgendwann wieder.«

»Na dann«, sagt er und zieht scheinbar ratlos die Schultern hoch.

Sie überquert die Straße, ohne sich noch einmal umzusehen.

Kaum ist sie durch das große Tor des Hauptfriedhofs getreten, umfängt sie Grabeskälte. Die riesige, sich vor ihr ausbreitende Fläche scheint sie mit eisigem Atem anzuhauchen. Sie biegt gleich nach dem Eingangstor links ab. Es ist stockdunkel. Sie sieht zum Himmel. Dort sind mittlerweile immerhin Wolken zu erkennen, vorher war da nur eine trübschwarze Decke. Dahinter, noch gut verborgen, muss irgendwo der Mond sein. Der Kies knirscht unter ihren Schuhen, von den Blättern der alten Bäume tropft es in großen lauten Tropfen, unregelmäßig.

Auf ihrer rechten Seite muss der kleine runde Teich sein, in dem man Wasser schöpfen kann zum Gießen der Gräber, sie ahnt ihn mehr, als dass sie ihn sieht. Kurz darauf die große Eiche, sie biegt nach rechts ab.

Einen Schritt weiter, plötzlich, seitlich hinter ihr: ein lautes Geräusch.

Sie bleibt stehen.

Sie kann es nicht orten. Sieht sich um. Da: die große Stange, an der die Plastikgießkannen hängen. Sie stoßen in dem leichten Wind, der gerade aufkommt, aneinander.

Sie geht weiter. Die Grabsteine ragen wie böse Wichte zwischen den Bäumen auf. Vor ihr ein großes Etwas, das Vogelhaus, tagsüber schlagen sich jede Menge Spatzen und Amseln hier den Bauch voll.

Jetzt biegt sie erst links ab, dann wieder nach rechts.

Da sieht sie ihn.

Der alte riesige Grabstein ragt wie ein Ungetüm aus dem Boden. Er steht an einem kleinen freien Platz. Sie weiß von ihren Spaziergängen am Tag, dass er zu den erhaltenswerten Grabsteinen des Friedhofs gehört und dass er zur Patenschaft freigegeben ist, das steht auf einer kleinen Tafel. Hier bleibt sie stehen und schaut nach oben. Über ihr keine störenden Baumwipfel, man hat freien Blick zum Himmel. Und dort müssten die Wolken eigentlich bald einmal ein Zipfelchen des Mondes freigeben, oder? Im Moment aber ist es stockdunkel, schwarz. Sie denkt an das stumpfschwarze Haar des Langhaarigen aus dem Seminar, an seinen Blick, sie bekommt Gänsehaut, wenn sie an den Blick denkt.

Es ist in diesem Moment, als sie es hört.

Natürlich ist es nicht das einzige Geräusch. Da ist hier und da ein kleines Geraschel in den Thuja-Hecken, von Mäusen vielleicht. Und dann natürlich das Tropfen von den Blättern, das ist überall. Und seit ein kleiner Wind aufgefrischt hat, die Baumwipfel, die rauschen.

Das aber ist etwas anderes. Sie steht ganz still und atmet nicht.

Kies, denkt sie. Das ist Kies.

Sie ist froh, dass sie diese Stelle erreicht hat, wo man etwas sieht, wegen der fehlenden Baumwipfel über ihr. In Kürze wird eine Wolke ein bisschen Mond durchlassen, da ist sie sicher.

Jetzt werden sie lauter, die Schritte auf dem Kies. Kommen näher, laut, schwer, männlich.

Jemand biegt ab, in ihre Richtung. Sie steht ganz still da, bewegt sich nicht. Hält die Luft an. Horcht.

Dann geht er vorbei an der Abzweigung, die sie genommen hat, das hört sie ganz deutlich.

Sie atmet wieder aus. Und plötzlich scheint etwas in ihrem Hals zu kratzen, wo den ganzen Abend nichts gekratzt hat, nicht einmal während des Engelseminars, und sie platzt mit einem Husten heraus, so laut, dass es die ganzen Toten aufwecken könnte.

Kaum ist es vorbei, hört sie: Nichts. Er ist stehen geblieben.

Jetzt wieder Schritte, er hat seinen Weg korrigiert. Die Schritte kommen näher und näher. Bleiben wieder stehen.

Jetzt nur noch ein Fitzelchen Mond, bitte, sagt sie lautlos, schließlich, wer will schon im Dunkeln sterben. Sie lächelt bei dem Gedanken, was in dieser Situation wahrscheinlich absurd aussieht, aber es sieht sie ja keiner. In dem Moment, und das ist jetzt wirklich unglaublich, schiebt sich eine Wolke ein winziges bisschen zur Seite, nur ein paar Millimeter, und lässt einen Hauch von Mond hervorblitzen.

Und da sieht sie ihn.

Er steht mitten auf dem Weg.

Eine große, breitschultrige Gestalt, massiv wie ein Grabstein. Auch wenn sie sein Gesicht nicht sieht, sie erkennt ihn an der Gestalt.

»Nicht erschrecken«, sagt seine harte Stimme. »Ich bin's nur.«

Der große Schatten löst sich aus dem Dunkel und kommt auf sie zu.

»Ich wollte Sie doch nicht so alleine lassen«, sagt er mit einer überbesorgten Stimme. Er macht ein paar Schritte auf sie zu.

»Aber ich brauche keine Begleitung«, sagt sie in einem bemüht leichten Tonfall.

Er steht jetzt vor ihr und sie sieht in seinem Gesicht etwas wie Freundlichkeit und Wärme. In einer anderen Situation, an einem anderen Ort, wenn sie nicht sie wäre, und er nicht er ... hätte sie sein Gesicht jetzt gerade anziehend gefunden.

Aus dem Augenwinkel sieht sie unten, da wo seine Hand sein muss, Metall aufblitzen. Der Mond, denkt sie, ist doch ein klein wenig hilfreich. Sie will eigentlich den Kopf nicht neigen, lieber mit ihren Augen seine bannen, die jetzt so nah sind, aber sie tut es doch, sieht nach unten und sieht, es ist ein Messer.

Sie steht steif da, während er langsam die Hand hebt.

»Gestatten Sie, nur eine Kleinigkeit, ich bin normalerweise nicht so aufdringlich, aber Sie waren so schnell weg und ich wollte Sie noch um etwas bitten.«

»Und das wäre?« Sie lächelt sogar.

Er fasst ihr mit der Linken ins Haar und kommt mit dem Gesicht noch näher und sie merkt, zum ersten Mal heute Abend, dass er Hitze ausströmt.

»Ich habe den ganzen Abend Ihr Haar bewundert, wie es im Licht glitzert, richtiges Engelshaar, und da wollte ich Sie bitten, mir eine Locke zum Andenken abschneiden zu dürfen. Nur eine«, sagt er in übertrieben bettelndem Ton.

»Bitte«, sagt sie steiflippig und das Messer erscheint in ihrem Gesichtsfeld. Es ist nicht besonders lang, sieht sehr scharf aus. Sie hält den Atem an, denn sie will den seinen nicht einatmen. Der ist glutheiß, da scheint richtig heißes Blut in seinen Adern zu fließen! Sie denkt an das ebenfalls recht heiße Blut des anderen, des Langhaarigen, bevor der Sand es abkühlte.

Sie spürt ein Ziepen im Haar.

»Wie war noch mal das Zitat, das von Milton?«, sagt er, hinter seinen Pupillen ein böses Feuer und rückt ein wenig ab von ihr und hält ihr die blonde abgeschnittene Locke wie eine Trophäe vors Gesicht. »Better to reign …«, er stoppt und zieht den rechten Teil seiner Unterlippe zwischen große weiße Zähne, scheint zu überlegen.

»… in hell«, hilft sie ihm, »than?«, wartet wie bei einem kleinen Kind, das sein Sprüchlein nicht brav gelernt hat. »… than?«, versucht es noch einmal und versenkt ihren Blick in seinem, blaue Augen in schwarze, und nimmt langsam, ganz langsam, das Messer aus seiner Rechten und fängt noch einmal an, da er jetzt so sprachlos ist und gelähmt: »Better to reign in hell«, sie macht eine kleine Kunstpause, »than serve in heaven«, führt sie das Zitat zu Ende und ignoriert dabei das rote Blasen schlagende Röcheln, das aus seiner weit aufklaffenden Kehle dringt.

Sarah Geraldine Nisi

Die Schaukel

Die Maserung des Holzes ist nicht mehr zu erkennen. Verwitterung zeichnet das Sitzbrett der Schaukel. Neben der Verankerung an beiden Seiten des Brettes sind die Kanten abgesplittert. Es scheint, als habe ein Tier, vielleicht ein Hund, seine Zähne daran gewetzt.

Ich gehe in die Hocke und stütze die Ellbogen auf meinen Knien ab. Durch den Sucher meiner Kamera fokussiere ich das Schaukelgerüst. Rost schimmert durch den hellblauen Lack der Stangen. An manchen Stellen ist die ursprüngliche Farbe kaum noch zu erkennen.

Die Lichtverhältnisse sind nicht ideal. Nebel kriecht zwischen den Tannen hervor und taucht den Hintergrund in ein milchigweißes Licht. Die beginnende Abenddämmerung sorgt zusätzlich für Schatten. Ich habe Mühe, die Belichtungszeit richtig einzustellen. Doch ich weiß, wann es sich lohnt, Geduld aufzubringen. Die Aussicht auf ein perfektes Foto hat mich schon oft Stunden gekostet.

Trotz des Nebels leuchtet das Gras auf der Lichtung frisch, durchbrochen nur vom Gelb des Löwenzahns. Sogar unter der Schaukel ist die Wiese dicht und gesund. Keine Spuren von Kinderfüßen, die bremsen oder Anschwung nehmen. Abgelegen auf einer Waldlichtung nordöstlich des Schluchsees, zwischen Lenzkirch und Gündelwangen, verirren sich vermutlich nicht häufig junge Familien hierher.

Wann hat wohl zuletzt ein Kind auf diesem Gerüst gespielt? Was ist mit Teenagern? Gibt es keine Jugendlichen, die sich abends hier treffen? Fernab des Zugriffs ihrer Eltern? Ist der Weg zu weit? Zu einsam?

Nichts kann so viel Bedrohlichkeit ausstrahlen, wie verwaiste Orte, die ihrer Bestimmung nach Freude und Friedlichkeit verkörpern.

Eine plötzliche Windböe streift das Gerüst und lässt die einzelnen Glieder der Metallkette erzittern. Bedächtig weht die Schaukel vor und zurück, als habe jemand ihr einen Stoß gegeben. Sie erinnert mich an meine Kindheit. Die Farbe, das Holzbrett. Die Ähnlichkeit mit dem Gerüst von damals ist bemerkenswert. Eine Gänsehaut läuft meinen Rücken hinunter.

Ich warte, bis die Bewegungen der Schaukel ruhiger werden. Ich bin nicht sicher, ob der Urlaub in meiner alten Heimat mir gut tun wird. In Hinterzarten aufgewachsen, habe ich mit meiner Familie den Schwarzwald vor vielen Jahren verlassen. Zu viele Erinnerungen beeinträchtigten damals unser Leben.

Obwohl nur 25 km von hier entfernt, habe ich auch jetzt Hinterzarten bei meiner Anreise zunächst links liegen lassen und den Weg in die Einsamkeit gesucht. Bin noch nicht bereit.

Abgesehen von dem Rauschen des Windes in den Bäumen umgibt mich Stille. Eine Eiche ist der einzige Baum direkt auf der Lichtung. Ihre Äste biegen sich. Der Wind ist in den letzten Minuten kräftiger geworden.

Noch immer starre ich durch den Sucher und drehe am Objektiv. Stelle die Belichtungszeit neu ein. Erst nach einer gefühlten Ewigkeit hängt die Schaukel wieder still.

Ich drücke auf den Auslöser.

*

»Sie waren lange unterwegs, haben Sie sich verlaufen?« Barbara Wölfle, die Wirtin der Pension, schaut besorgt. Ihre roten Locken sind zu einem Zopf gebunden, einzelne Strähnen haben sich nach dem Arbeitstag gelöst und hängen auf ihre Schultern.

Ich lache und halte meine Kamera hoch. »Wenn ich in meinem Element bin, vergesse ich die Zeit.« Durch das Fenster neben der Rezeption bemerke ich, dass die Dämmerung bereits der Nacht gewichen ist. Eine Finsternis, wie man sie nur in abgelegenen Gegenden findet. »Ich war außerhalb von Holzschlag.« Vage zeige ich in die Richtung, von der ich glaube, den Berg hinuntergekommen zu sein.

»Wer läuft bloß freiwillig in der Abenddämmerung durch den Hochschwarzwald?«, fragt Barbara lachend und schüttelt den Kopf. »Fotografen sind seltsame Menschen.« Sie greift in einer Schublade hinter dem Tresen nach meinem Zimmerschlüssel.

»Stimmt«, pflichte ich ihr mit einem Grinsen bei. Dann stocke ich einen Moment, als eine alte Frau aus dem Zimmer neben dem Empfangsraum kommt. Sie bleibt im Türrahmen stehen. Aufrecht. Mustert mich. Einen wachen Ausdruck in den Augen. Sie grüßt nicht.

Den gerahmten Fotografien nach, die an den Wänden neben der Eingangstür hängen, ist das Barbaras Mutter. Ehemalige Wirtin und Gründerin der Pension Wölfle. Ein Bild zeigt eine jüngere Version der Mutter beim Servieren des Frühstücks.

Barbara beachtet die Alte nicht, ist zu beschäftigt mit der Suche nach meinem Schlüssel. Ihre Mutter beäugt das Hantieren ihrer Tochter, mischt sich jedoch nicht ein.

»Ich habe tatsächlich ein interessantes Motiv gefunden«, fahre ich fort, »oben hinter dem Wanderweg, rechts von der Tiroler Straße.« Beide Frauen schauen mich nun interessiert an. Warten auf eine Erklärung. »Eine alte Schaukel auf einer Lichtung. Gezeichnet von der Witterung."

Die alte Wirtin nickt. Bei der Erwähnung der Schaukel huscht ein trauriges Lächeln über ihr Gesicht. Es ist nur ein kurzer Moment, dann gleitet ihr Blick in die Ferne – beinahe wehmütig. Ich frage mich, ob sie weiß, seit wann das Gerüst dort steht.

»Wo sind Sie gewesen?" Barbara schaut mich fragend an, wird in der nächsten Sekunde jedoch von dem Klingeln des Telefons abgelenkt. Mit einer Hand wühlt sie weiter in der Schublade, während sie das Telefonat entgegennimmt.

Den Hörer zwischen Schulter und Ohr eingeklemmt, zieht sie endlich mit einem triumphierenden Lächeln den Schlüssel mit der Zimmernummer 23 hervor. Sie hält ihn mir hin.

Ich nehme meine Taschen und gehe Richtung Treppe, zum Obergeschoss. Die Alte ist nicht mehr zu sehen.

*

Es ist zwanzig nach eins. Mitten in der Nacht. Von Müdigkeit keine Spur. Das Entwickeln von Fotos ist eine nie aufhörende Faszination. Bei jedem Ausflug, bei jedem Projekt habe ich meine mobile Dunkelkammer dabei. Alle Utensilien und Geräte griffbereit. Fotografiere noch immer analog.

Nicht selten lachen die Pensionswirte und Hoteleigentümer, wenn ich bei der Buchung nach einem fensterlosen Zimmer frage. Nicht weniger selten wird mir für meine Fotoaktivitäten ein Abstellraum, ein leeres Badezimmer oder eine Kammer im Untergeschoss angeboten.

So wie heute. Ich befinde mich in einem ungenutzten Vorratskeller unter der Rezeption. Am Nachmittag hatte Barbara Wölfle mir berichtet, dass sie hier als Kind oft Verstecken gespielt hat. Leere Regale zieren nun die Wände – einige Bretter sind bereits so porös, dass sie keine Last mehr tragen könnten. Zwei Weinfässer stehen an der Stirnseite des Raums, auf deren Deckeln ich meine Entwicklungsschalen platziert habe. Daneben ein Holztisch mit nicht definierbaren Flecken und ein Waschbecken aus Emaille.

Der Film ist in der Entwicklungsdose. Ich drehe die Kurbel, um die Flüssigkeit gleichmäßig zu verteilen und Luftbläschen am Film zu lösen. Dann schütte ich die Entwicklerflüssigkeit in eine Plastikflasche und fülle das Stoppbad in den Tank. Nach sechzig Sekunden ist der Fixierer an der Reihe. Nur noch wenige Minuten trennen mich von den entwickelten Negativen.

Ich genieße die Routine. Entwickle stets abends oder in der Nacht. Wenn möglich vor Ort.

Behutsam öffne ich ein weiteres Mal den Entwicklertank. Entleere ihn. Nun benötige ich nur noch Wasser. So einfach.

Der von Rost überzogene Wasserhahn quietscht, als ich ihn aufdrehe. Ich zucke zusammen. Ein zu schriller Laut in der Stille des Kellers.

Ich halte den Tank in den Wasserstrahl. Plötzlich steigt der Druck in der Leitung und das Wasser schießt unkontrolliert aus dem Hahn. Mit einem Ruck ziehe ich meine Hand zurück. Zu spät.

»Verdammt.« Der Ärmel meiner Bluse ist nass. Auch auf der Brust spüre ich den Stoff auf meiner Haut kleben.

Das Wasser spritzt in alle Richtungen. Ich versuche den Hahn mit beiden Händen zu schließen. Doch ich kann ihn nicht bewegen. Er sitzt fest. Nur millimeterweise schaffe ich es, ihn zu drehen. Meine Finger werden starr vor Kälte. Mit aller Kraft gelingt es mir schließlich, den Wasserstrom zu unterbrechen.

Was war das? Ich starre auf den Wasserhahn.

Mit steifen Fingern ziehe ich den Filmstreifen aus dem Behälter und klemme ihn zum Trocknen an eines der Regalbretter.

Ich lege den Kopf zur Seite; schiele auf den nassen Film. Was geben die Negative bereits preis? Ich kneife die Augen zusammen. Gehe dichter dran. Täusche ich mich?

Nein. Der Film muss erst getrocknet sein, um das Ergebnis beurteilen zu können. Ich beginne die Chemikalienbäder in den Schalen anzusetzen. Doch meine Gedanken rasen. Habe ich etwas falsch gemacht? Ich zwinge mich, alles weiter vorzubereiten, ohne die Negative zu beachten.

Eine halbe Stunde später lösche ich das Deckenlicht und schalte meine Rotlichtlampe an. Sie taucht den Vorratskeller in eine Welt aus hell- und dunkelroten Schatten.

Ich lege den getrockneten Negativstreifen in den Vergrößerer. Beuge mich herunter. Stelle das projizierte Bild scharf.

Die Bergwiese in der Abenddämmerung. Sie strahlt Ruhe aus. Die Eiche an der Seite des Bildes ragt in den Himmel. Eine Lichtung im aufziehenden Nebel.

Doch wo ist die Schaukel?

Ich ziehe den Film weiter. Schaue auf das nächste Negativ. Nichts. Das Bild rechts davon. Nichts. Immer wieder die Lichtung aus verschiedenen Blickwinkeln. Die Eiche mal mittig, mal am Rand. Keine Schaukel.

Mein Mund wird trocken. Ich bemerke, wie sich meine Haare im Nacken aufstellen. Eine Gänsehaut läuft zwischen meinen Schulterblättern hinunter. Gleichzeitig spüre ich Hitze.

Wo ist die Schaukel?

Die Spannung in meinen Muskeln lässt meine Bewegungen fahrig werden. Mit einer zitterigen Hand lege ich Fotopapier auf das Filmbrett des Vergrößerers und belichte es.

Einige Sekunden später tauche ich das Bild in die Schale mit der Entwicklerlösung. Ich habe mich für einen Weichentwickler im Verhältnis eins zu fünf entschieden. Ein Teil Entwickler, fünf Teile Wasser. Eine seltene Wahl.

Die Mischung wird einen kühlen Farbton ergeben. Doch das passt perfekt zu der Grundstimmung auf der Lichtung.

Während mein Gehirn versucht, eine Erklärung für das Fehlen der Schaukel zu finden, erscheinen nach einer Minute zaghaft die ersten Umrisse auf dem Papier. Wie aus dem Nichts baut sich das Positivbild vor meinen Augen auf.

Beinahe gleichzeitig streift ein moderiger Geruch meine Nase. Wie ein Windhauch, der sich verflüchtigt. Zurückkommt. Ich drehe mich um. Der Versuch, mit den Augen zu erkennen, was die Nase bereits riecht. Ich lasse meinen Blick über die spärliche Einrichtung gleiten. Da ist nichts, was den Geruch erklären könnte. Der Raum schien mir beim Betreten nicht feucht. Im Gegenteil. Direkt neben dem Heizungskeller gelegen ist es hier trocken und warm. Als Vorratsraum im Grunde ungeeignet.

Der Gestank verstärkt sich, als ich mich zurück zu der Entwicklerflüssigkeit drehe. Ich beuge mich hinunter zu der Schale und zucke zurück. Ich habe die Quelle des Geruchs gefunden.

Doch das ergibt keinen Sinn. Ich kenne die Chemikalien und ihre Ausdünstungen. Dies hier riecht anders. Sind es die Schalen? Ist es das Mischungsverhältnis?

Aus dem Augenwinkel bemerkte ich einen Schatten auf dem Bild. Wenige Zentimeter vor meinen Augen beginnt sich in der Mitte der Lichtung etwas abzuzeichnen. Die Schaukel. Nein. Was nicht auf dem Negativ ist, kann nicht auf dem Abzug erscheinen.

Als könnte ich die Wahrheit über den Verbleib der Schaukel in der Flüssigkeit lesen, verharre ich trotz des Geruchs über die Schale gebeugt – unfähig zu reagieren.

Ich schließe die Augen und denke an die Lichtung. Die Wiese. *Die Schaukel ...*

Sie war da.

Als ich die Augen öffne, starrt mich ein Mädchen an. Sie steht auf der Lichtung. Den Mund geöffnet. Eine Hand zum Gruß erhoben.

Ich reiße meinen Kopf hoch. Mein Herz schlägt bis zum Hals. Ich vergesse zu atmen. Starre auf die Gestalt in der Mitte des Bildes.

Kenne ich sie?

Schon berührt mein Zeigefinger die Entwicklerflüssigkeit. Ein Reflex. Meine Finger greifen nach dem Papier. Nein. Ich darf das Foto nicht herausnehmen. Das würde alles ruinieren.

Ich ziehe meine Hand zurück. Gehe einen Schritt nach hinten, dann in die Knie. Versuche Luft in meine Lungen zu bekommen.

Mein Brustkorb dehnt sich nicht. Er ist zu eng. Viel zu eng. Ich habe verlernt zu atmen. Wie kann man verlernen zu atmen?

Ich kenne sie.

Meine Hände krallen sich an dem Holz des Weinfasses fest. Es ist lange Zeit her, dass ich dieses Mädchen gesehen habe.

Dieses Mädchen ist der Grund für meine Faszination für Spielplätze. Verlassene Spielplätze. Verwaiste Spielplätze.

Spielplätze, die vor mehr als zwanzig Jahren aufgehört haben, Freude zu bereiten.

Ich zwinge mich aufzustehen. Erst jetzt realisiere ich, dass ich doch atme. Der Überlebensinstinkt des Körpers. Ich drücke meine Schultern nach hinten. Zähle bis zehn. Schaue erneut zu dem Bild.

Das Mädchen ist verschwunden. Da ist nur die Lichtung auf Papier gebannt; einsam und verlassen in der Entwicklerflüssigkeit.

*

Meine Arme, meine Beine – sie gehören mir nicht. Ich bemerke, dass ich renne. Die Treppe hinauf. Den Gang entlang. In mein Zimmer. In mein Badezimmer.

Ich schaffe es zum Waschbecken. Mein Magen kapituliert.

*

Ich liege auf dem Bett. Starre an die Decke. Verstehe nicht, was vor sich geht. Mein Gehirn versucht einen Sinn zu erkennen. Eine Erklärung. Eine Schaukel kann nicht verschwinden. Ein Mensch nicht erscheinen.

Es muss das Gegenlicht sein. Oder die Belichtungszeit. Die Lichtverhältnisse waren schwierig. Das mag die fehlende Schaukel erklären. Oder nicht?

Und das Mädchen?

Das Mädchen. Ich sehe sie vor mir. An jenem Tag. Julie Neurath, vierzehn Jahre. Meine beste Freundin. Wild. Ungestüm. Der Körper übersät mit Sommersprossen. Selbst als Teenager noch verspielt. Sie klettert auf das Gerüst einer Schaukel in der Nähe des Gemeindezentrums in Hinterzarten. Der Ort, in dem wir gemeinsam aufwachsen.

Sie lacht. »Komm!«

Leider muss ich nach Hause. Bin bereits zu spät. Ich rufe ihr zu. »Bis morgen!« Sie hebt einen Arm und winkt.

Morgen hat es nie gegeben. Julie verschwand – ohne jede Spur. Die Polizei ermittelte. Jahrelang. Auch ich wurde befragt; ich war die letzte Person, die sie lebend gesehen hatte. Ich konnte nicht helfen.

Außer mit der Polizei und meinen Eltern habe ich mit niemandem über Julies Verschwinden gesprochen. Ich wollte sie zurückhaben. Habe es nicht akzeptiert; habe nie aufgehört, nach ihr Ausschau zu halten.

Der Spielplatz, von dem Julie verschwand, wurde zwei Jahre später abgerissen. Ein Einkaufszentrum wurde errichtet. Zehn Jahre später wurde auch das abgerissen – zugunsten von Neubauwohnungen.

Ein Natur- und Abenteuerspielplatz wurde am Waldrand gebaut. Am Waldrand!

Ich drehe mich zur Seite. Durch das Fenster fällt bereits das Licht der Morgendämmerung. Erschöpft schlafe ich irgendwann ein.

*

Die alte Frau steht vor meinem Bett. Ihre Hand liegt auf meinem Arm. »Sie müssen es erzählen. Das Mädchen. Sie müssen es erzählen.« Ihre Stimme klingt heiser.

Ich starre sie an. Versuche zu sprechen. »Was?« Doch es kommt kein Laut. Meine Zunge gehorcht mir nicht. Der Blick der Alten schweift in die Ferne. Hinaus aus dem Fenster. Genau wie am Vortag. »Die Lichtung.« Ein Flüstern. »Die Lichtung.«

Ein gellender Schrei erlöst mich. Es ist mein eigener. Ich wache auf. Sitze kerzengerade im Bett; mein Körper nass vor Schweiß.

*

»Darf ich Sie etwas fragen?« Ich stehe neben meinen gepackten Taschen; habe entschieden abzureisen. Die Kamera hängt in der Fototasche über meiner Schulter, meine Finger umklammern den Riemen.

Barbara Wölfle steht in der geöffneten Tür eines Abstellraumes. »Sie sind blass. Haben Sie nicht gut geschlafen?« Besorgt schaut sie mich an. Sie hält einen Wäschekorb in den Händen. »Wenn das Zimmer nicht in Ordnung war ...«

»Der Wanderweg hinter der Tiroler Straße, Richtung Wald, auf halber Strecke ...«, unterbreche ich sie, »... kennen Sie die Lichtung?«

»Ja. Natürlich.« Besorgt zusammengezogene Augenbrauen wandern Richtung Stirn. Verwunderung steht nun in ihrem Gesicht. »Hinter dem Gasthof Meyer den Pfad hoch. Klar.«

»Haben Sie dort schon einmal eine Schaukel gesehen?«

»Eine Schaukel? Nein.« Barbara schüttelt den Kopf. »Warum?«

»Nein?« Meine Stimme klingt fremd.

»Soweit ich mich erinnere, gab es dort nie einen Spielplatz.«

»Kein Spielplatz. Nur ein altes Schaukelgerüst.« Ich höre meine Ungeduld. »Ihre Mutter ...« Ich breche ab. Schlucke. Dann: »Ihre Mutter weiß, wovon ich spreche.« Ich schaue zu dem Zimmer, vor dem die Alte gestern stand. »Ist sie ...«

»Meine Mutter?« Barbara stellt den Korb mit der Wäsche zur Seite. Ich zeige auf die Tür. Gehe einen Schritt in die Richtung.

»Meine Mutter ist letztes Jahr gestorben.« Barbara schaut mich an.

»Was?« Ich deute zu dem Türrahmen, wo ich sie gesehen hatte. »Aber ...«

»Friedlich eingeschlafen.«

Ich starre sie an.

»Sie war neunundachtzig.« Barbara interpretiert mein Schweigen als Betroffenheit.

Der Boden unter meinen Füßen verschwindet. Mit einer Hand stütze ich mich am Tresen ab.

»Ist alles in Ordnung?« Sie greift nach meinem Arm. »Es war eine Erlösung. Sie war dement. Viele Jahre schon. Lebte in ihrer eigenen Welt. Hat von toten Mädchen erzählt. Von einem Mann. Von Verdächtigungen.« Barbara zuckt mit den Achseln. »Vermutlich Erinnerungen aus dem Krieg.«

Ich drehe mich um. Und stürze hinaus. Ich laufe. Ich renne. Den kompletten Weg hinauf zu der Lichtung.

Das Blut beginnt in meinen Ohren zu rauschen. Schon von weitem kann ich erkennen, dass auf der Lichtung keine Schaukel steht. Ich renne trotzdem weiter. Als ich endlich auf der Mitte der Wiese stehe, scheinen meine Lungen zu explodieren. Ich drehe mich im Kreis.

Nichts. Eine Bergwiese. Die Eiche. Unendlich viele Tannen im Hintergrund.

Keine Schaukel.

Graue Wolken hängen am Himmel. Es sieht nach Regen aus. Das Gras scheint am heutigen Morgen weniger grün als gestern. Ich laufe über die Wiese, den Blick zu Boden. Auf der Suche nach Spuren.

Was für Spuren? Ich bleibe stehen.

Eine verschwundene Freundin, die auf einem Fotoabzug erscheint. Eine Schaukel aus meiner Kindheit, die nicht mehr zu sehen ist. Eine alte Frau, die nicht mehr lebt – und dennoch weiß, wovon ich spreche.

Plötzlich ist der moderige Geruch aus der Dunkelkammer wieder da. Intensiv. Durchdringend. Bevor ich Gelegenheit habe, einen Gedanken zu fassen, tippt mir von hinten jemand auf die Schulter. Eine flüchtige

Berührung. Sie geht durch Mark und Bein. Mein Herz schlägt bis zum Hals. Ich fahre herum.

Nichts. Ich bin allein.

Epilog

»Ich möchte eine Aussage machen.« Fragen, die ich nicht beantworten kann. Angaben, die ich nicht belegen kann. Gefühle, die ich nicht erklären kann. Und ein Foto, das eine leere Lichtung zeigt. Dennoch bin ich mir sicher.

»Worum geht es?«

»Um den Verbleib meiner Freundin.« Ich wähle meine Worte mit Bedacht. Ohne zu Zögern. »Ihr Name ist Julie Neurath.«

»Was ist mit ihr?«

»Sie verschwand 1993. Im Alter von vierzehn Jahren.« Wie erwartet, habe ich die volle Aufmerksamkeit des Polizisten. »In Hinterzarten.« Behutsam lege ich den Fotoabzug auf den Tresen im Polizeirevier Freiburg Süd.

Der Beamte schaut auf das Foto. Dann blickt er mich fragend an. »Ja?«

Ich atme tief ein. Mein Zeigefinger fährt über die Lichtung. Über eine Schaukel, die nicht zu sehen ist. Über ein Mädchen, dass nicht mehr winkt. »Ich denke, ich kann Ihnen sagen, wo sie ist.«

Ralf Kurz

Wetten dass …?

Wieder einmal sollte auf dem Land, das ich einst besessen hatte, ein Haus abgerissen werden, um für ein neues Platz zu schaffen. Gewiss, niemand wollte dort mehr wohnen, zumindest niemand, in dessen Adern noch warmes Blut floss, aber ich mochte das Haus. In den letzten Jahren hatte das Militär dort Logis bezogen und man nannte das Haus »Kreiswehrersatzamt«, eine Bezeichnung, mit der ich mich nie anfreunden konnte. Tagsüber herrschte dort eine behäbige Geschäftigkeit, aber in den Nächten war kein Leben in dem Gemäuer, nicht einmal Ratten im Keller oder Mäuse auf dem Dachboden. Die Tiere spürten wohl, was den Menschen unentdeckt blieb. Allerdings wusste ich vor jenem Tag noch nicht, welch unverhoffte Chance sich mir bieten würde. Ich schuldete dem Teufel ein Leben und er, dessen Namen man besser nicht allzu laut ausspricht, ist kein Gläubiger, der einem armen Sünder die Schuld erlässt.

Als Schildknappe begleitete ich einst den Ritter Kuno von Falkenstein, um Jerusalem von den Ungläubigen zu befreien. Seiner Frau Ida versprach der edle Herr bei der Abreise, binnen sieben Jahren wieder zu Hause zu sein, anderenfalls sollte sie ihn für tot halten. Als Unterpfand teilte er seinen Ehering mit dem Schwert und vertraute eine Hälfte seiner Angetrauten an. Zu unserem Unglück gerieten wir auf unserer Fahrt in die Hände des Kalifen von Damaskus, in dessen Kerker wir lange ausharren mussten. Unser einziger Freund war ein Falke, der jeden Tag vor den

Gitterstäben unseres Gefängnisses landete, um uns neugierig zu beäugen. Als uns endlich die Flucht gelang, blieb vom siebten Jahr nur noch ein einziger Tag. Ritter Kuno warf sich zu Boden, dankte dem Herrn für die Rettung, klagte aber gleichzeitig darüber, seine Ida verloren zu haben, denn die Fahrt ins heimatliche Dreisamtal hätte Monate in Anspruch genommen.

Dies kam dem Teufel zu Ohren und er verhöhnte den Ritter. Den Schmerz des Unglücklichen ausnützend bot er an, in der Gestalt eines Löwen den Ritter binnen einer Nacht nach Hause zu tragen, jedoch nicht ohne eine Bedingung. Sollte Kuno während des Ritts einschlafen, wäre seine Seele an den Gehörnten verloren. Was blieb dem Unglücklichen anderes übrig, als den Handel abzuschließen, wenn er sein Eheweib nicht einem anderen angetraut sehen wollte? Ich ahnte wohl die List, denn ich wusste, wie müde mein Herr war, als er auf den Rücken des Löwen sprang. Sollte er den Ritt bis zum heimatlichen Höllental wachen Auges überstehen, würde er Hilfe benötigen. Als treuer Schildknappe hätte ich an seiner Seite reiten sollen, doch kein Pferd, weder Schwarzwälder noch Araber, konnte es mit dem Teufel in Löwengestalt aufnehmen. Einziger Ausweg war, die List mit einer Gegenlist zu vergelten. Als ich den Falken sah, der mir während unserer Gefangenschaft immer wie ein gutes Omen erschienen war, lockte ich ihn an und gab ihm einen Auftrag. Er, der schnell wie der Wind zu fliegen vermochte, sollte aus der Luft herabstoßen und den Ritter erschrecken, wann immer Kuno einzuschlafen drohte. Als der Teufel in Kirchzarten angekommen den Ritter beim ersten Hahnenschrei wachend fand, schleuderte er einen mächtigen Felsbrocken, um Kuno zu zerschmettern. Der Stein jedoch traf nicht den Ritter, sondern die Ecke eines Gasthauses, wo er noch heute als Eckstein des Hotels Fortuna steckt. Kuno rettete seine Ida aus den Händen des Johann von Snewlin, der die Holde schon zum Altar hatte führen wollen, und der einst geteilte Ring vereinigte sich wieder zu einem Ganzen. Über alle Maßen glücklich erneuerten Kuno und Ida ihren Eheschwur. Meine Gegenlist mit dem Falken jedoch rechnete der Gehörnte mir vor. Erst dann sollte meine Seele Ruhe finden, wenn jemand in meinem Hause in den Freitod gehen würde!

Das Glück des Herrn wurde zum Unglück des Knappen. Um meine Seele zu retten, müsste ich meinem Leben selbst ein Ende setzen, doch damit würde ich mich gegen den Herrn versündigen und das Paradies bliebe mir verschlossen. Tag um Tag ging ich hinunter zur Dreisam, saß betend am Ufer und fand doch keinen Ausweg. Der Herbst und der Winter gingen ins Land und als im Frühjahr die Schneeschmelze das Wasser von den Hängen des Schwarzwaldes ins Tal rauschen ließ, wuchs mit den Fluten auch meine Verzweiflung. Schließlich sprach ich ein letztes Gebet, empfahl dem Herrn meine Seele und stürzte mich in den donnernden, eiskalten Fluss. Von den Wellen herumgewirbelt schlug mein Kopf gegen einen Stein. Ich verlor die Besinnung und sank auf den Grund. Als ich wieder zu mir kam, war ich weder tot noch lebendig. Schwefelgeruch stieg mir in die Nase und schon während ich die Augen aufschlug, lachte der Gehörnte mich aus. Mein Tod zähle nicht bei dem Handel, verkündete er, denn der Freitod sei nicht in dem Haus geschehen, das auf meinem Grund und Boden stand. Die Bedingung sei im Detail zu erfüllen und er empfahl mir, fürderhin nach einer geeigneten Seele Ausschau zu halten, die ich in den Freitod zu gehen veranlassen könnte. Solange sollte ich als Geist mein Dasein fristen, nicht im Himmel und nicht in der Hölle, sondern nur als kalter Schauer und fahles Bildnis in der Welt der Lebenden.

Unfähig, etwas zu tun, verbrachte ich meine Zeit in Agonie. Ich spürte weder sommerliche Hitze noch die Kälte des Winters. Aus Jahren wurden Jahrzehnte und aus Jahrzehnten Jahrhunderte. Mein kleines Häuschen zerfiel und es wurde ein neues auf dem Land erbaut, das ich einst besessen hatte. Auch das zweite Haus zerfiel und nach ihm das dritte. Nach dem vierten kam das fünfte und schließlich wurde das sechste erbaut, sechshundert Jahre nach dem Flug des Falken. Dieses letzte Haus jedoch wurde nicht dem langsamen Verfall anheim gegeben. Ihm stand ein jähes Ende bevor.

Das rote Absperrband wies die Schaulustigen darauf hin, dass jenseits der Markierung der Gefahrenbereich begann. Es war niemandem gestattet, diesen Bereich zu betreten oder sich dort aufzuhalten, um nicht durch umherfliegende Trümmerteile verletzt oder schlimmstenfalls getötet zu werden. Unter den drei, vier Dutzend Beobachtern herrschte kein Gedränge. Die Weitläufigkeit des Areals erlaubte jedem einen freien, ungehinderten Blick auf das Gründerzeitgebäude, dessen Tage gezählt waren. Auch wenn die Bausubstanz eine umfassende Sanierung gerechtfertigt hätte, musste das ehemalige Kreiswehrersatzamt vor den gnadenlosen Spielregeln der Immobilienbranche kapitulieren. Das geschichtsträchtige Gebäude mit dem kleinen, verträumten Park sollte verschwinden, um einer neuen, exklusiven Wohnanlage mit gehobenem

Ambiente Platz zu schaffen, wo die zu erwartenden Mietpreise neue Rekordhöhen erklimmen sollten. Unter den Schaulustigen gab es jedoch fast niemanden, der sich für die Historie interessierte. Alle warteten gespannt auf das Spektakel und die meisten hatten bereits ihre Handys und Kameras gezückt, um den Augenblick für ihre privaten Videosammlungen oder die Internetgemeinde festzuhalten.

»Ich wette, dass das Gebäude heute nicht gesprengt wird.« Unter allen Anwesenden war Helmut der einzige, der den durch Sprengstoff erzwungenen Einsturz des Gebäudes nicht sehen wollte. Für ihn ging es nicht um ein Stück verzichtbarer Architektur, sondern um einen Großteil seiner Erinnerungen. Er hatte viele Jahre in dem Gebäude gearbeitet und wollte sich nicht damit abfinden, dass mit einem Knopfdruck des Sprengmeisters auch ein wesentlicher Teil seines Lebens einstürzen und für immer verschüttet werden sollte.

»Wieso glaubst du, dass das Gebäude heute nicht gesprengt wird?« Für Marianne war das ehemalige Kreiswehrersatzamt nicht mehr als das Gebäude, in dem ihr Ehemann früher seiner Arbeit nachgegangen war. Sie wusste selbst nicht, warum Helmut sie mitgenommen hatte. Die Sprengung eines alten Gebäudes war nichts, was sie schon immer einmal gesehen haben wollte und auch an der Gesellschaft ihres Mannes lag ihr längst nicht mehr so viel wie früher. Zu Hause hätte sie etwas Sinnvolles tun können, doch Helmut hatte nachdrücklich darauf bestanden, dass sie ihn begleitete. Seine Beharrlichkeit hatte sie verwundert, doch eine Erklärung hatte er nicht abgegeben.

»Sie werden heute nicht sprengen«, verkündete Helmut im Brustton der Überzeugung und öffnete den

Reißverschluss der kleinen Sporttasche, die er mitgebracht hatte.

Ohne besonderes Interesse warf Marianne einen Blick hinein und erkannte eine schwere, eiserne Gliederkette samt Vorhängeschloss. »Was hast du vor, Helmut?«

»Ich werde die Sprengung verhindern!«

Marianne schüttelte den Kopf. Ihr Mann konnte sehr stur sein und sie wusste, dass es zu nichts führen würde, wenn sie versuchte, ihm zu widersprechen. Die Bemerkung, die ihr auf der Zunge lag, wollte sie jedoch auch nicht unausgesprochen hinunterschlucken. »Das Gebäude wurde geräumt, das Gelände ist abgesperrt, und es gibt nichts, was du tun kannst, um die Sprengung zu verhindern.«

»Ich wette um zehn Euro, dass das Gebäude heute nicht gesprengt wird«, beharrte er und sah sie herausfordernd an.

»Na gut.« Marianne zuckte mit den Achseln »Ich halte deine Wette: zehn Euro, dass die Sprengung heute stattfinden wird.«

Halb amüsiert und halb gelangweilt streckte sie die Hand aus und Helmut ergriff sie.

»Abgemacht«, erwiderte er düster, »zehn Euro.«

So ein Blödsinn, dachte Marianne. Die Wette war absurd, geradezu grotesk, und sie war davon überzeugt, dass Helmuts Plan, wie auch immer er aussehen mochte, nicht funktionieren würde. Einen Augenblick lang gab sie sich der verlockenden Vorstellung hin, dass Helmut in das Gebäude stürmen und sich dort an einen Eisenträger anketten würde, um bis ans Ende seines Lebens gegen die Sprengung zu demonstrieren. Tagein, tagaus würden Spezialisten erfolglos versuchen, die Kette mit Sägen und Schneidbrennern zu durchtrennen, während Marianne sich in Ruhe und Frieden ihren Katzen oder der Zubereitung von Marmelade aus Weinbergpfirsichen widmen konnte, ohne sich ständig mit ihrem Ehemann über alles und nichts streiten zu müssen. Seine Rechthaberei war schon fast krankhaft und es verging kaum eine Nacht, in der Marianne nicht grübelnd im Bett lag und sich fragte, warum zum Teufel sie sich das eigentlich noch länger zumutete.

Das Geräusch des Reißverschlusses holte Marianne aus ihren Gedanken. Sie sah, wie Helmut sich in Bewegung setzte und das Absperrband anhob. Eine Sekunde später ließ eine Detonation den Boden erzittern. Etwas Mächtiges musste im Rücken der Zuschauer explodiert sein und alle Anwesenden drehten ruckartig ihre Köpfe. Jeder erwartete, Rauch, Qualm oder umherfliegende Teile zu sehen, doch der baumbestandene Hang des Schwarzwaldes lag ruhig und friedlich wie immer. Nur ein bedrohliches Fauchen, das immer lauter wurde, schien sich mit hoher Geschwindigkeit zu nähern. Instinktiv hielten alle Anwesenden den Atem an. Einen Augenblick später jagte ein Kampfjet der Bundeswehr über die Baumwipfel und donnerte über die Köpfe der Menschen hinweg nach Süden. Die Ursache des ohrenbetäubenden Knalls war keine Explosion gewesen. Der Jet hatte die Schallmauer durchbrochen und dabei den Gesetzen der Physik folgend das erschreckende Geräusch ausgelöst. Erleichtert wandten sich diejenigen, die sich kurz zuvor in Gefahr gewähnt hatten, wieder um. Die Unterbrechung im geplanten Ablauf der Ereignisse hatte nur wenige Augenblicke gedauert. Auch Marianne drehte ihren Kopf und sah, dass Helmut verschwunden war. Offensichtlich hatte er die Ablenkung genutzt, um unbemerkt das Gebäude zu erreichen und in seinem Inneren zu verschwinden.

»Ist die zweite Überprüfung abgeschlossen?«, fragte der Sprengmeister, der ganz in Mariannes Nähe stand.

»Gebäude geräumt und gesichert«, antwortete ein Mitarbeiter nickend und löste den langgezogenen Warnton aus, der den Schaulustigen signalisierte, dass die Sprengung unmittelbar bevorstand.

Marianne sah den Sprengmeister erschrocken an. Sie zögerte kaum mehr als ein, zwei Sekunden, während ein Schauer sie plötzlich frösteln ließ. Ihr war, als wäre sie unversehens von einer Grabeskälte eingehüllt. Vor ihrem inneren Auge erschien das Bildnis eines jungen Mannes, dessen Haare nach Art des Prinzen Eisenherz geschnitten waren. Er trug mittelalterliche Kleidung und auf seiner Brust prangte das Wappen eines Falken. Obwohl er lächelte, hatte sein Blick etwas unsagbar Trauriges. Der junge Mann schüttelte langsam den Kopf, dann verschwand das Bild und mit ihm die unheimliche Kälte.

Der Sprengmeister hatte die Erscheinung offensichtlich nicht wahrgenommen. Auch die Umstehenden wirkten nicht so, als sei einem von ihnen gerade ein Geist erschienen. Die Vorstellung, dass sie gleich eine Wette gewinnen würde, ließ Marianne lächeln, auch wenn sie auf die zehn Euro verzichten musste. Der Sprengmeister drückte den verhängnisvollen Knopf und wenige Sekunden später war Helmut nicht mehr in der Lage, seine Wettschulden zu begleichen.

Sylvia Schmieder

Zwergensärge

Die Geschichte ist noch gar nicht lange her. Solltet ihr aber auf die Idee kommen, mehr wissen zu wollen, als ich euch jetzt erzähle, werdet ihr weder hier in Freiburg noch irgendwo anders fündig werden. Über die Zwergensärge schreibt kein Mensch ein Sterbenswörtchen. Wie sollte es anders sein! Nicht einmal damals, als es passierte, habe ich Menschen gefunden, die mir bereitwillig Auskunft gaben – mit einer einzigen Ausnahme.

Ich beginne mit Hedwig Puhster, weil ich von ihr zum ersten Mal von den Zwergen hörte. Das Thema, zu dem ich sie interviewte, war ihre ehrenamtliche Tätigkeit in einem Hospiz im Westen der Stadt. Aber vielleicht weil wir uns gleich gut verstanden, oder weil sie zwei bis drei Weinschorle trank, kam sie ins Reden. Ich sei, gestand sie mir später, der erste Mensch, außer Sunny natürlich, dem sie davon erzählte. Dabei erfuhr ich von ihr nicht einmal alles. Das Wichtigste verschwieg sie.

So müsst ihr euch Hedwig vorstellen, damals, als es geschah: im braungrauen, fein gestreiften Kostüm, das halblange Haar mit einer graugoldenen Spange aus dem dezent geschminkten Gesicht gesteckt, um die vierzig und schmal. Ihr Revier war der durch einen taubenblauen Teppichboden markierte Empfangsbereich, den Räumen der Führungskräfte eines großen Sozialunternehmens vorgeschaltet, in dem Hedwig sich in modischen Pumps leise, aber zielbewusst bewegte.

An jenem Vormittag stand Hedwig neben dem klickenden Faxgerät und wartete darauf, dass die dritte und letzte Seite eines Netzwerkmeetingprotokolls aus dem Gerät in das weiße Kunststoffkörbchen fiel. Dabei schaute sie aus dem Fenster, hinunter auf die betriebsame, schmale Straße nicht weit vom Münsterplatz. Und da sah sie den Zug kleiner Leute. Sie sah ihn und riss die Augen auf, denn es waren unnatürlich kleinwüchsige Leute, die auch sonst krass aus dem Rahmen fielen, besonders in dieser Straße, betonte Hedwig, aber ich bin sicher, dass es in ganz Freiburg keinen einzigen Ort gibt, an dem sie nicht aus dem Rahmen gefallen wären. Sie trugen schwere, dunkle Jacken, gestrige Hüte, buschige, wilde Bärte, die Frauen auch. Ja wirklich, behauptete Hedwig, es gab da Frauen mit vollem Bart. Manche trugen lange Röcke. Andere spitze Mützen. Vor allem aber trugen sie in ihrer Mitte etwas, das Hedwig sofort in die Augen stach: einen offenen Sarg.

Was ihr wohl getan hättet, an Hedwigs Stelle? Gelacht? Positiv gedacht? Hedwig erzählte es mir so: Sie vergaß das Fax, öffnete das Fenster und sah vorsichtig von der Seite aus hinaus. Etwas zog ihr die Eingeweide zusammen. Sie beobachtete die kleinen Menschen – wenn es Menschen waren – wie sie einen Schritt schwerfällig vor den anderen setzten, die Köpfe etwas gesenkt. Einer von ihnen trug am krummspitzen Hut eine große, kindlich grüne Haarspange, die Hedwig an etwas erinnerte. Sämtliche Köpfe, sagte sie, bewegten sich nicht. Und das blieb alles so, es rückte nur ganz langsam vorwärts.

Da sah sie sich hilfesuchend um und rief nach einer Kollegin.

»Sunny!«, rief sie. Das war eine junge Kollegin mit abgeschlossenem Anglistik-Studium, die die Auslandskorrespondenz besorgte. Der Chef hatte sie einmal »überkritisch« genannt, darum hieß sie nun bei allen spaßhaft »Sunny«.

»Nanu!«, sagte Sunny, als sie sah, was Hedwig sah – so durch die Nase, mit einer etwas scharfen Aussprache. Und dann sagte sie nichts mehr.

Hedwig flüsterte ihr zu, das sei doch ein Sarg, dort? Und Sunny nickte, schüttelte aber gleich hinterher den Kopf, beides hintereinander. Ob sie auch sehe, wer darin liege, fragte Hedwig mit so dünner Stimme, dass man sie kaum als ihre erkannte. Sunny drehte den Kopf und fixierte sie empört. Ja, sie starrte ihre Kollegin an, als könne die etwas dafür. Aber sie sagte immer noch nichts.

Doch dann wussten beide im Nu, was zu tun war, beschlossen, die Geschäftsführung unverzüglich zu unterrichten. Wozu, dachten sie erleichtert, hat man einen Chef. Schließlich spielte sich dieser seltsame Begräbniszug ganz direkt vor dem Gebäudekomplex ihres in der Stadt hochgeschätzten Sozialunternehmens ab. Hedwig lief schon, so schnell es die glattbesohlten Pumps erlaubten, den Gang hinunter. Aber Sunny besann sich plötzlich anders, rannte ihr nach und flüsterte: »Die Leute werden sicher verschwunden sein, bis er am richtigen Fenster steht. Vielleicht besser, wir machen hier keinen Tanz?«

Da wurde auch Hedwig wieder unsicher und sie schlichen zum Fenster zurück, stellten sich hinter die Gardine, ein exklusives Stöffchen, warm und distanziert zugleich, das Image des Hauses bekräftigend. Tatsächlich war der Zug der kleinen Leute schon halb hinter der Straßenbiegung verschwunden. Sunny schüttelte sich und nuschelte etwas vor sich hin.

Als nichts mehr zu sehen war, versuchten sie, sich anzuschauen, aber keine wusste, wie darüber sprechen. Darum gingen sie einfach zurück an ihre Arbeit: Hedwig an das summende Telefon, Sunny in ihr Büro. Und die Stunden gingen so herum. Hedwig spürte sie zum ersten Mal wirklich, sagte sie mir, als Fremdkörper. Rau und schmerzhaft drehten sie sich in ihrem Brustkorb herum. Gleichzeitig kam sie sich plötzlich furchtbar langsam vor, immer hinterher, unerträglich tranig, sie, die Fixe, die Zielbewusste, die noch nie in ihrem ganzen Leben von irgendjemandem langsam genannt worden war.

Sie sprach nur noch einmal mit Sunny darüber, und auch nur sehr kurz. Das war beim Kaffeetrinken in der kleinen Küche der Verwaltung, als einmal sonst niemand herumstand.

»Ich habe ein Herz wie Blei!«, sagte Hedwig.

»Sozusagen!«, antwortete Sunny, wie es ihre Art war, scharf und durch die Nase.

»Ich finde es schwer, einfach weiterzumachen«, sagte Hedwig.

»Ja …«, sagte Sunny und schluckte. »Aber ich weiß auch nichts Besseres. Weißt du etwas Besseres?«

Und Hedwig zuckte traurig die Achseln.

Soweit mir bekannt ist, geschah es wenige Tage später, dass Martin Krombach die Zwerge zu Gesicht bekam – wieder mitten in Freiburg. Krombach war damals noch Student, hatte aber schon eine Tätigkeit als wissenschaftlicher Assistent im Philosophischen Seminar ergattert und arbeitete täglich einige Stunden in der

Bibliothek an seiner Doktorarbeit über den radikalen Konstruktivismus und seine Beziehung zu Descartes. Auf seine Professoren machte er den Eindruck, dass ihm trotz der zahlreichen Konkurrenten eine wissenschaftliche Laufbahn gelingen könnte. Leider hat sich dieser Eindruck später nicht bestätigt: Krombach hat seine Doktorarbeit nie beendet.

An jenem Vormittag aber hatte er mehrere Stunden tief versunken über den Büchern gesessen. Als er aus dem mächtigen Backsteingebäude hinaus die breite Treppe hinunterlief, um über die Fußgängerbrücke ins UB-Café zu gehen, hing er wie so oft in Gedanken so sehr dem eben Gelesenen nach, dass er fast nichts um sich herum wahrnahm. Er spürte nur das Licht der Sonne, erst auf dem Gesicht, dann auf den Händen, und es überraschte ihn, wie alles in ihm innerhalb von Sekundenbruchteilen froh und leicht wurde, nur weil ein bisschen graue Haut von Sonnenstrahlen geweckt wurde. Dazu fiel ihm natürlich gleich etwas ein, was er bei Descartes gelesen hatte.

Es war die Sache mit dem Bienenwachs, die ihm durch den Kopf fuhr. Das Bienenwachs nämlich lässt, wie Descartes schreibt, die Honigscheiben, denen es entstammt, noch erfühlen, erriechen und erschmecken, und es »bewahrt ein bisschen noch den Duft der Blumen«. Wir meinen, sagt dieser Descartes, das Bienenwachs an genau solchen sinnlichen Wahrnehmungen zu erkennen. Aber wenn es zum Beispiel dem Feuer nahekommt, verändert es so gut wie alle Eigenschaften, an denen wir es eben noch erkannt haben. Und wir nennen es doch immer noch »das Wachs«.

»Warum bin ich immer noch ich«, fuhr es Krombach durch den sonnenbeschienenen Kopf, »wenn ich gleich ins Dunkel trete und alles wieder vorbei ist, was die Sonne gerade erst in mir verändert hat?«

So grübelte er, glücklich befangen in seiner Arbeit, und sah nichts als die paar Meter unbeschatteten Teer und Pflastersteine, die ihn von der Brücke trennten. Der Zug der kleinen Leute, von der Tiefgarage kommend, drang deshalb nur allmählich in sein Bewusstsein. Er spürte sie mehr, als er sie sah: die aufdringliche Andersartigkeit ihrer zähen Bewegungen.

Sechs sehr kleine Menschen, wie Gnome, sagt er, trugen einen alten, schmutzig und moosig wirkenden Sarg. Vor und hinter ihnen gingen noch mehr. Der Zwergensarg lag auf den Schultern der Träger, aber weil sie so klein waren, konnte ein großer Mensch wie Krombach mühelos hineinsehen. Er musste hineinsehen, sagt er.

Aber das ist auch schon fast alles, was er halbwegs vernünftig erzählt. Dann presst er die Fingerspitzen gegen seine Augenbrauen und murmelt alles Mögliche, das gar nichts zur Sache beiträgt: »Die Plakate«, sagt er, »am Straßenrand vor mir, für die Wahl der Studentenvertretung, für einen Neuseeland-Diavortrag, für ein Kammerkonzert, alle auf einmal konnte ich wahrnehmen, ihre grellen Farben, alles, was da gedruckt war. Die Straße war auf einmal so menschenleer! Nur eine Frau, eine große, dickliche, in einem braunen Fellmantel, wurde mit im Zug getrieben, tanzte dann wieder aus ihm hinaus und verschwand irgendwie, ich weiß nicht wohin, ich habe alles auf einmal gesehen, aber diese Frau nicht mehr ...«

Als er so dahinredete, ohne mir wirklich Auskunft zu geben, saßen wir in einer Kneipe, die Krombach sich nach langem Zögern ausgesucht hatte, um im

Schutz ihres Zwielichts, ihrer scharfen Gerüche und ihrer stetigen Geräuschkulisse meine Fragen zu beantworten. Aber eigentlich wollte er immer noch nicht. Mit Engelsgeduld und sturer Bestimmtheit fragte ich an die zehnmal nach und plötzlich, aber wie ich zugeben muss, nur ein einziges Mal, behauptete er steif vor Angst, er habe sich selbst, in klein, aber erwachsen, gesehen. Er sei der im Sarg gewesen.

»Ich. Tot.«

Mehr erfuhr ich von ihm nicht. Krombach starrte noch eine Weile vor sich auf den Tisch, dann verließ er die Kneipe überstürzt, und wir sahen uns nie wieder.

Ich kann mir schon denken, was ihr jetzt glaubt. *Grimms Märchen! Altdeutscher Sagenschatz!* Ich sage nur: Dann wisst ihr nicht viel. Dann müsst ihr das erst noch erleben, eines schönen Tages, dass euch auf eurer hellen Lebensstraße etwas Kleines, Stummes begegnet, das die Straße und das Leben durchkreuzt, als wäre, was war, überhaupt nichts gewesen, und alles, was kommt, nichts mehr wert. Das wollt ihr nicht hören? Passt auf, es geht noch etwas weiter. Ich habe noch eine weitere Zeugin für die Zwergensärge aufgetan.

Sie ist etwas Besonderes. Sie ist die einzige, die ihre Zwergengeschichte angstlos und unaufgefordert erzählt. Es handelt sich um eine nicht mehr ganz junge Frau, deren Namen ich euch nicht verraten möchte, weil ich denke, dass man sie schützen muss. In einem stillen Vorort der Stadt ist sie zu Hause, in dem es viele schöne Häuser gibt, voll Charakter und Vergangenheit, mit Türmchen, Fensterläden und schmiedeeisernen, hohen Zäunen. Kastanienriesen streuen Schattenflecken über breite Straßen. Die Gärten sind so alt, dass sie wachsen wie sie wollen, ganz gleich was ihre Besitzer tun. Zwei Plätze gibt es, den runden, sonnigen Brunnenplatz, den eckigen, dunklen Kirchplatz, und zwischen ihnen eine Allee aus Zierkirschen, so eine, unter der man im Frühling singen muss, ob man will oder nicht. Dort wohnte die Frau im ersten Stock eines eher grauen, hinter zwei hohen Fichten halb verborgenen Hauses. Sie wohnte nicht allein. Seit einigen Jahren hatte sie einen Freund, und wie ihr noch sehen werdet, liebten sie sich über alles.

An diesem Abend hatte er mehrere Autostunden entfernt einen beruflichen Termin und sie wusste, dass er spät heimkommen würde. Sie saß vor dem Fernseher, vor sich auf dem Tisch ein Glas Wein. Ab und zu sah sie auf die Uhr über dem alten Cordsofa, obwohl sie wusste, dass ihr Freund noch nicht zu erwarten war. Der Krimi entspannte und unterhielt sie genau so, wie sie es sich wünschte.

Gegen zehn Uhr war der Film vorbei. Sie schaltete durch das Programm und wollte gerade aufstehen, um Nüsse aus der Küche zu holen, als sie plötzlich meinte, den Wagen ihres Freundes auf der Straße zu hören. Eigentlich war sie sich sicher, denn sie kannte sein Autogeräusch genau. Sie sprang ans Fenster, sah vom hellen Zimmer in die Nacht, auf die schlecht beleuchtete Straße, auf der sie nichts erkennen konnte, beschattete die Augen mit einer Hand und legte die Stirn an die Fensterscheibe. Kein Auto weit und breit, bis auf die zwei der Nachbarn, die seitab geparkt standen. Links, hinter den Fichten noch schwer zu erkennen, kam stattdessen ein Kind die Straße hinunter und noch eins, ein ganzer Zug. Aber das waren keine Kinder. Sie sah es an den Bewegungen, dass das keine sein konnten. Einige von ihnen trugen gemeinsam eine längliche Kiste auf den Schultern, die innen weiß aufschien. Die Frau ging zur Stehlampe, schaltete sie aus, um besser sehen zu können und kehrte zum Fenster zurück.

Da tauchte der Sarg gerade in den Lichtkegel der Straßenlampe. Für einen kurzen Moment verlor die Frau das Bewusstsein. Als sie wieder zu sich kam, verschwanden die Sargträger schon hinter der Hecke. Sie spürte einen Rest Spannung in ihrer Kehle und erschrak, weil sie begriff, dass sie eben aus vollem Hals geschrien hatte. Sie wollte nicht wissen warum, wusste es aber doch. Was diese Wesen da trugen, verschlossene Augen im grauen Gesicht, in einem offenen Sarg, war ihr Freund, auf den sie wartete. Sie riss an dem Fenster, das nicht gleich aufgehen wollte, und rief gegen die Scheibe: »Was soll das! Was soll das!« Dann rannte sie durch das Zimmer und griff sich den Schlüssel, lief die Treppe hinunter zur Haustür, durch den stockdunklen Vorgarten ans schwarze, schmiedeeiserne Tor. Neben ihr wirbelte ein kleiner Vogel aus dem Gesträuch hinaus und einige Meter weiter hinten wieder hinein.

Die Straße war leer. Gegenüber brannte Licht, sie konnte, wie immer, den Fernseher des Nachbarn in einer Spiegelung am Fenster flimmern sehen. Der Zug war spurlos verschwunden. »Wie dieser Vogel«, dachte sie, »husche ich hier sinnlos in der Gegend herum.« Also ging sie wieder hinauf.

Auf dem Bildschirm schwangen Mädchen in Röcken symmetrisch die Beine, sprangen sich auf die Schultern, von hohen Schreien angefeuert zurück zur Erde, wirbelten radschlagend auseinander. Die Frau setzte sich nicht auf, sondern neben das Sofa auf den Teppich. Sie stieß ihren Kopf langsam gegen die gepolsterte Armlehne des Sessels, immer wieder, mit der Zeit suchte sie sich die harten Stellen unter den Armlehnen, bis sie endlich weinen konnte. Aber es wurde nichts besser.

Zeit verging. Zwischen Sofa und Kommode saß da ein Häufchen Elend. Es kam ihr vor, als sähe sie sich von außen, so wie ihr sie jetzt seht, und als wäre sie nicht sie selbst. Es kam ihr auch vor, als müsste sie hier warten, bis ihr Körper sich wieder mit etwas füllen würde, was man zum Leben brauchen konnte.

Dann hörte sie noch einmal das Geräusch eines Autos. Sie fuhr hoch und ans Fenster, obwohl sie diesmal seltsam schwer hörte und sich nicht sicher war. Vom dunklen Zimmer auf die Straße schauend, erkannte sie sofort den Zug der Zwerge wieder, die jetzt von rechts kamen, als wären sie einfach irgendwo umgekehrt. Doch als sie sah, wer diesmal im Sarg lag, verschluckte sie ein aufgeregtes Lachen. Sie schüttelte sich und kicherte, denn diesmal, und das erzählte sie mir strahlend, lag sie selbst darin, als aufgebahrte Leiche, offenbar sehr tot.

»Gott sei Dank. Ich auch! Verstehen Sie?«

Ich weiß nicht, ob ihr versteht. So oder so ist diese Geschichte schon fast zu Ende erzählt. Als sie eine dreiviertel Stunde später das Auto zum drittenmal hörte, legte sie den Nussknacker beiseite und ging in die Küche, um das Abendessen zu wärmen. Eine Sendung über den Schwarzwald begann, als ihr Freund müde die Treppen hinaufstieg, sie ihn heftiger als sonst umarmte und sofort von ihrem Erlebnis reden musste. Da war er, wie ihr euch denken könnt, erst einmal überfordert. Immerhin, sagt sie, glaubte er ihr einige Tage später.

Vier Menschen sind es also gewesen, die in Freiburg das Begräbnis der Zwerge mit eigenen Augen gesehen haben. Das sind aber nur die vier, von denen ich sicher weiß. Ich glaube, dass es sehr viele mehr gewesen sind! Denn es gibt da ein Gerücht, das mir von der letzten Zeugin bestätigt wurde: Es sollen sogar so viele gewesen sein, dass sie sich auf einem Park-and-Ride-Platz im Westen der Stadt versammeln konnten, mit schweren Privatwagen, mit SUVs und einem Militärfahrzeug, mit dem Plan, die Zwerge einfach plattzumachen. Das soll ihnen nicht gelungen sein. Und die Zwerge sollen noch immer umherziehen, in Freiburg, mit ihren Zwergensärgen, gerade dann, wenn ihr nicht mit ihnen rechnet, gerade dort, wo ihr euch sicher fühlt. Was meint ihr? Haltet ihr das für möglich? Ach – denkt doch, was ihr wollt.

Regina Schleheck

Riesling

Burg Niedeck ist im Elsass der Sage wohlbekannt,
Die Höhe, wo vor Zeiten die Burg der Riesen stand,
Sie selbst ist nun verfallen, die Stätte wüst und leer,
Du fragest nach den Riesen, du findest sie nicht mehr.
Adelbert von Chamisso

Am 29. September 2003 hatte der Rhein seinen tiefsten Stand, seit Pegelstandmessungen vorgenommen werden. An jenem denkwürdigen Tag stießen die Doktoranden der Biologie der Université de Strasbourg, Mark Schöll und Katrina Becker, die den Zustand der Köcherfliegenfauna im Bereich des schiffbaren Rheins als einen von vielen Bioindikatoren natürlicher Beeinträchtigung durch anthropogene Einflüsse dokumentieren wollten, im Uferschlamm in dem Réserve Naturelle de l'Ile du Rohrschollen auf eine metallene Kiste, die sie unverzüglich zum Archäologischen Institut der Universität verbrachten, weil der Zustand des Fundstücks auf eine Herkunft aus einer Zeit früher Schmiedekunst schließen ließ. Eine mittelalterliche Seemannskiste? Barg der Fund gar einen römischen Schatz? Germanische Sakralgegenstände?

Das gute Stück maß etwa siebzig Zentimeter in der Breite und fünfzig in Tiefe und Höhe. Die Schlammschicht hatte es hervorragend konserviert, die Verzierungen schienen fast unbeschadet erhalten, dennoch waren sie nicht recht zuzuordnen. Es handelte sich um keine bekannten Schriftzeichen oder Symbole, am ehesten erinnerten sie an ein florales Muster, Blätter und Früchte, die entfernt Weinreben ähnelten.

Als man die Kiste nach allen Regeln der archäologischen Kunst und unter Hinzuziehung des Leiters der Archäologischen Abteilung der Albert-Ludwigs-Universität Freiburg, mit der die Straßburger ein Kooperationsabkommen verband, geöffnet hatte, zeigte es sich, dass das Innere vollkommen wasserdicht abgeschlossen gewesen war. Es enthielt einen dicht gepackten Stapel Pergamente aus der Haut ungeborener Ziegen – die kostbarste und feinste Machart unter den Beschreibstoffen, was auf eine hochherrschaftliche Herkunft schließen ließ.

Die Bögen waren mit großen Runen bedeckt, ein althochdeutscher Text, weshalb der Schatz schließlich in meinen Besitz gelangte, weil ich als Inhaber des Freiburger Lehrstuhls für Germanische Philologie als Experte galt. Ich muss gestehen, ich hatte arg zu knacken an dem Text. Er musste aus einer Zeit stammen, die etwa der der Merseburger Zaubersprüche entsprach, um neunhundert nach Christus. Das belegte auch die Radiokohlenstoffdatierung.

Als Wissenschaftler bin ich der reinen Wiedergabe von Fakten verpflichtet. Das, was mir zu entziffern gelang, war so rudimentär, dass es schon einiger Fantasie bedurfte, um einen Zusammenhang herzustellen. Wenn ich daher hier die Geschichte niederzuschreiben versuche, die ich meine, aus den wenigen eindeutigen Worten herauslesen zu dürfen, so handelt es sich um eine vollkommen ungesicherte Fassung, die mir aber umso spannender erscheint, als sie eine Umdeutung der Sage von dem Riesenspielzeug, mit der die Romantik das Geschlecht der Riesen humanistisch-rührselig verklärte, dringend nahelegt. Tadelt der Ritter darin seine Tochter, das Riesenfräulein, das sich einen Bauern samt Gespann als Spielzeug in die Schürze gepackt hat, doch mit harschen Worten: »*Der Bauer ist kein Spielzeug*.« Und er setzt nach: »*Denn wäre nicht der Bauer, so hättest du kein Brot*.«

In Chamissos Ballade zecht der alte Riese, während er seine Tochter ermahnt. Zum Zustand seiner Trunkenheit findet sich nichts in der Sage. Für die Moralisten ist dieser Umstand umso bemerkenswerter, als er auf gut gegründetes soziales Bewusstsein der Riesen, die doch im Allgemeinen als archaisch-mythische Antagonisten der Menschen galten, schließen lässt. Zumal die sittliche Einstellung unter Alkoholeinfluss bekanntermaßen schwächelt. Den Historiker interessiert eher, dass der Weinanbau zu dieser Zeit in der Region bereits gepflegt wurde und die Versorgungssituation der Burg durch die örtliche Bauernschaft gesichert gewesen sein musste.

Die Ruine der Burg Niedeck ist heute noch ein beliebtes Touristenziel. Nichts an dem Bauwerk lässt auf Bewohner mit Riesenwuchs schließen, auch nicht das, was die Archäologie an Zeugnissen der Vorgängerbauten sichern konnte. Vielmehr neigt die moderne Geschichtsschreibung zu der Lesart, dass unter »Riesen« Menschen mit Macht verstanden wurden, ähnlich wie Menschen in altertümlicher Malerei je nach Rang größer oder kleiner dargestellt wurden.

Die Inschrift auf den Pergamenten, die ich die Ehre hatte, untersuchen zu dürfen, erwies sich als eine Art Bericht über eben jenen Zwischenfall, von dem die Sage mit dem Riesenspielzeug erzählt. Ein Bericht, der die Geschichte in einigen Punkten drastisch anders darstellt, in anderen wiederum – entgegen der modernen Deutung – bestätigt. Verfasst hat ihn offensichtlich einer der unmittelbar Beteiligten, das Kind des Riesen, mitnichten ein Mädchen, sondern sein Sohn mit Namen Runor. Ich gebe Runors Erzählung, die in einer Art Tagebuch verfasst wurde, im Folgenden in heutiger Sprache wieder, sodass das Geschehen halbwegs nachvollziehbar ist.

Der älteste Eintrag ist überschrieben mit »Erster Gudenstag, Ernting«, womit der erste Mittwoch im Erntemonat August gemeint ist. Spätere eingefügte Daten lasse ich des besseren Erzählflusses halber aus. Nur so viel: Das letzte Datum ist der vierte Zistag im Julmond, der Zinstag, heutiger Dienstag, im Dezember, es muss der 24. gewesen sein. Heiligabend.

*

»Er hat es wieder getan. Die Jungfern, sagt er, seien köstlich, zumal, da sie noch nicht geworfen haben. So nimmt er sie und schlachtet sie gleich nach der Vereinigung, weil er eine Vermischung mit ihrem Blut vermeiden will. Wenn Halbriesen daraus erwüchsen, würden die Menschen mit ihrer Hilfe bald nach unserem Besitz streben. Außerdem sei das Fleisch der Jungfrauen das zarteste – nach dem der Kindlein natürlich, die aber doch arg wenig an den Rippen hätten, sodass einem die Knöchelchen in den Zähnen stecken bleiben. Sobald ich mannbar geworden sei, könne ich mir unter den gerade heranreifenden Mägdlein eins aussuchen, an dem ich mich ausprobieren dürfe, sagt er, und dann sollte ich auch von ihrem Fleisch kosten können. Ob ich schon eine unter den Bauernmägden auserkoren hätte? Die werde er mir aufsparen.

Ich werde den Teufel tun und Runolf von Albrun erzählen. Niemals davon, dass wir einander längst erkannt und Mann und Frau geworden sind. Wenn mein Vater glaubt, ich sei ein Knabe, soll es mir nur recht sein. Ich will kein Menschenfresser werden wie er. Gelegentlich kitzelt er im Vorbeigehen mein Geschlecht. Aber unter seiner groben Hand bleibt es schlaff. So täusche ich ihn mit Leichtigkeit.

Albruns zarte Finger hingegen! Sie, ihre knospenden Brüste und ihre köstliche Schatulle, in die meine Männlichkeit wieder und wieder vorstoßen und sich ergießen möchte! Niemals soll mein Vater davon erfahren! Wenn sie sich nur nie in seiner Nähe sehen lässt!

Die leblose Jungfer, die mein Vater über der Schulter trug, hatte lange blonde Haare. Ich erschrak zu Tode. Aber nein, sie war es nicht! Nicht Albrun! Ich täuschte Müdigkeit vor und blieb auf meinem Zimmer, bis mein Vater nach der Mahlzeit entschlummert war. Da schlich ich mich aus der Burg, lief talwärts, an dem Wasserfall vorbei und zum Haus meiner Liebsten. Es ist so klein, dass ich drinnen nicht mehr aufrecht stehen kann. Das ist aber auch nicht nötig, denn dort ist Albruns Lager. Sie erwartet mich Abend für Abend, so zierlich und klein und mit nichts als ihrem langen blonden Haar angetan. Bis zur Morgendämmerung vergnügen wir uns miteinander.

Ihr Vater, Adel von Haselach, ein kleiner Bauer mit großen Träumen, schläft, seit ich Albrun zum ersten Mal besucht habe, im Stall.

Er hat eine der hiesigen kleinen Traubensorten mit einer Traminerrebe zusammenwachsen lassen und hofft nun, ein Getränk daraus gären zu können, das besser munden soll als alles, was hier bisher angebaut wurde. Die Reben wachsen gleich am steilen Hang hinter seinem Haus und stehen voller gelbgrüner Trauben von herbem Geschmack. Bis zur Reife werden sie noch ein wenig süßen, sagt Adel, er werde meinem Vater zum Julmond seinen Tribut in Naturalien zollen. Ich sorge mich. Wenn die Ernte beginnt, wird er jede Hand am Hang brauchen, und ich fürchte, dann wird Albruns Schönheit meinem Vater nicht länger verborgen bleiben können.

Adel sieht unsere Verbindung mit einer Mischung aus Stolz und Angst. Er fürchtet, den Zorn seines Herrn zu erregen. Sieht mich aber doch als zukünftigen Herrn nicht ungern seinem Haus verbunden und versucht schon eine Weile, mir die neue Idee seines Gottkönigs Jesus zu vermitteln. Dieser ist nicht Gott, nicht Mensch. Etwas von beiden. Aus Albruns und meiner Verbindung werden auch weder Riesen noch Menschen hervorgehen können. Vielleicht ist dies das Zeichen für eine neue Zeit, in der sich Götter, Riesen und Menschen einander annähern werden. Alle seien gleich, sagt Adel, so sage sein Herr Jesus.

Wie kann das sein?

*

Albrun hat ein Kindlein von mir empfangen! Welch beglückende Kunde!

Die Rebenernte hat begonnen und ich habe Adel angeboten, dass ich statt meiner Liebsten in den Weinberg gehe. Davon will er nichts wissen. Obwohl sein Jesus ihm sagt, dass alle Wesen gleich seien, hat er großen Respekt vor meinem Vater und duldet mich nicht bei der Feldarbeit. Er verbrämt es, indem er sagt, ich sei zu groß, meine Hände zu ungelenk für die zarten Träublein.

Albrun hat mir unter Tränen gestanden, dass er in großer Sorge sei. Unsere Verbindung sei nun nicht länger ge-

heimzuhalten. Mein Vater werde nicht zögern, meine Auserwählte der Schlachtbank zuzuführen.

Mein Weib und mein Kind!

Adel hat seine Tochter bedrängt, dass sie die weise Frau kommen lassen soll. Ich sehe uns zwischen zwei Vätern, die unserem Kinde nach dem Leben trachten. Aber Albrun ist schlau. Sie musste Adel nur daran gemahnen, dass sein Herr Jesus solches Hexenwerk mit gleichem Missfallen sehe wie die Herrschaftsverhältnisse der Lebewesen: Riesen über Menschen, Väter über Kinder und gar Männer über Frauen. Ein wenig schwindelt es mir, wenn ich Albrun so reden höre. Wo bleibt denn da das natürliche Gleichgewicht zwischen Starken und Schwachen?

Sie hat ihren Vater erinnert, dass drei Könige vor Jesus gekniet hätten, als er ein Säugling gewesen sei. Daran sollte er sich ein Beispiel nehmen. Sie hat auf ihren Leib gewiesen und befohlen, er möge dem Kinde auf Knien huldigen.

Adel hat den Jesus, der auf dem Hausaltar an einem Kreuz hängt, umgedreht. Dann hat er Albrun eine Maulschelle versetzt und das Kreuz wieder gewendet, dass Jesus sehen mochte, wie Adel seine Tochter liebevoll in den Arm genommen und getröstet hat.

Albrun hat mich, der ich daneben stand, angefunkelt und gefragt, warum ich mein Weib nicht verteidigte.

Was sollte ich ihr entgegnen? Ich konnte Adels Zorn nachfühlen.

*

Es ist passiert, was ich so lange befürchtet! Mein Vater hat Albrun und Adel bei der Weinlese beobachtet und Albrun zu sich gerufen. Da bin ich aus dem Wald hervorgekommen, wo ich mich versteckt gehalten, um meine Familie zu bewa-

chen, und habe ihm gestanden, dass ich ein Auge auf das Mädchen geworfen.

Er war überrascht, hat mir prüfend zwischen die Beine gefasst. Ich sah Albrun vor mir, die ich, da mein Vater schon fast Hand an sie gelegt, mehr begehrte denn je. Da schwoll mein Stab und schnellte in die Höhe. Mein Vater lachte, dass es vom Walde widerhallte. Er befahl mir, die Pforte zu Albruns Schatzkästlein vor seinen Augen zu durchstoßen und meine Mannbarkeit so unter Beweis zu stellen. Wenn mir dies nicht gelinge, würde er sie selbst nehmen.

Während Adel die Arme rang und seinen Herrn beschwor, ihm die einzige Tochter zu lassen, ließ diese sich, eine Ohnmacht vortäuschend, zu Boden sinken. Ich beugte mich in großer Sorge über meinen Schatz. Da flüsterte Albrun mir zotige Worte ins Ohr, und bat mich, meinem Vater zuvorzukommen. Als ich ihrem Flehen widerwillig nachkam, presste sie in einem heißen Wechselspiel züchtig die Beine zusammen und hob mir gleich darauf ihren Schoß so heftig entgegen, dass es meinem Vater scheinen musste, als sei der Stoß von mir ausgegangen. So erleichterte sie mir die Prüfung, die mir der aufwallende Abscheu vor dem eigenen Erzeuger erschwerte. Aus den Augenwinkeln sah ich, wie ihm der Geifer vor das Maul trat, während er mein Tun begutachtete. Kaum dass ich mein Werk an dem Mädchen getan, stieß er mich grob beiseite, um sie seinerseits zu besteigen.

Mich schauderte.

Das war der Moment, in dem ich meinem Vater abschwor und Adels Herrn Jesus Treue gelobte, wenn er nur dafür Sorge tragen wolle, dass das Schwache über das Starke obsiege. Ein heiliger Zorn war in mir aufgewallt. Ich erinnerte ihn lautstark an sein Wort, dass er mir das Mädchen aufsparen wollte, das ich mir auserkoren.

Er aber lachte und entgegnete, das sei nun geschehen. Er habe das Mägdelein vor mir nicht angerührt, nun aber, da ich meine Mannbarkeit an ihr bezeugt, sei sie ohnehin des Todes.

Sie sei mein Spielzeug, und er werde sie nimmer bekommen, rief ich laut, packte Albrun um den Leib und entriss sie ihm. Dann lief ich den Weg hoch zur Burg. Meine Liebste hatte ich in mein Gewand gewickelt und trug sie vorsichtig vor mir her.

*

Einige Wochen sind ins Land gegangen. Die Mittwinterwende naht, Zeit des Maponos, Gott der Fruchtbarkeit, des Lichts und der Jagd. Mein Vater ahnt nicht, dass ich ihm und seinen Göttern abgeschworen. Ich habe ihm versprochen, dass ich Maponos zur Feier meine Gespielin opfern werde. Bis dahin könne sie uns nicht gefährlich werden, indem sie einen Halbriesen gebäre. Das muss ihn beruhigt haben. Auch scheint er mich nun mehr zu achten, weil ich ihn angeschrien, mich seinem Befehl widersetzt und als Mann bewiesen habe.

Albrun ist mitnichten mein Spielzeug. Wir leben auf der Burg als Mann und Weib. Es ist ihr gelungen, der unwirtlichen Behausung, die ich seit dem Tod meiner Mutter mit meinem Vater allein bewohne, etwas Trautes zu verleihen, das selbst mein sonst so roher Vater zu schätzen weiß. Seit Albrun hier oben bei uns lebt, hat er keine Jungfer mehr mit heraufgebracht. Ich bin allerdings sicher, dass er sich auf seinen Streifzügen durch Alisaz an den jungen Mädchen schadlos hält, die ihm begegnen. Sein Hunger ist viel zu groß, als dass er es lassen könnte.

Lange habe ich über die Gebote des neuen Herrn nachgedacht, von denen Albrun mir erzählt. Sie leuchten mir ein.

Die Menschen sollten nicht das Spielzeug der Riesen sein. Ohne die Bauern hätten wir nichts zu essen. Sie sind Wesen wie wir. Nur kleiner und schwächer. Aber in mancher Hinsicht so viel geschickter! Schlauer wohl auch, wenn ich es recht bedenke. Es ist Albrun, die mir die Worte auf die Zunge legt, mit denen ich meinen Vater im Zaum halten kann. Sie hat vorgeschlagen, dass sie zum Mittwinterfest geopfert werden soll. So habe ich für sie eine Gnadenfrist erwirkt, während derer mein Vater mir mein vermeintliches Spielzeug lässt und selbst keine Hand daran legt, weil es doch eine Gottesgabe ist.

Niemals werde ich es so weit kommen lassen! Albrun hat versprochen, dass die Bauern, die an dem Tag kommen werden, um den Zins zu entrichten, uns beistehen und sich gegen ihren Herrn erheben werden. Das Gleichgewicht zwischen Riesen und Menschen soll hergestellt, das Paradies auf Erden geschaffen werden – nach Jesu Willen.

*

Es ist vollbracht! Ohne alles Blutvergießen! Die Riesenherrschaft im Alisaz hat ein Ende! Ich, Runor, Sohn des Runolf von Niedeck, bin der Letzte aus unserem Geschlecht. Ich habe den Stammsitz meiner Väter verlassen und dem Verfall preisgegeben, um mich mit den Menschen zu vereinen. Was ich hier niederschreibe, wird das Letzte sein. Ich werde es sorgsam wegschließen. Es mag der Vergessenheit anheimfallen. Ein unrühmliches Kapitel in der Geschichte. Ich schäme mich meiner Herkunft und möchte nicht, dass mein Sohn je erfährt, wie seine Vorfahren gehaust haben.

Die Menschen haben mich wahrhaftig überrascht. Adel von Haselach führte sie an, als sie am Zinstag zur Burg heraufkamen, um ihrem Herrn Tribut zu zollen. Ich hatte gehofft, dass sie mit Stöcken, Dreschflegeln und Mistgabeln bewaffnet kämen. Nichts dergleichen! Sie kamen mit ihrem Vieh, das sie mit Säcken, Körben und Trögen beladen hatten. Ein guter Teil der Ernte des Jahres. Vorneweg aber schritt Adel, einen Ochsen am Strick, der einen Karren mit einem großen Fass zog.

Als der Tross im Burghof angekommen war, schwenkte Adel eine irdene Tasse und eine große Kelle, mit der er eine grünlich-klare Flüssigkeit aus dem Fass in den Becher schöpfte. Er bot sie seinem Herrn feil. »Kostet, Herr Runolf, ich habe einen Wein für Euch gebraut, der köstlicher ist als alles, was Ihr bisher kennengelernt habt!«

Mein Vater kostete. Er schluckte, verzog kurz das Gesicht, sagte »Hmmm!« Dann nahm er einen weiteren Schluck. »Was ist das?«, fragte er.

»Ein Wein, den ich für Euch gekeltert habe«, entgegnete Adel und schenkte nach. »Er ist gerade erst ausgegoren. Nun muss er noch ein Jahr lagern oder zwei, um seinen Geschmack reifen zu lassen. Aber ihr solltet einen Vorgeschmack bekommen.«

Mein Vater hob das irdene Gefäß zum Mund und trank. Dann ließ er sich nachschenken. »Wie nennst du diesen Wein, Bauer?«

»Ich habe ihn nach Euch benannt«, entgegnete Adel, »nach Euch und Eurem Geschlecht.«

»Aaah!« Runolf ließ sich den Becher erneut füllen und stürzte das Getränk in einem Zug hinunter.

Mit einer weit ausholenden Geste deutete er auf mich. »Lasst meinen Sohn ebenfalls kosten!«

Albrun stand dicht an mich geschmiegt. Sie reichte mir kaum bis an die Hüfte. »Nur einen Schluck!«, raunte sie mir zu. Adel schenkte erst meinem Vater nach, dann brachte er mir einen Becher, dessen Boden gerade bedeckt war.

»Iss das nicht deine Tochter, Bauer?«, fragte mein Vater. Er winkte leutselig: »Gib ihr auch einn Schluck, einen Henkersschluck!«

Gehorsam goss Adel auch Albrun eine Neige ein.

»Tanz für den Herrn«, forderte er sie auf. Seine Tochter gab ihm den Becher zurück und löste sich von mir.

Die übrigen Bauern hatten sich in einem großen Kreis auf respektvollem Abstand gehalten. Sie standen oder hockten, manche hatten sich auf dem Steinpflaster des Hofs hingesetzt und sahen zu, wie Adel seinen Wein ausschenkte. Als er seine Tochter zum Tanzen aufforderte, äußerten sie sich beifällig, lachten und pfiffen.

Albrun schritt in die Mitte des Hofs, hob die Arme und begann sich im Kreise zu drehen. Die Bauern johlten und klatschten einen Rhythmus, der sie anfeuern sollte. Sie bewegte sich mit kleinen Schritten und wiegenden Hüften auf einer Kreisbahn um ihren Herrn, der sie belustigt musterte. »Ah!«, lachte mein Vater, »dieses Opfer iss wahrlich –« Er stockte.

Albruns Bauch war deutlich angewachsen. Deutlicher, als dies in zwei Monaten hatte gelingen können. Mein Vater rülpste überrascht. »Wenn da nich mall ein klleiner Riesse drin iss!« Er gesellte sich zu mir und hieb mir auf die Schulter. »Ein Rieselschen, was, Runor?«

»Ein Riesling?«, fragte Adel, der sich mit der gefüllten Kelle näherte.

Mein Vater lachte dröhnend: »Riessling, jawoll!«

Wieder wunderte ich mich über meine Liebste, die nicht die mindeste Scheu vor Runolf zeigte, stattdessen, angestachelt von dem immer schnelleren Klatschen der Menschen, um ihn herum wirbelte, als forderte sie ihn geradezu dazu heraus, ihr beizuwohnen. Sie wusste doch, dass er sie als Opfergabe auf Maponos' Altar vorgesehen hatte! Der stei-

nerne Tisch am Rand der gemauerten Einfassung des Hofs erwartete sie! Von hier, zwischen Licht und Abgrund, der heiligen Stätte des Gottes, würde ihr Blut talwärts strömen und sich mit dem tosenden Wasserfall am Fuße der Burg vermengen. Der Fluss würde Albruns Lebenssaft und den der Frucht meiner Lenden in die Ebene tragen und für eine gute Ernte sorgen.

»Herr«, sagte Adel, »es ist an der Zeit.«

Er führte den Ochsenkarren über den Hof, rollte das Fass auf den Opfertisch, kletterte hinauf und tauchte die Kelle erneut in den Wein. Runolf war ihm bis dicht vor den Altar gefolgt. Er schwankte und hielt ihm den Becher hin. Dann suchte sein Blick mich. »Bring dein Schpielsseug her!«, rief er mir zu, aber es war gar nicht nötig, denn Albrun war dicht hinter ihm. Sie wirbelte tanzend um ihn herum, bald berührte sie ihn neckisch, dann drehte sie sich wieder weg.

Die Bauern erhoben sich, trugen Opfergaben herbei und bildeten wie zufällig einen immer engeren Kreis um ihren Herrn.

Nie zuvor hatte ich bei den Menschen eine solche Stimmung an einem Mittwinteropferfest erlebt. Es schien fast, als sei dies ihre Feier! Als ginge es nicht darum, dass eine der ihren gleich vor ihrer aller Augen geopfert werden sollte. Als sei es ihre Zeremonie!

Plötzlich begannen sie zu singen, vielstimmig, aus vollen Kehlen. Ich kannte das Lied, es war ein Choral, mit dem sie ihre Gottesdienste begleiteten. Albrun hatte ihn oft gesungen. Fast wäre ich eingefallen. Er klang so traurig und tröstlich zugleich. Selbst mein Vater schien berührt. Er wirkte ohnehin weicher, schwächer, als ich ihn je erlebt –

»Nein!«, rief ich.

Ich stürzte zu meiner Liebsten, hielt inne und beobachtete fasziniert, was geschah.

Albrun war auf den Altar geklettert. Sie bewegte sich um das Fass herum, ließ zum Rhythmus des Gesangs die Hüften kreisen, tauchte die Kelle ins Fass und winkte meinen Vater herbei. Als er sich näherte, bot sie ihm den Schöpflöffel an. Er öffnete den Mund, und sie ließ Wein in den weit geöffneten Rachen rinnen, füllte nach und flößte ihm erneut ein. Sie winkte und lockte ihn, zu ihr auf den Tisch zu klettern. Und – er tat es! Zumindest versuchte er es. Es wollte ihm nicht gelingen, sich aus eigener Kraft auf den Tisch zu stemmen. Da sprangen die Menschen ihm bei. Sie schoben und drückten, bis er es geschafft hatte und sich schwankend aufrichtete. Ich blickte zu ihm hoch und sah, wie mein Vater um Balance kämpfte. Er stand vor mir auf dem Altar mit der Frau, die er hier Maponos, dem Gott der Fruchtbarkeit, hatte opfern wollen, Albrun, die Göttin der Fruchtbarkeit. Mein Weib, die meinen Riesling unter dem Herzen trug.

Er verschwand ganz von selbst. Schwankte und verschwand. Der Gesang stoppte ebenso plötzlich, wie er eingesetzt hatte. Tief unten polterte etwas.

Die Bauern packten ihren Tribut wieder ein und machten sich auf den Heimweg.

Ich fing Albrun auf und trug sie den ganzen Weg bis zu dem Haus ihres Vaters, das fürs Erste unseres sein sollte. Der Ochsenkarren polterte hinterdrein.

In einem Jahr würde der Riesling gewiss bekömmlich sein.

Thomas Erle

Kandelhexen

»Was soll das heißen, keine Starts mehr heute?«

Es war nachmittags fünf Uhr. Eddis Blick wanderte abwechselnd von dem jungen Mann empor zum blauen Himmel über dem Kandel. Die Frühlingssonne stand noch hoch im Westen, nur ein paar wenige Wölkchen zogen vorbei.

»Heute ist der 30. April.«

Als ob mit dieser Antwort alles gesagt wäre, hängte der Fluglehrer ein handgeschriebenes Schild vor den Aufgang zu der aus rohen Brettern gezimmerten Rampe, die als Start für die Flieger diente.

Rampe gesperrt. Kein Flugbetrieb.
Drachenfliegerverein Breisgau e.V.

Eddi traute seinen Augen nicht. »Aber das Wetter ist doch herrlich! Und die Thermik hervorragend. Gut für einen Zweistundenflug in die Abenddämmerung. Mindestens!«

Seine Verblüffung wich unüberhörbarem Ärger. Dabei hatte er eigens den Nachmittag freigenommen, um von Reutlingen aus in den Schwarzwald zu fahren. Von seinen Recherchen im Internet wusste er, dass der Kandel ein herausragendes Fluggebiet war. Als er sich mit seinem Kombi dem Gipfel genähert hatte, sah er sich bestätigt. Er war überzeugt, dass dies ein Volltreffer werden würde. Wie kam dieser Flugleiter dazu, ihm Vorschriften zu machen?

»Kommen Sie morgen wieder.«

»Aber warum ...?«

Der Flugleiter sah sich nach allen Seiten um, legte den Finger auf die Lippen und senkte die Stimme: »Walpurgisnacht.«

Über Eddis Gesicht zog ein breites Grinsen. »Aha. Und da ist Flugverbot. Außer für Hexen, versteht sich«, feixte er.

Der Flugleiter schien den Spott in Eddis Stimme nicht zu hören. »Fahren Sie nach Hause und kommen Sie morgen wieder«, wiederholte er ungerührt. Mit diesen Worten drehte er sich um und ging mit raschen Schritten zu seinem Wagen. Kurz darauf sah Eddi, wie er die kurvige Straße in Richtung Waldkirch hinunterfuhr.

Ärgerlich. Höchst ärgerlich. Eddi zog den Verschluss seines Gleitschirmes zu und legte den großen Packen auf der Wiese hinter dem Zaun ab. Im nahe gelegenen Kiosk holte er sich eine Wurst und eine Cola und setzte sich an einen der kleinen Tische auf der Aussichtsterrasse.

Walpurgisnacht? Hexen auf Reisigbesen? Das sollte wohl ein Witz sein. Finsterstes Mittelalter, als die Menschen noch an derartigen Unsinn glaubten. Auch wenn Goethe und Shakespeare dem ganzen Spuk später noch einmal zu zweifelhaftem Ruhm verholfen hatten. Doch da war den beiden Literaten wohl allzu sehr die Fantasie durchgegangen.

Ob der Flugleiter ihn zum Besten halten wollte? Dabei hatte der Mann völlig normal ausgesehen. Oder war es eine jener Spitzen, die die Badener seit Generationen den Schwaben gegenüber immer wieder auspackten?

»Ist hier noch frei?«

Eine verführerische Stimme holte Eddi in einem Augenblick in die Gegenwart zurück. Die Frau trug wie er eine Fliegerkluft aus festem Stoff, dazu eine silbrig geränderte Sonnenbrille. Unter einer grüngelben Strickmütze blitzte ein schwarzer Lockenkopf hervor.

Eddi staunte und sah sich um. Überall waren freie Plätze. Doch die Frau wollte bei ihm am Tisch sitzen. Vielleicht war der Tag doch noch nicht ganz verloren.

Er biss in seine Rote. »Flieger?«, fragte er kauend.

Die Frau lächelte und nickte.

»Ist das tatsächlich ernst gemeint? Dass heute kein Flugbetrieb mehr sein soll?« Eddi versuchte, ein Gespräch in Gang zu bringen.

»Wer sagt das?« Da war es wieder, dieses Etwas in ihrer Stimme. In Eddis Bauch begannen die Schmetterlinge zu tanzen.

»Dieser Flugleiter. Vom Verein. Von wegen Walpurgisnacht.«

Die Frau hob den Kopf und lachte. »Da wird er wohl recht haben!« Sie schob die Sonnebrille nach oben und sah ihm direkt in die Augen. Gelb und grün, schoss es Eddi durch den Kopf. Wie die Mütze.

»An diesem Abend sind die Hexen los. Das weiß jeder, der hier unterwegs ist!«

Ihr Lächeln ließ Eddis Hände zittern. »Möchtest du, ich meine, wollen Sie etwas trinken?«

»Für dich Selena. Heute.«

Exotisch. Eddi nickte. Das lief besser, als er erwartet hatte. »Edwin. Du kannst Eddi zu mir sagen.« Seine Stimme klang kratzig.

Die Frau setzte die Sonnebrille wieder auf. »Wollen wir fliegen?«, fragte sie unvermittelt.

»Natürlich. Aber der Flugleiter ...«

»Siehst du hier einen Flugleiter?«, antwortete sie mit einem feinen Lächeln.

Es war gegen die Vorschrift. Es konnte ihn den Flugschein kosten. Eddi behielt diese Gedanken für sich. Bei der Vorstellung an einen Start mit Selena klopfte sein Herz bis zum Hals. Es würde fantastisch werden. Und nach dem Flug würde man weitersehen.

Selena war bereits aufgestanden und vorausgegangen. Eddi folgte ihr hinüber zum Steilhang. Die übrigen Flieger hatten inzwischen zusammengepackt und waren aufgebrochen. Ein paar wenige Ausflügler warteten auf den Sonnenuntergang über dem Elsass.

»Wir brauchen die Rampe nicht. Ein paar Schritte und du bist oben. Dann leicht rechts am Hang halten und du bekommst sofort die Thermik.«

Eddi sah von Weitem den bunten Windsack, der im Wipfel einer der höchsten Bäume befestigt war. Der Stoff bewegte sich leicht auf und ab.

Ihre Startvorbereitungen liefen rasch und routiniert. Schirme ausbreiten, Leinen entwirren, Geschirr überziehen, Helm, Gurt. Alles festzurren. Alles klar.

Selena stand in Startposition. Mit einem Ruck zog sie den Schirm hinter sich hoch und ließ ihn den Wind fassen. Eddi schickte ihr einen nach oben gereckten Daumen hinüber.

Im selben Moment lief sie los. Ihre Schritte glitten rasch über den Hang. Nach wenigen Metern hob sie ab und flog.

Das sah einfach aus. Auch ohne Rampe. Eddi folgte ihr. Startposition, Anlaufschritte. Der kleine kritische Herzschlag, wenn die Füße den Boden verlassen und die Luft zupackt. Dann war er oben.

Mit geübtem Ziehen steuerte er den Gleiter leicht nach rechts. Es war so, wie Selena gesagt hatte. Der Steilhang unter ihm wich in Sekunden, während ihn die Thermikhose rasch nach oben trug. Sein Körper pendelte die Aufwärtsbewegung gekonnt aus. Nach wenigen Augenblicken sah er die Startwiese weit unter sich. Die Sonne spiegelte sich in den Fensterscheiben der wenigen Autos, die noch auf dem Parkplatz am Kandelpass standen. Nach Südwesten sah er auf gleicher Höhe die steinerne Gipfelpyramide.

Es waren diese Momente, für die es sich lohnte zu fliegen. Vom ersten Start an war Eddi dem Fliegen verfallen. Damals am Rande der Schwäbischen Alb hatte er zum ersten Mal dieses unbeschreibliche Gefühl genießen dürfen – leicht zu sein, schwerelos dahinzutreiben, der Körper wie aufgelöst, verschmolzen mit den unsichtbaren Elementen. Es waren diese Momente, in denen er die Sorgen des Alltags vollständig abstreifen und vergessen konnte. Es gab nichts, was ihn hier oben bedrängte, niemanden, der ihm etwas antun konnte.

Immer weiter noch zog ihn der warme Luftstrom nach oben. Der Blick auf den Höhenmesser an seinem Handgelenk zeigte bereits mehr als 1500 Meter. Von hier aus waren die dunklen Einschnitte ringsum gut zu erkennen: das Glottertal im Südwesten, in der Gegenrichtung Simonswald und das Tal der Wilden Gutach, das weite Elztal, wo tief unten in Waldkirch bereits winzigen Lichtpunkten gleich die ersten Straßenlaternen brannten. Im Westen senkte sich die Sonne in den Schönwetterdunst der Abendwolken, die aus Frankreich heranzogen.

»Hahaha!«

Ihr Lachen durchschneidet die Luft wie ein kühler Hauch. Eddi sieht gerade noch, wie Selena im Sturzflug von oben herab direkt auf ihn zuschießt, dann fliegt sie auf Haaresbreite an ihm vorbei.

»Na warte«, schreit er ihr nach. »Das kannst du haben!«

Er fliegt eine kurze Wende und rast ihr hinterher. Doch sie hat bereits wieder einen Aufwind erwischt und hängt kurz darauf erneut über ihm.

»Hahaha!«

Wieder braust sie heran. Eddi vergisst, dass er solche waghalsigen Manöver normalerweise nie mitgemacht hätte. Doch Selena fordert ihn heraus. Und warum auch nicht? Der kleine Nervenkitzel konnte nur ein Vorgeschmack sein auf das, was ihn nach der Landung am Abend erwarten würde.

Es ist die reine Lust. Ein irrwitziges Schaukeln auf der Grenze zwischen Wagemut und Leichtsinn. Ihr spielerisches Hin- und Her wird zu Übermut, das Necken zum buhlenden Tanz über den Gipfeln.

Eddi sieht unter sich die Westkante des Berges, dort, wo der uralte Fels aus dem dunklen Fichtenmeer herausragt wie eine einsame Insel in der tosenden Weite des Ozeans. Ganz nah ist er dem gezackten Rand der Teufelskanzel, wie er seit Jahrhunderten genannt wird. Auch noch nachdem die Spitze auseinanderbrach – in einer Walpurgisnacht.

Die ersten Wolken ziehen auf, gelb und grün und rot in der Abendsonne. Die tollkühnen Flieger nehmen sie in ihr Spiel mit auf, umkreisen sie, fliegen hindurch, verstecken sich. Der Wind fährt hindurch, hebt sie empor und senkt sie, schiebt und presst. Aus den farbigen Schatten lösen sich Gesichter, das Feuer des Abends überzieht den Reigen mit Strömen von flammendem Rot.

Blutrot.

Früh am Morgen des ersten Mai wanderte eine Gruppe junger Männer mitsamt Bollerwagen vom Glottertal den Kandelwald hinauf. Hoch oben in einer uralten Fichte sahen sie die Reste eines Gleitschirms hängen.

»Da hat's einen aber erwischt!«

»Voll in den Baum!«

»Der Schirm ist hin!«

Zwei der Männer kletterten ein Stück den Baum hoch. Was sie sahen, bestätigte ihre Vermutung. Die Drachenseide war an mehreren Stellen zerrissen, die Schnüre abgerissen und heillos verheddert. Seltsamerweise war das Fluggeschirr des Drachen unbeschädigt.

Doch so sehr sie auch suchten, sie fanden keine Spur des Fliegers, auch kein Blut oder sonst irgendetwas, das auf das Schicksal des Piloten hinweisen würde. Direkt unter dem Baum lag ein abgebrochenes Büschel aus Birkenreis, daneben eine Sonnenbrille.

Pflichtgemäß meldete man die Entdeckung in Waldkirch bei der Bergwacht. Doch niemand wurde vermisst. Nirgendwo wurde von einem Unfall oder einem Verletzten berichtet, weder im Krankenhaus noch auf der Polizeistation. Die Sonnenbrille bot keinerlei Hinweise, außer dass sie offenbar einer Frau gehört hatte.

Nach einem halben Jahr wurde die Akte geschlossen und unter die ungeklärten Fälle einsortiert. Merkwürdig blieb allerdings bis heute, dass in dem Teil des Tals, wo der Absturz entdeckt worden war, weit und breit keine Birken wuchsen.

Susanne Kraft

Der Fluch der Alten Vettel

Der erste warme Wind des neuen Jahres flüsterte der noch leblosen Natur lockende Versprechungen zu. Endlich war das über Wochen erstarrte Grau gewichen und strahlendes Sonnenlicht ergoss sich über die Ebene und die Berge. Die kahlen Bäume und trockenen Halme wirkten jetzt plötzlich farblos und tot. Sanfte Böen umschmeichelten sie und beteuerten, dass kein Frost mehr aufbrechende Knospen gefährden würde. Es war Anfang Februar und solche Versprechungen lügnerisch.

Die junge Frau, die – inzwischen allein, denn alle anderen Reisenden hatten sich ihren eigenen Zielen zugewandt – an dem kleinen Regionalbahnhof stand, ließ ihren Blick über die Felder und hinauf zu den Bergen schweifen. Schnee bedeckte die hohen Lagen des Schwarzwalds und glänzte winterlich kalt vor dem blauen Himmel, während unten Mensch, Tier und Pflanze in den Frühling gelockt wurden. Dazwischen stand auf einer Anhöhe eine verfallene Burgruine. Ein Hochglanzbild des großartigen Wochenendes, das vor ihr lag.

Die junge Frau, die gar nicht mehr ganz so jung war, wie sie zunächst gewirkt hatte, atmete tief ein und ließ die angenehm milde Luft über die Aufregung in ihrem Inneren streichen. Ihr Blick ließ das Panorama langsam los und wandte sich nach innen. Ihre Hand in der Tasche hielt eine Schachtel umfasst. Sie hielt sie so fest, dass sie den Druck der Ecken gerade eben schmerzhaft in der Handfläche spürte. Aber sie konnte sich nicht entscheiden. Schicksal, dass sie es vergessen hatte? Oder dass es ihr noch eingefallen war? Rechtzeitig? Oder sowieso nicht mehr rechtzeitig? Sie rechnete nach, versuchte zu überlegen, wie groß die Wahrscheinlichkeit sein könnte. Die Aufregung in ihr wirkte fast berauschend. Es war ja kein großes Wagnis, dachte sie, während ihre Hand unwillkürlich noch etwas fester drückte. Und überhaupt, wäre es das denn *ein Wagnis*? Ein Kind …?

Ein Lachen ließ die Vorstellung zerbrechen, als sie gerade erst begann, Gestalt anzunehmen. Ein tonloses Lachen. Krächzend, verächtlich – wie ein höhnischer Kommentar.

Kälte kroch der jungen Frau über den Körper und stellte ihre Nackenhaare auf. Es war nicht wie das Lachen eines Menschen gewesen. Sie drehte sich um und sah sie.

Vögel. Schwarze Silhouetten hockten in den Baumgerippen hinter dem Bahnhof, sprangen von Ast zu Ast und flatterten kurze Strecken, nur um nach der Landung wieder aufgekratzt hin und her zu hopsen. Sie krächzten, leise, aber voller unterdrückter Aufregung.

Sonst nichts – der leere Bahnsteig, eine Mauer, dahinter die kahlen Bäume und die Vögel. Aber das Lachen hatte auch nicht wie ein Laut aus einer Vogelkehle geklungen. Die Kälte, die sie erfasst hatte, kroch von außen nach innen.

Die junge Frau fühlte sich beobachtet und trotzdem allein. Sie starrte die Vögel an, deren aufgeregtes Geflatter etwas Widerliches hatte. Dann drehte sie sich mit einem Ruck wieder zu den Bergen und dem Frühlingsbild auf der anderen Seite. Aber der Himmel strahlte nicht mehr ganz so blau und schwarze Flecken standen davor.

Fünf Minuten später kam der Mann, auf den sie wartete, und die Schatten zerstoben. Ihr Herz klopfte, als er aus dem Auto sprang und die Stufen zu ihr hoch eilte. Er breitete die Arme aus und wurde zum Zentrum des funkelnden Frühlingsmosaiks. Die Hand der jungen Frau ließ die Schachtel in der Jackentasche los, sie lief ihm entgegen, schlang die Arme um seine Brust und verband sich mit ihm zu einer lang ersehnten Umarmung.

»Wir müssen gleich«, sagte er, als ein langer, zärtlicher Nachmittag zu Ende ging und strich ihr sanft über den Bauch.

Sie schloss die Augen, um den Augenblick in eine unvergängliche Erinnerung zu prägen. So haltbar, dass sie sie noch in Jahrzehnten würde wachrufen können. Sie fühlte sich eingehüllt in einen Mantel aus Geborgenheit und Wohlempfinden und sie wollte am liebsten den Rest ihres Lebens darin verbringen. Welcher Zeitpunkt konnte besser sein als dieser? Aber sie wusste nicht, wie sie fragen sollte, jetzt, wo er aufbrechen wollte. Jetzt war noch keine Zeit, sie mussten los.

Sie kuschelte sich noch einmal ein und rief sich die Bilder der bunten Gestalten wieder ins Gedächtnis, versuchte, sie verheißungsvoll zu finden. Im Zug hatte sie viele davon gesehen. Fröhliche, gemischte Gruppen, große Masken neben sich, Holzschuhe, ein netter Dialekt und viele freundliche Worte an die Fremde. Die Vorfreude und die Spannung, die sie dabei empfunden hatte, ließen sich wieder wachrufen. Und sie hatte keine Eile, es würde viele Momente geben wie diesen hier. Sie seufzte. Wohlig, ergeben, glücklich.

Er lachte und zog ihr die Decke weg. Zu plötzlich bei der kalten Umgebung.

»Komm«, sagte er, immer noch lachend über ihren Ausdruck, »sonst bekommen wir keinen Platz mehr vorne und verpassen die besten Blicke. Ich habe extra alles von der Kamera gelöscht. Ich will diesmal unbedingt filmen, wo ich schon nicht selbst dabei bin.«

Sie standen auf.

Ein wenig später, als es schon so dunkel war, wie es in dieser Jahreszeit immer noch zu erwarten war, stand sie eng an ihn geschmiegt in der ersten Reihe und versuchte, es schön zu finden.

Sie blickte von den Masken, deren verzerrte Züge im Fackellicht leuchteten, hin zu den kleinen Kindern, die begeistert schrien, sich gegenseitig jagten und versuchten, sich mit der Rute zu schlagen. Die mutigsten unter ihnen wagten es, die maskierten Flötenspieler und Trommler im Zug zu ärgern, und stoben laut schreiend weg, wenn einer von ihnen drohend auf sie zukam. Dann sammelten sie sich wieder wie ein Schwarm bunter, paradiesischer Vögel, deren höllisches Kreischen ihr wahres Wesen enthüllte, und planten den nächsten Angriff. So lange, bis es einen von ihnen erwischte.

Die Luft roch nach dem Rauch der Fackeln. Hinter dem unnatürlich warmen Wind vom Vormittag war Nebel in die Ebene gequollen und hatte mit kalten Fingern das Rad wieder in die richtige Stellung gedreht. Es war erst Anfang Februar, kalt, nass und dunkel. Freiwillig würde sich der Winter seine Herrschaft nicht nehmen lassen und nicht alle seine Geister ließen sich austreiben mit den Mitteln, die den Menschen zu Gebote standen.

Sie schob ihre Hand in seine Hosentasche und genoss die Wärme, die durch den Stoff drang. Sie entspannte sich. Es war schön. Faszinierend, etwas gruselig und schön. Es gehörte zu ihm.

Sie lächelte, während er ihr mit Begeisterung immer Neues zeigte, das aus der Menge aufwogte und wieder verschwand, die Kamera mit der einen Hand haltend und sie mit der anderen. Manche der Narren erkannte er trotz der Masken, er gab ihnen menschliche Namen und erzählte Geschichten aus seiner Jugend. Dann ließ er sie plötzlich los und löste auch ihre Hand aus seiner Tasche.

»Na endlich«, sagte er aufgeregt, »da kommt die Schwarze Schar, warte, ich möchte sie gerne richtig von vorne haben.« Er trat einen Schritt vor und richtete die Kamera auf eine Gruppe nachtschwarzer Gestalten mit Vogelmasken, die im Zug einen irren Tanz tanzten. Sie gaben schrille Schreie von sich, eine Mischung aus Krächzen und Zetern. Es klang bösartig und zerrte an ihren Nerven. Die Menge jubelte den Tänzern zu und wich lachend zurück, wenn einer von ihnen sich drohend ihren Reihen näherte. Sie schlang die Arme schützend um sich und unterdrückte den Impuls, sich die Ohren zuzuhalten. Hoffentlich kam er bald zurück.

Er nahm die Kamera herunter und sah sich suchend um, so als würde er in der Schar noch etwas vermissen. Dann weiteten sich seine Augen, als sein Blick in ihre Richtung schweifte, er grinste, nahm die Kamera wieder hoch und richtete das Objektiv auf sie.

Sie versuchte, ihren Ausdruck zu einem Lächeln für die Kamera zu glätten, als sie plötzlich von hinten brutal gepackt wurde. Jemand hob sie hoch und zerrte sie rückwärts. Die Schar der schwarzen Gestalten rannte die letzten Meter zu ihr hin. Sie steigerten ihr Gekreisch zu einem infernalischen Chor, verließen den Zug und tanzten in einem wilden Triumphtanz um sie herum. Die Menge hatte Platz gemacht und bildete einen äußeren Kreis um sie und die tanzende Brut. Sie wehrte sich instinktiv mit allen Kräften, sah in ihrer heftigen Bewegung hinter sich eine verzerrte, faltige Fratze, konnte aber nicht genau erkennen, was sie gepackt hatte. Sie spürte kräftige Hände, deren Wärme widerlich war. Die Zuschauer lachten und johlten. Sie spürte, wie sich die Muskeln ihres Angreifers anspannten, dann hob er sie hoch wie eine Trophäe und trug sie mit unglaublicher Kraft trotz ihrer zappelnden Gegenwehr fort. Der schwarze Vogelschwarm folgte mit flatternden Bewegungen und ihr Triumphgekrächz mischte sich mit dem schadenfrohen Jubeln der Zuschauer. Als die Hexengestalt sie drehte, um mit ihr in der Gasse zu verschwinden, blickte die junge Frau in das Auge einer Kamera. Er lachte mit den Zuschauern. Sie erstarrte, als sie das sah.

Er lachte immer noch, als sie sich endlich befreit hatte und zu ihm zurückkehrte. Sie konnte die Kälte der Nacht und das Schreddern der Holzratschen in seinem Lachen hören. Er schüttelte sich fast. Sie sah ihn an und fühlte, wie ihr Gefühl brach und dünne Risse es durchzogen, die immer tiefer gingen. Sie wehrte sich dagegen, aber in ihren Ohren zischte die Stimme der Gestalt.

Sie brauche nur hinzusehen, hatte die Gestalt in einer dunklen Ecke gezischelt, dann werde sie schon merken, wie falsch sie entschieden habe.

»Ein Kind«, hatte die tote Stimme gekichert, »weil du glaubst, dass er dich liebt«. Das Kichern war hysterisch geworden, als löse diese Vorstellung unfassbare Heiterkeit in ihr aus. »Ein Kind«, hatte sie noch einmal fast atemlos gekrächzt und allein die Wiederholung war kaum erträglich gewesen, »du willst ein Kind. Sag es ihm doch«. Das Gekicher war zu einem Lachen gewachsen – hämisch und böse. Die Stimme vom Bahnhof.

Und dann hatte die Gestalt ihr mit ekligem, heißen Atem ins Ohr geflüstert, sie könne jetzt ruhig gehen, es sei alles schon in ihr gewesen, sie habe es nur nicht sehen wollen. Aber jetzt, jetzt würde sie sehen. Dann hatte der Griff sich geöffnet und sie war panisch geflohen.

Als er ihren Ausdruck sah, versuchte er mühsam, sein Lachen in den Griff zu bekommen.

»Entschuldige, ich hätte dich warnen müssen. Du bist …«

Eine letzte Welle erfasste ihn noch einmal und er bekämpfte sie mannhaft. Er legte den Arm um sie. Liebevoll. Sie musste sich beherrschen nicht zurückzuzucken, obwohl sie sich genau diese liebevolle Geste verzweifelt gewünscht hatte, als sie vor der grauenhaften Gestalt geflohen war.

Ihr Herz schlug nicht mehr so rasend wie im ersten Schreck, aber die Risse in ihrem Herzen hatten sich noch nicht wieder geschlossen. Er drückte sie, seine Hand fühlte sich warm an wie die des Angreifers. Er sah in ihr Gesicht, erkannte, wie sie sich fühlte und warf dem Zug einen Blick zu. Er seufzte und steckte die Kamera in ihre Hülle. Dann wandte er sich ganz ihr zu.

»Komm, lass uns ein wenig durchs Dorf gehen. Abseits der Hauptstraße ist es heute Nacht zwar auch nicht ruhig, aber längst nicht so laut wie hier, vor allem nicht während des Zuges. Wenn man der Alten Vettel und ihrem Gefolge zum ersten Mal begegnet, dann kann das ziemlich unheimlich sein. Mich selbst haben sie als Kind auch einmal furchtbar erschreckt.«

Er ließ sie los, um die Kamera in die Tasche zu stecken. Dann bot er ihr den Arm an, liebevoll und ein klein wenig gönnerhaft. Nur ein wenig, aber es ätzte in den Rissen. Er drehte sie sanft um und bahnte ihr einen Weg durch die Menschenmenge am Straßenrand, die sie schon nicht mehr beachtete. Die Reihen schlossen sich und dämpften den kreischenden Lärm. Sie waren nur noch zu zweit. Sie schmiegte sich an ihn.

»Entschuldige«, sagte er noch einmal, »ich hätte dir sagen müssen, dass man hier nicht nur Zuschauer sein kann. Es war die Alte Vettel, die dich erwischt hat. Sie ist immer auf junge Mädchen aus, besonders auf die verliebten. Aber sie packt auch Männer«, sagte er und klang fast stolz dabei, »die Vettel ist erbarmungslos.« Sie bekam eine Gänsehaut.

»Man sagt, sie träufelt Gift in die Liebe und nährt alles, was zerstört. Daher ist ihre Maske auch immer die hässlichste von allen. Sie …«

»Sie hatte keine Maske«, sagte die junge Frau.

Er schaute sie verwirrt an.

»Was, wer hatte keine Maske?«

»Die alte Frau – oder was auch immer das war. Sie hat mir ihren Atem direkt ins Gesicht gehaucht. Und sie hatte keine Maske! Das war ihr Gesicht, auch wenn es hässlich war wie eine von euren Masken. Ich habe ihre Augen darin funkeln sehen. Das war keine Maske.«

Er lachte.

»Da sieht du, wie gut unsere Fasnacht die Geister beschwört. Und das, obwohl die Alte Vettel meistens von einem Mann gespielt wird. Dieses Jahr ist es der Rüdi, zumindest war das die letzte Planung. Na komm, drück dich an mich, dann erzähle ich dir ihre Geschichte. Wir haben sie schon in der Grundschule gelernt.«

Er nahm noch einen Schluck aus seiner Flasche und steckte sie dann wieder in die Jacke. Sein Atem roch nach Bier. Der Geruch stieß sie plötzlich ab.

»Hier im Dorf rankt sich um die Figur der Alten Vettel eine besondere Legende und es gibt immer nur eine im ganzen Fasnachtsgeschehen. Sie zieht mit der Schwarzen Schar und ist der Höhepunkt des Zuges und sie ist auch am gefährlichsten, wie du ja gesehen hast. Sie und ihre Schwarze Schar suchen die Liebenden heim und nur die stärksten Paare wiederstehen ihr.« Er sah sie zärtlich an, während sich ihr Innerstes verkrampfte. Sie fand in der Umarmung keine Wärme mehr. Sie wollte die Geschichte nicht hören.

»Vor langer Zeit«, fuhr er fort und sprach wie ein Erzähler in einem Märchenbuch, »da hatte der Herr auf der Burg einen schönen, jungen Sohn. Er war prachtvoll anzusehen, wenn er auf seinem Rappen von der Burg hinunter in die Dörfer ritt, und die Bauernmädchen hatten keine Augen mehr für die Söhne ihrer Nachbarn, sondern nur noch für den schönen, jungen Edelmann. Und er wusste das sehr wohl.

Die Alten im Dorf redeten auf die Mädchen ein und ließen sie viele Rosenkränze beten, und der alte Pastor auf der Burg redete auf den jungen Mann ein. Aber wie der Frühling ins Land kam, da hörten sie nicht mehr auf die Alten und das schönste Mädchen aus dem Dorf ließ ihre alte Mutter in der Hütte zurück und wurde Köchin auf der Burg. Sie wollte, dass er sie bemerkte, und als er sie sah, begehrte er ihre Schönheit. Auf dem höchsten Turm der Burg, da liebten sie sich. Über ihnen schrien die Krähen laut und misstönend ihre Warnung, aber die Liebenden wollten sie nicht hören.

Die Krähen hatten schon immer bei der Burg gewohnt, in den alten Bäumen, die fast genauso hoch aufragten wie der Turm. Wenn sie sich in einem großen schwarzen Schwarm aufschwangen, dann verdunkelten sie den Himmel. Unter ihrem Schatten wurde ein Kind gezeugt. Aber das junge Mädchen sagte es ihrem Liebhaber nicht, denn sie wusste nicht, ob sie ihn schon fest genug gebunden hatte. Und so liebten sie sich noch oft auf dem Turm, und die Krähen schrien dabei von drohendem Unheil.

Als sie glaubte, ihn für immer gewonnen zu haben, da sagte sie ihm, dass sie schwanger sei, und sie sagte es ihm oben auf dem Turm.

In dem Augenblick aber starb all das in seinem Gesicht, was sie für Liebe gehalten hatte, und sein Ausdruck wurde hart und kalt. Er zwang sie, aufzustehen und dann jagte er sie fort, ohne dass sie auch nur ihre restlichen Kleider anziehen durfte. Sie floh ins Dorf, und als sie weinend ankam, da verschlossen die Menschen ihre Türen und niemand wollte ihr helfen. Und sie floh in die Wälder.

Als aber der Winter da war, da stand sie vor dem Tor der Burg, im Arm das Kind. Sie war ausgezehrt, aber immer noch schön, und niemand wusste, wie sie überlebt hatte. Er stand oben auf der Burg, strahlend wie eh und je und neben ihm stand eine Edeldame.

Er öffnete ihr das Tor nicht und als sie ihm bittend das Kind entgegenhielt, da sagte seine Frau etwas zu ihm und er wandte sich zu seinen Knechten. Die öffneten das Tor und packten sie und vertrieben sie mit Schlägen. Die Krähen stoben auf und kreischten am Himmel, während die Knechte sie schlugen. Sie kreisten über dem jungen Edelmann hoch droben und schrien, und dann folgten sie dem Mädchen, als es floh.

Sie ging wieder in den Wald, zu einem See, der kalt war und tief und auf dem es kein Eis gab. Die Krähen landeten auf den Bäumen am Ufer. Dort kniete sie nieder und verfluchte die Burg und ihre Bewohner und das Dorf mit gotteslästerlichen Worten. Und sie rief die Krähen in den Bäumen zu Zeugen ihres Fluchs. Dann drückte sie den Kopf ihres Kindes unter Wasser und es starb schnell, denn es war schwach.

Sie legte das tote Kind am Ufer nieder.

Und dann verfluchte sie noch einmal die Burg und das Dorf und die Liebe zwischen Mann und Frau. Und sie bot ihre Schönheit an und ihre Jugend und ihre menschliche Seele, wenn sich dafür ihr Fluch erfüllen würde. Und wieder rief sie die Krähen zu Zeugen. Dann ging sie ins Wasser und der schwarze Spiegel teilte sich und sie versank.

Als sie im Dunkel des Wassers verschwunden war und seine Oberfläche wieder schwarz glänzte und die kahlen Bäume spiegelte, da flogen die Krähen auf und landeten neben dem winzigen Leichnam am Ufer. Sie nahmen ihn in ihre Krallen und flogen mit ihm zur Burg. Hoch hinauf flogen sie und kreisten über dem Turm und es wurden so viele und sie wurden so laut, dass der Burgherr seinen Sohn auf den Turm schickte, um nach dem Rechten zu sehen.

Als er aber dort stand und nach oben sah, da ließen die Krähen den toten Körper fallen und er schlug vor ihm auf den Steinen auf und war zerschmettert. Der junge Burgherr starrte auf den toten Körper seines Sohnes und er kniete nieder. Als er seinen Blick wieder hob und zu den Krähen heraufsah, da war aus seinen Augen aller menschliche Verstand gewichen. Er ging die Treppe herunter in die Halle, den kleinen Körper in den Händen, und er erkannte weder seinen Vater noch seine junge Frau.

Er sprach nie wieder ein Wort und er hat die Burg nie mehr verlassen, denn er fing an zu schreien und zu toben, sobald er die Krähen draußen hörte. Man versuchte alles, um die Vögel zu töten oder zu vertreiben, aber es gelang niemandem, und die Burg verfiel nach dem Tod seines Vaters und wurde zur Ruine.

An dem Tag aber, als die junge Mutter ihren Fluch gesprochen und dem kalten See ihre Seele angeboten hatte, da bewegte sich das Wasser, und es teilte sich, und eine Frau stieg heraus, hässlich und alt. Sie lachte krächzend in den Himmel und die Krähen flogen auf. In den Bäumen am See hatten die Vögel auf sie gewartet und wie schwarze Schatten begleiteten sie sie den ganzen Weg in das Dorf.

Am nächsten Morgen lagen alle Säuglinge im Dorf tot in ihren Krippen und im nächsten Frühling brüteten die Krähen nicht nur an der Burg, sondern auch in den hohen Bäumen am Rand des Dorfes. Niemand konnte sie loswerden, was auch immer die Menschen versuchten. Sie blieben über alle folgenden Jahrhunderte da und man sagt, sie schrien laut und warnend, wann immer ein Mädchen einen Mann begehrlich ansah oder ein junger Mann beim Anblick eines jungen Weibes in Hitze geriet.

Und …«, er senkte seine Stimme zu einem übertrieben schaurigen Tonfall, »immer wieder wird bis zum heutigen Tag im Winter ab und an eine alte Frau gesehen, die aus den Wäldern kommt und gegen Gott flucht und gegen die Liebe. Dann steigen die Krähen auf und begrüßen sie kreischend. Sie ziehen mit der alten Frau um die Häuser, so heißt es, und dann gibt es im Dorf Streit zwischen Mann und Frau und die Ehen zerbrechen.«

Er sah sie stolz an. Sie konnte den Ausdruck kaum ertragen und auch der Arm um ihre Schultern stieß sie ab.

»So etwas lernt ihr in der Grundschule? Wie …« Sie hörte, wie angeekelt ihre Stimme klang und versuchte innezuhalten, aber sie schaffte es nicht, »wie kann man nur! Das ist widerlich!« Es tat ihr leid. So sollte es nicht sein, dachte sie.

Aber er war gar nicht gekränkt. Er lachte.

»Natürlich, warum nicht? Die Geschichte gehört ja zu unserem Dorf und außerdem mussten wir ja gewarnt werden.« Er blinzelte ihr verschwörerisch zu. Sie schauderte.

»Hast du die vielen Krähen am Bahnhof nicht gesehen?«

Sie schüttelte den Kopf und versuchte, es zu glauben.

»Sie leben immer noch hier. Es gibt Scharen von ihnen in den Bäumen neben den Gleisen. Sie haben dort ihre Nester. Achte mal darauf, wenn du morgen fährst.«

Es war kein Bedauern in dem Satz, zumindest konnte sie keines fühlen. Ihr war kalt trotz des Armes um ihre Schultern. Sie roch ihn. Nässe auf Kleidung und der Bierdunst.

»Naja, und sie passen natürlich noch heute auf, dass niemand sich unsittlich benimmt. Denn dafür«, er sah sie an und sie bemerkte erst jetzt das begehrliche Funkeln in seinen Augen, »gibt es ja genauso viele gute Gründe wie vor langer Zeit.«

Er nahm ihren Kopf und küsste sie. Sie zuckte zurück, gab dann aber nach. Irgendwo, dachte sie, musste in dem Kuss die Liebe vom Nachmittag zu finden sein. Eine solche Liebe konnte nicht machtlos sein!

Sie beugte sich zu ihm hin. Das Kreischen des Zuges drang von ferne durch ihren Kuss. Sie waren ihm im Verlauf der Geschichte wieder näher gekommen. Aber hier, wo sie jetzt waren, in einem kleinen Seitenweg zwischen Gärten und Schuppen, da war niemand und es war dunkel.

»Komm«, sagte er und sein Blick brannte, »lass es uns der Alten Vettel zeigen, dass sie heute keine Macht mehr hat.« Er drängte eine Hand unter ihre Kleidung.

Ich liebe ihn, dachte sie. *Es wird alles wieder gut machen.*

Er küsste sie wieder und nahm die Hand aus ihrer Kleidung, um seinen Gürtel zu öffnen.

Ich liebe ihn, dachte sie noch einmal, während sie auf das ferne Johlen des Zuges lauschte und meinte, das Krächzen der Schwarzen Schar darin auszumachen. Ihre Gedanken ließen sich nicht aufhalten und Tränen traten in ihre Augen, als sie es dachte: »Er könnte heute der Vater meines Kindes werden.«

Sie unterdrückte die Tränen. Sie versuchte, es schön zu finden. Aber der Schatten schwarzer Flügel lag über ihr und aus den Rissen wurde ein Abgrund.

»Es tut mir leid, dass ich nicht auf deine Bahn warten kann«, sagte er am Tag darauf auf dem Bahnsteig und man konnte das Bedauern in seiner Stimme hören, »aber der Termin ist echt wichtig.«

»Das ist schon in Ordnung«, sagte sie in der Beherrschtheit, die ihr Schutzschild gegen die Verzweiflung geworden war. Er lächelte sie an.

»Wenn ich den Film fertig habe, dann schicke ich dir eine CD.« Er lächelte wieder. Liebevoll.

Sie wünschte nur noch, von hier fort zu kommen.

Da er nicht ohne Kuss gehen würde, beugte sie sich zu ihm hin. Hinter ihr krächzte es leise, als sie sich küssten. Vielleicht auch in ihr.

Dann trennten sie sich.

Sie hielt die Packung, die immer noch in ihrer Tasche lag, fest umklammert. Ihr Körper schauderte in der Kälte des Windes, der eine Lücke in ihrem Schal fand, und ihr Herz verkrampfte sich, wenn sie an die Wochentage dachte, an denen keine leeren Stellen in der Packung waren, obwohl die Tage schon vergangen waren. Wieder hielt sie die Beherrschung aufrecht, aber das Echo der gezischten Worte klang in ihr wider.

Sie hatte den hohen Bäumen hinter ihr den Rücken zugewandt, aber sie wusste, dass sie da saßen. Zu Dutzenden hockten sie in den Ästen, neben klobigen Nestern, die noch unbewohnt waren. Schwarze Schatten vor den grauen Winterwolken.

Erst als der Zug sich näherte, stiegen sie auf und kreuzten in wildem Flug den bleiernen Himmel.

Als sie einstieg, ohne die in den Handflächen schmerzende Packung in ihrer Tasche loszulassen, steigerte sich das Krächzen über ihr zu einem wilden Geschrei. Jetzt stiegen ihr die unterdrückten Tränen doch in die Augen, während sie ihr Gepäck mit der freien Hand die Stufen hochhob, um wegzufahren.

Im Dorf waren nur wenige Leute draußen. Sie schauten auf, schüttelten die Köpfe und dachten einmal mehr, dass die Gemeinde endlich etwas gegen die überhandnehmenden Krähen unternehmen müsse. An die alte Geschichte dachte niemand.

Aber noch als der Zug schon im Norden verschwunden war, krächzten die schwarzen Vögel ihren Triumph über die Erfüllung des alten Fluchs.

Die Alte Vettel fand immer noch Opfer und würde sie immer finden.

Barbara Saladin

Die Bächle des Grauens

(Als das gefräßige Unfassbare Freiburg heimsuchte)

Hunger. Ich habe Hunger. Ein halbes Jahrtausend lang habe ich geschlafen, da ein Fluch mich darniederstreckte. Doch jetzt bin ich wach und habe einen Riesenkohldampf. Grrr.

Die Sonne brannte und die Hitze in Freiburgs Gassen flirrte schlimmer als auf einer süditalienischen Autobahn. Der Turm des Münsters schien sich förmlich in den stahlblauen Himmel zu bohren, während Hortensie Schulz sich mit ihrem spitzenbesetzten Taschentuch immer wieder den Schweiß von der Stirn wischte. Das Wolljäckchen hätte sie wirklich zu Hause lassen sollen, sagte sie sich. Aber wer schick aussehen wollte, musste eben seinen Preis bezahlen.

Dieser Preis war hoch. 33 Grad im Schatten und das bei absoluter Windstille und einer gefühlten Luftfeuchtigkeit von fast hundert Prozent. Aber nicht nur wegen des Jäckchens fühlte Hortensie sich höchst unbehaglich, sondern vor allem wegen Bibi, die es sich zur Aufgabe gemacht zu haben schien, unangenehm aufzufallen. Dummerweise war sie mittels Ausziehleine direkt mit Hortensies feingliedriger Hand verbunden, womit der Schatten ihres schlechten Benehmens automatisch auf sie zurückfiel. Ausgerechnet. Wo es doch hier sonst kaum Schatten gab.

Bibi bellte alles an, was es wagte, sich im Umkreis von fünfzig Metern um sie herum zu bewegen. Und das war an einem belebten späten Samstagnachmittag in der Freiburger Altstadt eine ganze Menge. Mit ihrer hohen, kreischenden Stimme kritisierte sie das Vorüberrollen von Radfahrern, das Rennen von Kleinkindern, das Tackern von Stöckelschuhen auf den Pflastersteinen. Sie war einfach gegen alles. Was werden nur die Leute über mich denken?, fragte Hortensie sich besorgt. Sie haderte bereits nach knappen zehn Minuten mit ihrem Schicksal, das ihr den Zwergspitz aufgrund eines unvorhersehbaren Klinikaufenthalts ihrer Schwester aufs Auge gedrückt hatte. Kurzerhand kehrte sie um, sperrte den miesepetrigen Köter in ihre Wohnung und ging alleine in die Stadt. Das Kläffen hinter der Wohnungstür hallte noch lange in ihren Ohren nach.

Erst viel, viel später, als sich die Sonne längst hinter den Vogesen verabschiedet hatte und es draußen weniger Menschen gab, die über sie den Kopf schütteln konnten, ging Hortensie wieder mit Bibi Gassi. Doch die war auch jetzt nicht besser drauf als am Nachmittag.

Vom Schlossberg her grollte ein Donnern. Ein Blitz durchzuckte den Himmel. In diesem Moment erhob sich, von Hortensie und dem unbedarften Rest der Welt vollständig unbeachtet, das Unfassbare aus den Tiefen des Freiburger Bächlesystems.

Hunger. Ich habe Hunger. Mein Magen knurrt lauter als all die Köter zusammen, die durch Freiburgs Straßen laufen. Ein paar Straßenecken weiter kläfft etwas. Ich habe gute Ohren, ich kann sogar durchs Wasser hindurch hören. Hundeblut ...! Irgendein kleines Biest muss das sein, nicht viel dran, aber besser als nichts. In mir wächst das Verlangen. Ein halbes Jahrtausend lang musste ich warten. Nun hole ich alles nach! Es kläfft weiter. Und mein Magen knurrt immer lauter.

»Bibi, pfui!« Ruhiger war das Tier nicht geworden. Eine ungute Spannung lag zwischen den Häusern, die Luft schien elektrisch geladen. Bibi, das kleine Biest, kläffte weiter und schien sich allen Ernstes an seiner Leine erhängen zu wollen. Das mit unechten Glitzersteinen besetzte Halsband schnitt ihr zunehmend die Luft ab, was sie aber nicht zur Vernunft brachte, sondern einzig bewirkte, dass ihr Gekläffe etwas heiserer wurde.

Hortensie schimpfte auf den Hund ein und zog ihn mit sich, aber Bibi beruhigte sich nicht. Mit ihren kurzen Beinchen setzte sie zum Sprung über ein Bächle an, um eine Taube anzugreifen. Wurde in der Luft von der Leine gestoppt. Plumpste senkrecht ins Wasser. Und verschwand.

Weg. Sie war einfach weg, von einer Sekunde auf die andere. Wie vom Erdboden verschluckt. Nur das Halsband hing noch an der Leine.

So hatte Hortensie es dann doch nicht gemeint. Verflixt. Als sie genau zu der Stelle hinsah, an der Bibi verschwunden war, entwich ihr ein spitzer Schrei: Das Wasser des Bächles hatte sich rot verfärbt. Wie von Geisterhand. Blutrot.

Vor Schreck verlor sie das Bewusstsein.

Nachdem Bibi ihr irdisches Dasein auf so rätselhafte Weise beendet hatte, war es einige Tage lang ruhig. Was niemandem auffiel, da niemand den Berichten der armen Hortensie über Bibis Schicksal Glauben schenkte. Ihrer Schwester hatte sie die Sache allerdings noch gar nicht gebeichtet – aus Angst, der Herr könnte nochmals dazu ansetzen, diese zu sich zu rufen – und vielleicht würde sie den Ruf in ihrer Trauer diesmal erhören. Und Hortensie wäre schuld daran.

Doch dann, ein paar Tage nach den Vorkommnissen, grollte erneut ein Donner vom Schlossberg her.

Hunger. Ich habe Hunger. Mein Magen knurrt wieder. An dem dürren Vieh war wirklich nicht viel dran. Ein paar Deziliter Blut und einige zähe Sehnen in ledriger Haut, sonst nichts. Nichts, das einen wie mich nachhaltig satt machen könnte. Im Bächle ist es kühl, nicht so sommerlich heiß wie draußen. Ich lauere, um zum nächsten Angriff anzusetzen. Beim nächsten Geräusch eines Hundes.

Die Rettungssanitäter kratzten sich am Kopf, als Günther Häusle ihnen mit dem, was von seiner Stimme nach dem Schreikrampf übrig geblieben war, erzählte, was er soeben erlebt hatte. Seine Hand krallte sich noch immer um die Lederleine, an deren anderen Ende sich bis vor kurzem Thor des Lebens erfreut hatte. Der Schnauzer war, seinen Meister im Schlepptau, motiviert durch die Freiburger Altstadt gestreift, hatte hier geschnüffelt und da gepinkelt. Bis er aus einem Bächle trinken wollte ... und verschwand.

Als die Rettungssanitäter sich fertig am Kopf gekratzt hatten, verpassten sie Günther eine Beruhigungsspritze, lieferten ihn in der Notaufnahme der Uniklinik ab und machten einen Vermerk im Rapport. Dabei ließen sie es bewenden.

Günther hätte die Nacht wegen eines kurzzeitigen Herzstillstands um ein Haar nicht überlebt. Danach war er mehrere Tage lang nicht ansprechbar. Und Thor blieb verschwunden.

Als zum dritten Mal ein Abendgewitter die Hitze des Tages ablöste und in Freiburg innerhalb weniger Stunden gleich drei Hunde auf dieselbe Art und Weise verschwanden, dauerte es nur noch eine einzige lumpige Nacht, bis Panik die Stadt im Breisgau erfasste. Bereits kurz nach den Vorkommnissen sperrte die Polizei die Altstadt großräumig ab und ließ niemanden mehr hinein, nur noch heraus. Ladenbesitzer, denen am Morgen die Kunden ausblieben, drohten zwar mit Anwälten, aber alles half nichts. Gefahr war im Verzug, hatte der Stadtrat beschlossen. Denn wenn hier am laufenden Band Hunde verschwanden und die einzige Spur, die von ihnen blieb, blutrot verfärbtes Wasser im Bächle war, wer konnte denn garantieren, dass die nächsten Opfer nicht Menschen waren?

Das Lokalradio schaltete eine Sondersendung. Gerne hätte sich ein Reporter auf den menschenleeren Münsterplatz gestellt und dort, wie er aus dem Studio berichtete, »die unheimliche Grabesstille« über den Äther gesendet, aber auch er wurde von der Polizei daran gehindert, die Altstadt zu betreten. Dass ein Beamter ihm gesagt hatte, das Senden von Grabesstille sei etwa gleichermaßen intelligent wie die Ausstrahlung eines Interviews mit einem Fisch und deswegen sowieso eine selten bescheuerte Idee, fasste er als persönliche Beleidigung auf und machte deshalb am Radio Stimmung gegen die Gesetzeshüter. Jedenfalls so lange, bis der Chefredakteur ihn nach einem wütenden Anruf des Polizeichefs zurückpfiff.

»Rätsel um verschwundene Hunde – die Angst geht um!«, titelte eine auflagenstarke regionale Zeitung und auch andere Blätter hielten nicht hinter dem Berg mit Sensationslust. Das Internet quoll förmlich über vor lauter Berichten, Mutmaßungen, Statusmeldungen und Tweeds zum Thema.

Am Nachmittag wurde die Altstadt schließlich schrittweise wieder geöffnet, nachdem die Polizei in Zusammenarbeit mit der Feuerwehr sämtliche Bächle untersucht und nichts Verdächtiges gefunden hatte. Aus ökonomischen Gründen ließ sich die Sperrung nicht mehr länger rechtfertigen. Hundebesitzern wurde allerdings davon abgeraten, sich mit ihren Lieblingen in der Stadt aufzuhalten.

Hunger! Ich habe Hunger!! Nirgendwo sind mehr Hunde zu sehen. Dafür umso mehr Durchgeknallte. Doch die nützen mir nichts. Ich will Hunde! Aber die meiden plötzlich die Bächle wie der Teufel das Weihw... – ach was. Ich will Blut. Blut.

In den nächsten Tagen blieb Freiburgs Altstadt ungewohnt sauber. Kein Hund setzte mehr seinen Haufen auf den Gehsteig, weil kein Hund mehr da war. Stattdessen kamen die Mystiker und die Esoteriker, die alle ihre eigene Version davon hatten, was geschehen war. Von einem alten Fluch war die Rede, von vernichtenden elektromagnetischen Feldern und von Außerirdischen, die die Hunde nach ihrer Entführung umerziehen und schließlich als Agenten wieder zurück in die menschliche Gesellschaft schicken würden, um diese zu destabilisieren.

Tierschützer, die ebenfalls ihren Senf zur Lage in Freiburg gaben, blieben realistischer und forderten einfach mehr Freiheit und weniger Leinenzwang für die Vierbeiner – allerdings weit außerhalb Freiburgs Altstadt, um deren Sicherheit nicht zu gefährden. »Ich hoffe, dass sich alle Hundebesitzer daran halten und die Altstadt meiden«, sagte die Sprecherin der »Hundefreunde Baden e. V.« in einem Radiointerview, »und vor allem hoffe ich, dass es nicht irgendwelche Blödmänner gibt, die sich schlecht informieren und ihre Vierbeiner aus purer Dummheit in Lebensgefahr bringen.«

Hunger!!! Mir ist übel vor Hunger. So was habe ich noch nie erlebt. Doch halt! Was ist das? Ich rieche etwas: Hundehaare! Hundeblut!! Ja, da muss irgendwo ein Köter sein, ich rieche es genau. Endlich! Ich muss dieses Tier finden und fressen. Blut. Ich will Blut!

Robby befand sich auf dem Weg vom Ufer der Dreisam, wo er sich mit seinem Bruder zum Kiffen getroffen hatte, zurück zum Bahnhof. Quasi ein Familientreffen – wenn sie schon mal beide nicht im Knast oder zumindest in Untersuchungshaft saßen, mussten sie diese Gelegenheit nutzen. Zwar hatte das Wasser nicht, wie Bastian versprochen hatte, zum Baden eingeladen, aber immerhin war Wilma, sein hünenhafter Hund, durch die Dreisam geplanscht. Jetzt war es längst Nacht. Zeit, nach Hause zu fahren, es roch sowieso nach Gewitter. Robby wollte den Bahnhof erreichen, bevor der Regen einsetzte und zog an der Leine. Doch Wilma hatte anderes vor. Sie hatte ein Stück angebissener Pizza entdeckt, das auf dem Kopfsteinpflaster lag, spurtete los und riss ihren Besitzer dabei fast von den Füßen.

»Wilma!«

Sie reagierte nicht. Dass sie, wenn es ums Gehorchen ging, auf beiden Ohren taub zu sein pflegte, das kannte Robby. Und dass sie, bevor er mit der Wimper zucken konnte, ihre Beute bereits verschlungen hatte und sich die Lefzen leckte, auch. Eine Passantin blickte vorwurfsvoll zu den beiden hin.

»Sie ist halt hungrig«, murmelte Robby entschuldigend, als der Blick der Frau auf dem Riesenkaliber von einem Tier ruhen blieb.

»Haben Sie nicht gehört, dass die Altstadt für Hunde gesperrt ist?«, wollte sie wissen.

»Nö, wieso? Ich bin nicht von hier«, antwortete er genervt. Auf Diskussionen mit Besserwisserinnen hatte er keinen Bock. Die musste er, seit er seine Wilma besaß, sowieso fast jeden Tag führen.

»Sie sollten sich informieren. Hier sind schon mehrere Hunde auf rätselhafte Weise verschwunden!«

»Quatsch.«

»Nein, das ist kein Quatsch. Ihr Tier schwebt vielleicht in Lebensgefahr!«

Robby schnaubte verächtlich: »Meine Wilma nicht. Komm, Wilma.«

Damit zog er sie weiter.

Hunger! Ich brauche das Blut dieses Hundes. Aah, ich freue mich schon auf den Moment, wo er sein nahendes Ende begreift, wo seine dummen Augen von Angst erfüllt sind, wo er ansetzen wird, um zu jaulen und um sein Leben zu flehen. Aber es wird vergeblich sein. Da! Er ist schon ganz nahe am Bächle. Er senkt den Kopf zum Wasser hin, er schaut mich an. Hey? Wieso setzt er zum Sprung an? Wieso – was – hey! Aaaargh!

»Wilma, aus! Wilma, verdammt."

Wenn eine Mischung aus Leonberger und Bernhardiner überraschend springt, nützen auch Fitnessclubmuskeln nichts. Sie hatte sich bereits wieder losgerissen. Sofort eilte Robby dem Hund hinterher. Doch als er sah, dass Wilma etwas aus dem Bächle gefischt hatte, das weder aussah wie ein Stöckchen noch wie ein weiteres Stück Pizza, blieb er wie angewurzelt stehen. Das war etwas anderes. Aber was – was war es dann?

Roby schluckte leer. Rieb sich die Augen und sah sich um. Zum Glück war die Besserwisserin verschwunden.

»Wilma, hierher!«

Ausnahmsweise gehorchte sie und kehrte hechelnd zu ihm zurück. In ihrem Maul strampelte etwas Großes, Glitschiges. Es war ein Tier! Sah irgendwie aus wie ein Salamander oder so, aber größer als eine Katze. Seit wann gab es denn so große Salamander in Freiburgs Bächle? Robby kratzte sich in den Bartstoppeln. Im Biologieunterricht hatte er nie aufgepasst, damals in der Schule. Schade. Vielleicht hatte er auch einfach zu viel gekifft, vorhin.

»Sie will doch nur spielen«, sagte er entschuldigend zu dem ihm unbekannten Tier. Erst da fiel ihm auf, dass es aufgehört hatte zu zappeln und dass seine glutroten Augen gebrochen waren.

»Mist, Wilma!«, fluchte er. Er hoffte, dass sie nicht irgendein geschütztes Kriechtier erwischte hatte und er womöglich Ärger kriegen würde mit der Polizei, mit dem Naturschutz oder der Artenschutzkonferenz oder so. Ärger hatte er auch sonst genug am Hals, da brauchte er nicht noch neuen.

Glücklicherweise war gerade kein Mensch in Sichtweite. Eilig holte er sein Badetuch, das er vergeblich an die Dreisam mitgenommen hatte aus der Umhängetasche, wickelte diesen unbekannten, eigenartigen Lurch hinein, klemmte ihn unter den Arm und verdrückte sich in möglichst enge, menschenleere Gassen.

Starker Gewitterregen setzte ein und wischte die Menschen förmlich von der Straße, sodass Robby unbeobachtet blieb, als er das unbekannte Tier in der Gerberau in den Gewerbekanal warf. Es wirkte viel grösser als vorhin zwischen Wilmas Kiefern – vielleicht war aber auch das nur der Einfluss des Cannabis.

Robby verbot sich weitere Gedanken. Ohne nochmals zurückzusehen, machte er, dass er fortkam. Nur Wilma warf einen traurigen Blick zurück auf die Stelle, an der der dunkle Kanal das Tier geschluckt hatte. Gerne hätte sie noch ein wenig mit ihm gespielt.

Als Hund und Halter schließlich am Bahnhof ankamen, waren sie tropfnass und hatten Glück, dass ihr Zug mit einigen Minuten Verspätung einfuhr, sodass sie ihn noch erreichten.

Als die Sonne am nächsten Tag frühmorgens die Dächer der Freiburger Altstadt streichelte, ragte ein Krokodilskopf aus dem Wasser des Gewerbekanals. Ein früh aufstehender Spaziergänger sah ihn, traute seinen Augen kaum und schoss sofort ein Handybild. Der Krokodilskopf sorgte für Aufsehen und noch einmal kurz für wilde Spekulationen, ob er wohl im

Zusammenhang mit den verschwundenen Hunden stehen könnte. Doch bald fand sich ein Künstler, der behauptete, die Granitskulptur stamme von ihm, und irgendwann glaubte man ihm.

Nur manchmal, wenn vom Schlossberg her der Donner grollt und ein Blitz den Freiburger Himmel durchzuckt, sehen aufmerksame Passanten, dass die Augen des Krokodils im Gewerbekanal blutrot aufleuchten. Aber keiner spricht über seine Beobachtung, denn niemand will für verrückt gehalten werden. Die meisten schieben sie sowieso ihrem Alkoholkonsum zu.

Victor Boden

Das Gespenst

Ohne Vorwarnung, von einem Moment auf den anderen, war sie nicht mehr da gewesen. Einfach ausgelöscht. Mein einziger Trost bestand darin, dass sie nicht gelitten hatte. Der Tod war sofort eingetreten.

Sorgfältig legte ich das weiße Hemd, das ich vor drei Wochen bei der Beerdigung getragen hatte, über die Wäscheleine und zog es in die Länge, damit es beim Trocknen nicht allzu viele Falten warf. Anschließend vergewisserte ich mich, dass die Trommel leer war, verschloss sie und griff nach dem Wäschekorb. Rücklings lehnte ich mich gegen die Tür, während der Ellenbogen die Klinke niederdrückte und die freie Hand den Lichtschalter suchte.

Alles musste ich nun selber machen. Waschen, bügeln, einkaufen, kochen, putzen. Frauen sollten nicht vor ihren Männern sterben.

Ich schaltete das Licht aus und verließ die Waschküche. Mit einem lauten Knall flog die schwere Eisentüre ins Schloss. Am schlimmsten war die Leere, die sich nun im Haus ausbreitete. Eine Stille, die an den allgegenwärtigen Tod erinnerte und das Haus in eine Leichenhalle verwandelte.

Nebenan lag der Weinkeller, ich fischte eine Flasche Spätburgunder aus dem Regal. Die Weine hier unten warteten unter Umständen jahrelang auf einen besonderen Anlass, heute jedoch benötigte ich einen Tropfen, der mir beim Einschlafen helfen würde.

Fünf Zentimeter.

Der Gedanke ließ mich nicht mehr los. Wäre Helga fünf Zentimeter kleiner gewesen, hätte sie den Unfall überlebt. Bis heute ist nicht geklärt, warum sie so spät gebremst hat. Der LKW-Anhänger hatte das Dach des Fiat Doblò zusammengeschoben und Helga ... etwas kleiner und sie wäre problemlos darunter hinweg getaucht. Sie war eine hochgewachsene Frau, fast so groß wie ich, was normalerweise nicht weiter auffiel, solange sie keine hochhackigen Schuhe trug, wenn wir gemeinsam ausgingen. Nur ein klein wenig zu groß, eine Daumenlänge, die den Unterschied zwischen Leben und Tod ausmachte. Ein etwas tiefergelegter Wagen und sie könnte noch am Leben sein.

Den leeren Wäschekorb stellte ich auf seinen angestammten Platz in den Wandschrank neben der Garderobe und ging weiter in die Küche. In der Schublade suchte ich einen Korkenzieher, aus dem Schrank holte ich mir ein Glas, dann setzte ich mich an den Küchentisch.

Hier hatten wir fast jeden Abend in vertrauter Zweisamkeit zusammengesessen und gegessen, alltägliche Banalitäten ausgetauscht und die laufende Woche geplant. Vierundzwanzig lange Jahre lang. Nun stand auf dem Küchentisch ein einsames Foto, in einem hölzernen Rahmen und hinter zersprungenem Glas. Ein altes Bild, das mich und meine Frau während eines Ausflugs auf dem Gipfel des Feldbergs zeigte. Es stammte nicht aus meiner Sammlung, sondern war von unserer damals fünfzehnjährigen Tochter Julia geschossen worden. Jahre später, als sie selbst Mutter geworden war, hatte es einen Platz über dem Schreibtisch ihres Arbeitszimmers gefunden. Julia hatte das Bild kurz nach dem Unfall vorbeigebracht. Sie behauptete, es wäre im selben Moment von der Wand gefallen, als ihre Mutter in den LKW gerast und gestorben war. Der Sprung im Glas lief quer über das Bild und zog eine Trennungslinie zwischen mir und meiner Frau. Ich hatte es wortlos entgegengenommen und auf dem Küchentisch abgestellt.

Ich entkorkte den Wein und schenkte mir ein. Nur einen Schluck, damit ich schlafen konnte, mehr vertrug ich sowieso nicht. Und Schlaf hatte ich bitter nötig. Morgen musste ich wieder fit sein, denn diese Woche waren wir dabei, ein Stück der alten Kanalisation im Stadtzentrum von Müllheim zu vermessen. Ich durfte nicht vergessen, mir noch ein paar Handschuhe rauszusuchen, die Herbsttage wurden langsam kühl, vor allem, wenn man sich den ganzen Tag im Außeneinsatz befand. Außerdem hatten sie Regen angesagt.

Ich erinnerte mich, dass es am Tag der Beerdigung ebenfalls geregnet hatte. Ein leichter, dauerhafter Nieselregen, der die ganze Welt mit seiner grauen Traurigkeit einhüllte. Die Zeremonie fand auf dem Friedhof im Stadtteil St. Georgen satt, in dem wir wohnten. Neben Tochter Julia und ihrer Familie, einigen Arbeitskollegen und versprengten Verwandten waren auch die Freunde der Familie anwesend. Diese Freunde hatten sich im Laufe der Jahre in Helgas Seelenverwandtschaften und meinem SC-Fanclub unterteilt und traten ihrer Natur entsprechend nie gleichzeitig am selben Ort auf. Die Beerdigung nötigte indessen einen Ausnahmefall herbei.

Ein ganz spezieller Seelenverwandter von Helga war Rudolf Valerius Walenskij. Er war zusammen mit seiner eingeschworenen Gruppe gekommen, in der er so etwas wie eine Leitfigur repräsentierte. Ich hatte ein distanziertes Verhältnis zu den Freunden meiner Frau und wusste nicht sehr viel über sie, nur dass sie sich mit spirituellen Dingen beschäftigten. Die meisten Mitglieder der Gruppe waren Frauen, gut aussehend und in den besten Jahren. Keine von ihnen trug Schwarz. Inmitten der Begräbnisgesellschaft wirkten sie wie ein Haufen verirrter Paradiesvögel, die in einem Feld voller Raben gelandet waren. Mit erhobenen Häuptern lauschten sie der Ansprache des Pfarrers, während der Regen leise durch die Blätter der Bäume raschelte. Obwohl dies ein Tag der Trauer war, lag ein zufriedenes und seliges Lächeln über all ihren Gesichtern.

Walenskij trug immerhin einen dunkelgrauen Anzug, sein Hals steckte in einem langen, blauvioletten Schal, der vorne und hinten an ihm herabhing. Die dunklen Haare kräuselten sich in kurzen Naturwellen, seine klaren, hellen Augen beobachteten wachsam die Szene, sie wirkten ernst und hatten dennoch etwas Kindliches an sich. Der breite, wohlwollend grinsende Mund verkündete lautlos die Botschaft, dass er über Dinge Bescheid wusste, von denen wir Normalsterbliche keine Ahnung hatten. Wie die meisten Gäste hatte er einen Regenschirm aufgespannt. Das seltsame daran war nur, dass er ihn von sich weg hielt, gerade so, als würde er eine unsichtbare Person vor dem Regen schützen, die neben ihm stand.

Bereits vor Beginn der Zeremonie, als die Reihe der Trauergäste an mir vorübergezogen war, um mir ihr Beileid auszudrücken, hatte Walenskij mir mit seinem allwissenden Lächeln die Hand gedrückt und gesagt:

»Sie dürfen niemals vergessen, dass der Himmel bereits hier, gleich über dem Boden beginnt!«

Auch andere Mitglieder seiner Gruppe hatten mir ähnlich mysteriöse Dinge mit auf den Weg gegeben. Eine Frau, die mit ihren wilden, weinroten Haaren und einer farblich passenden Ledergarnitur aussah, als wäre sie geradewegs mit einem Motorrad angereist, flüsterte mir ins Ohr: »Nun ist sie frei und kann gehen, wohin sie will!«

Und eine andere, ich glaubte mich zu erinnern, dass ihr Nachnahme Engelbrecht war, behauptete sogar, Helga wäre ihr bei einer spirituellen Sitzung erschienen. Die spindeldürre Frau besaß ein offenes und ehrliches Gesicht, welches von einem voluminösen Wuschelkopf aus angegrauten Locken umrahmt wurde und den Rest ihres Körpers umso schmächtiger erscheinen ließ.

»Grämen Sie sich nicht«, sagte sie und blickte mich mit leuchtenden Augen an, »es geht ihr gut und sie lässt Sie ganz herzlich grüßen!«

Ich warf meine Blumen auf den hölzernen Sarg, der dort unten in dem ausgegrabenen Schacht lag und wünschte mir, es wäre wahr, was diese Menschen behaupteten.

Die Sitzverteilung beim anschließenden Leichenschmaus hatte vorgesehen, dass ich mich bei den Seelenverwandten des SC wiederfand. Dementsprechend fielen die Kommentare und hilflosen Versuche, mich zu trösten, eher nüchtern aus.

»Da steckt man eben nicht drin.«

»Zum Glück hat sie ja nichts gespürt.«

»Irgendwann erwischt es halt jeden von uns.«

Deckel zu, Erde drauf und das war's.

Helga hatte neben drei prallvollen Kleiderschränken, einem Keller mit Schuhen und einem unübersichtlichen Berg mit Schminkutensilien und Parfüms jede Menge Bücher hinterlassen. Ich packte sie in Kisten, die ich an ihre spirituellen Freunde weitergeben wollte. Die Titel kündeten von Berichten wiedergeborener Pharaonentöchter, übersinnlichen Erfahrungen, Meistern der Erleuchtung und von den Wissenschaften der Astrologie. Zwischen all den Seiten steckten unzählige von Hand beschriebene Zettel und Notizen. Als ich mir einige davon näher besah, stellte ich fest, dass sich darunter auch Briefe befanden. Briefe, die nie abgeschickt und allesamt an Rudolf Valerius Walenskij gerichtet waren. Helga bedankte sich darin für diesen oder jenen Buchtipp, für allerlei weise Worte, doch dann stellte ich mit Erstaunen fest, dass sich der *Sehr geehrte Herr* mit aufsteigendem Datum zum *Lieben Rudolf* verwandelt hatte. Aus einem Buch über Glück und Erfüllung zog ich schließlich diesen Brief hervor:

Liebster Rudolf,

leer wie eine Hülse war mein Leben, bevor Du zu mir kamst! Bereits bei unserer ersten Begegnung spürte ich unsere Verbindung, unser ewiges Bündnis. Du hast mir gezeigt, wer ich wirklich bin, Du hast die Frau in mir erweckt und mein leeres Gefäß gefüllt – gefüllt mit Dir! Ach, hätten sich unsere Seelen doch schon früher in diesem Leben gefunden, wie viel einfacher wäre dann alles! Meine Seele verzehrt sich nach der vollkommenen Vereinigung! Niemals werde ich diese tief greifenden Erfahrungen vergessen, die Du mir zukommen ließest.

Deine Dich verehrende Helga

Der Brief in meiner Hand zitterte und ich fühlte etwas in mein Herz stechen. Fassungslos starrte ich auf die Zeilen und las sie wieder und wieder.

Natürlich war mir bewusst gewesen, dass wir in unserem Leben verschiedenen Interessen nachgegangen waren, dass sie sich in eine Welt begeben hatte, in die ich ihr nicht folgen wollte und konnte. Nun musste ich erkennen, dass sich zwischen den beiden weit mehr als nur ein gemeinsamer Zeitvertreib oder eine Freundschaft entwickelt hatte. Das ungute Gefühl, welches sich in all den Jahren gegen diesen Walenskij zusammengebraut hatte, sah ich nun bestätigt. Offensichtlich war der langjährige Kompromiss, den ich mit Helga geschlossen hatte, ein Fehler gewesen. Er besagte, dass sie mich niemals von einem SC-Spiel abhalten durfte, im Gegenzug hatte ich sie stets ohne Murren zu ihrer Gruppe gehen lassen.

Ich betrachtete das leere Weinglas und drehte es in meiner Hand. Obwohl ich hundemüde war, wusste ich, dass ich nicht einschlafen konnte. Möglicherweise würde ein zweites Glas helfen und so schenkte ich mir noch einmal nach.

Helga hatte diese Briefe nie abgeschickt. Vielleicht war dieser Walenskij nur eine heimliche Liebe gewesen? Aber was sagte das schon? Es konnte durchaus möglich sein, dass andere Briefe ihr Ziel erreicht hatten. Die bohrende Frage tauchte auf, wie weit die *tief greifenden* Erfahrungen mit diesem Walenskij tatsächlich gegangen waren.

Die Frage ließ mir keine Ruhe. Um mehr darüber herauszufinden, hatte ich vor ein paar Tagen die Telefonnummer von Frau Engelbrecht recherchiert, jener

Freundin und geistigen Wegbegleiterin Helgas mit dem voluminösen Wuschelkopf. Ich hatte sie angerufen und eine der Bücherkisten als Vorwand genommen, um bei ihr vorbeizuschauen. Mein Plan war, sie so beiläufig wie möglich über das Verhältnis meiner Frau zu Walenskij zu befragen.

Die schmächtige Frau mit den leicht angegrauten Locken öffnete die Tür. Soweit ich erkennen konnte, trug sie lediglich einen Kimono, den sie fröstelnd zuzog. Sie bat mich sofort herein. Ich konnte es nicht von der Hand weisen: Diese Frauen aus Walenskijs Kreis hatten etwas Ungewöhnliches an sich, das für mich nicht greifbar war. Frau Engelbrecht schwebte mehr über die Dielen als zu gehen und schien auch sonst über den Dingen zu stehen.

»Oh, da müssen Sie sich wirklich keine Gedanken machen«, versicherte sie mir, als es mir gelang, eine unverfängliche Frage zu stellen, die offenbar doch deutlich genug gewesen war. »Das zwischen Helga und Rudolf ist eine rein platonische Beziehung. Die beiden sind metaphysisch miteinander verknüpft, es gibt eben Menschen, die sich sofort erkennen. Kein Wunder, in einem früheren Leben waren die zwei verheiratet.«

In meiner Mimik muss sich eine deutliche Skepsis abgezeichnet haben, wohl deshalb sagte sie: »Ich weiß, Sie glauben mir nicht. Aber wir alle haben noch einen sehr guten Kontakt zu Helga. Wenn Sie selber mit ihr sprechen wollen, kommen Sie doch einfach zu einer unserer Sitzungen vorbei!«

Ich war überrascht, so unvoreingenommen eingeladen zu werden.

»Was macht ihr denn da? Eine Art Geisterbeschwörung?«, fragte ich etwas unsicher.

Sie lachte.

»Na ja, nicht ganz. Aber man muss schon für ein paar gewisse Dinge offen sein!«

Ich ließ mir die Adresse von Walenskij geben. Nicht, dass ich wirklich vorgehabt hätte, diesen ominösen Sitzungen beizuwohnen, aber nun wusste ich immerhin, wo der Kerl wohnte. Ich hielt immer noch seine Visitenkarte in der Hand, als die dünne Frau im Kimono eine Bemerkung hinterherschob: »Die beiden stehen wirklich in einer außergewöhnlichen Verbindung zueinander, müssen Sie wissen. Und das mehr als je zuvor.«

Dann fasste sie mich vertrauensvoll am Arm. »Ich bin sogar ein wenig neidisch. Rudolf sagte mir, dass er jeden Abend mit ihr tiefgründige Gespräche führt. Mit mir macht er das nie!«

»Mit ... wem?«

Für einen Moment war ich ziemlich begriffsstutzig.

»Na, mit Helga.«

Sie sagte das mit ihren leuchtenden Augen, als wäre es die natürlichste Sache der Welt.

Ich konnte selbst nicht glauben, was ich danach tat. Auf dem Stadtplan betrachtete ich den Straßenverlauf, in dem Walenskij wohnte. Die Kartäuserstrasse war mir natürlich ein Begriff, im Vorfeld des großen Stadttunnelbaus hatten wir im gesamten Viertel Messungen durchgeführt.

Ein kleiner Abstecher zu der angegebenen Adresse und ein Blick auf das Klingelschild verrieten mir, dass sich die Wohnung von Walenskij, welche zugleich den Treffpunkt für die spirituellen Sitzungen darstellte, im zweiten Stock befand. Ich überlegte, wie ich ihn am besten observieren konnte, sah mich um und erspähte zwischen zwei gegenüberliegenden Häusern den Hang des Schlossberges.

Am Abend desselben Tages befand ich mich auf dem Weg nach oben. Freiburg besitzt eine winkelförmige Topographie, an deren Innenseiten der Berg verläuft. Durch diese außergewöhnliche geographische Besonderheit liegen das Stadtzentrum und der Schlossberg gerade mal 400 Meter voneinander entfernt. Von mehreren Aussichtspunkten aus kann man fast die gesamte Stadt überblicken.

Zunächst versuchte ich es von der Südseite des Kastaniengartens her. Ich war schon lange nicht mehr hier gewesen, was vor allem daran lag, dass all die Schönheit des Biergartens, seine herrliche Lage unter den alten Kastanienbäumen von einer Küche zunichtegemacht wurde, die kaum noch zu unterbieten war. Um diese Jahreszeit war der Biergarten natürlich geschlossen und ich war die einzige Menschenseele, die sich hierher verirrte hatte. Die Kartäuserstrasse verlief genau zu Füßen dieser Anhöhe, trotzdem musste ich feststellen, dass mein Zielobjekt von hier aus nicht einsehbar war: Ein davor liegendes Haus verdeckte vollkommen die Sicht.

Ein Stück weiter oben befand sich der Kanonenplatz, ein kläglicher Rest der komplett geschleiften Burg, die hier bis 1745 gestanden hatte. Der Platz bot eine optimale Rundumsicht und gestattete es mir, die richtige Position zu finden, von der aus ich zwischen zwei vorgelagerten Häusern freie Sicht auf die Wohnung in der Kartäuserstrasse bekam.

Aus meinem Rucksack holte ich mein Zeiss Victory hervor, den stets treuen Begleiter auf unseren gemeinsamen alpinen Wanderungen. Es besaß eine zehnfache Vergrößerung und spezielle Prismen für eine gute, nächtliche Transmission. Ich rückte das Haus in den Sichtbereich und zählte zum zweiten Stock hoch. Der Balkon wurde um diese Jahreszeit nicht benutzt, aus Blumenkästen und Töpfen ragten die verdorrten Reste des letzten Sommers. Ein Kreuz unterteilte die Glastüre. Schwere Vorhänge flankierten den Blick ins Innere, glücklicherweise hatte sie niemand zugezogen. Allem Anschein nach handelte es sich um ein Wohnzimmer. Ein Lüster tauchte den Raum in ein gelbliches, nicht allzu helles Licht. Die hintere Wand bestand aus einem massiven und klassischen Bücherregal, unterbrochen von mehreren Nischen, in denen lichtfrohe, moderne Kunstwerke hingen. Auf einem seitlichen Abstelltisch mit Rüschendeckchen thronte die Statue einer griechischen Göttin, auf der anderen Seite des Zimmers konnte ich noch das Ende eines Sofas ausmachen. Der Wohnzimmertisch, dessen rechtes Kopfende hinter einem der Vorhänge verschwand, wurde von einer Vase mit Blumen geschmückt, an seinem linken Ende stand ein Sessel.

Eine ganze Stunde lang tat sich überhaupt nichts und ich fragte mich, ob der Mann möglicherweise weggegangen war und vergessen hatte, das Licht zu löschen. Ich sah auf die Uhr, es war mittlerweile kurz vor zehn.

Doch dann, endlich, betrat jemand den Raum. Es war Walenskij. Er trug eine bequeme Stoffhose und ein schwarzes, mit fremdartigen, großen goldenen Symbolen besticktes knopfloses Hemd. Er brachte zwei Tassen und einen vermutlich mit Keksen befüllten Teller und stellte alles auf dem Tisch ab. Anschließend zündete er mehrere im Raum verteilte Kerzen an, schaltete eine Stehlampe ein, löschte das Hauptlicht und verschwand wieder links aus meinem Sichtbereich.

Nach zehn Minuten kam er mit einer Teekanne zurück. Er schenkte die beiden Tassen ein und setzte sich in einen Sessel. Mit dem Fernstecher stützte ich mich an dem Geländer ab, um ein ruhigeres Bild zu bekommen, dann zoomte ich die Szene bis zum Anschlag heran. Kein Zweifel, der Mann redete mit jemandem. Und dieser Jemand saß ihm gegenüber am selben Tisch. Da das gegenüberliegende Ende des Tisches jedoch hinter dem Vorhang verschwand, konnte ich nicht erkennen, wer dort saß. Ich veränderte meine Position so weit wie möglich, doch es gelang mir nicht, den Platz am anderen Ende des Tisches einzusehen. Ich sah lediglich die zweite Tasse Tee, die aber von niemandem angerührt wurde. Da ich das Zimmer bereits seit über einer Stunde observierte, bezweifelte ich, dass neben Walenskij tatsächlich noch jemand in dem Raum anwesend war.

Ich beobachtete das Ganze eine weitere Stunde lang. Der Typ redete und redete, verschwand noch einmal für fünf Minuten, kam wieder und schenkte sich – und seltsamerweise auch dem unsichtbaren Gegenüber – nochmals Tee ein. Das ließ mich etwas stutzen, denn die zweite Tasse hatte der Gastgeber bereits zuvor vollgegossen und ich war mir sicher, dass in der Zwischenzeit niemand daraus getrunken hatte.

Ich musste meine Überwachung unterbrechen, da meine Hände kalt geworden waren und ich nicht mehr imstande war, den Fernstecher ruhig zu halten. Ich steckte ihn weg und suchte aus meinem Geldbeutel zitternd ein paar Euro. Schließlich gab es hier noch die fest montierten Fernrohre für Touristen. Eines davon stand nur ein paar Meter neben mir und würde denselben Zweck erfüllen, nur eben gegen eine Extragebühr.

Es dauerte eine Weile, bis ich in dem nächtlichen Durcheinander der Lichter das richtige Haus und das Wohnzimmer im zweiten Stock wiedergefunden hatte. Walenskij stand nun auf dem Balkon und rauchte eine Zigarette. Den Platz seines Gesprächspartners konnte ich durch dieses Gerät natürlich ebenso wenig einsehen. Aber er redete nun nicht mehr. Offenbar war sein Besuch gegangen.

Ich versuchte, das Ganze in meinem Kopf zu ordnen. Als ob es nicht schon schlimm genug war, dass Helga mich verlassen hatte und ich feststellen musste, dass sie diesen Mann vergötterte. Nein, jetzt saß sie auch noch jeden Abend mit ihm zusammen, führte bei Kerzenlicht tiefsinnige Gespräche und trank Tee mit ihm! Meine Frau betrog mich über ihren Tod hinaus, es war einfach unglaublich! Noch unglaublicher war jedoch, dass dieser Gedanke mir meinen Schlaf raubte. Denn schließlich hatte ich überhaupt nichts davon wirklich gesehen!

Die Flasche in meiner Hand war mittlerweile leer, wie ich feststellte, als ich mir noch einmal nachschenken wollte. *Alte Reben, Malterdinger Spätburgunder, 2003* las ich auf dem Etikett. Ein guter Jahrgang, wie mir jemand versichert hatte. Dumm nur, dass der Geist des Weines nicht gerade dazu beitrug, Klarheit in meinen Gedanken zu schaffen. Helga das Gespenst, Rudolf Valerius Walenskij, die angebliche Ehe in einem anderen Leben, die unabgeschickten Briefe, alles drehte sich in meinem Kopf.

Walenskij war an allem schuld, er hatte meine Frau zu irgendwelchen Dingen verführt, so viel stand für mich fest. Ich hatte gute Lust, den Kerl umzubringen. Aber damit würde ich ihm am Ende noch einen Gefallen tun! Dann wären die beiden Geister ja für alle Ewigkeit beisammen. Und ich würde wegen einer Sache hinter Gittern sitzen, an die ich gar nicht glaubte. Meine Frau konnte ich ebenso wenig umbringen, da sie ja bereits tot war. Ich konnte ihr noch nicht einmal meine Meinung unter die Nase reiben, weil sie offenbar jedem Hinz und Kunz erschien, nur eben nicht mir. Insgeheim musste ich mir zu allem Überfluss noch eingestehen, dass ich diese Menschen beneidete: meine Frau, Walenskij und all ihre Seelenverwandten. Ihre unsterblichen Seelen hoben sie aus der Masse der Mittelmäßigkeit empor und verwandelten sie zu etwas Besonderem. Sie waren niemals allein.

Ich stand auf, musste mich jedoch sogleich an den Türrahmen klammern, um die sich wegdrehende Küche festzuhalten. Dann schnappte ich mir die leere Weinflasche und wankte in Richtung Kellertüre.

»Lass gut sein, Erwin. Du verträgst doch keinen Alkohol«, hörte ich Helga sagen, die hinter mir aus der Küche kam. Natürlich wusste ich, dass sie nicht wirklich hinter mir stand, dass ich mir das gerade nur einbildete. Es war nur der Satz, den sie sagen würde, wenn sie jetzt hier wäre. Meine Hand tastete nach der Klinke. Himmel, ich hatte eine ganze Flasche geleert! So einen Rausch hatte ich vielleicht einmal in meiner

Jugend erlebt, seitdem nie wieder. Aber im Moment war mir das egal. Sollte die Kanalisation von Müllheim morgen zur Hölle fahren. Meine Frau, das Gespenst, besaß die Frechheit, mir Hörner aufzusetzen. Überhaupt setzten mir alle Hörner auf.

»Du hast wirklich genug getrunken! Komm ins Bett!«, hörte ich wieder ihre Stimme hinter mir. Die Kellertüre öffnete sich und gab den Schlund in die Tiefe frei. Die ersten Schritte fanden noch die Stufen, doch dann rutsche ich aus, die leere Weinflasche entglitt mir, ich hörte sie zersplittern, während ich mit einem Aufschrei des Entsetzens in den Keller polterte.

Es dauerte mehrere Minuten, bis ich mich wieder orientieren konnte und wahrnahm, wo ich mich befand. Mein Kopf dröhnte vor Schmerz, ich war auf harten Steinboden geschlagen. Meinem Rücken ging es nicht viel besser. Die Arme begannen, hilflos in der Dunkelheit nach etwas Greifbarem zu tasten und fanden schließlich ein Schuhregal. Bei dem Versuch, mich daran hochzuziehen, überschüttete es mich mit Stiefeln, Pumps und Sandaletten.

Schließlich gelang es mir, den einzigen Lichtschimmer, den es hier gab, in meinen tunnelartigen Sichtbereich zu rücken. Das Licht kam vom anderen, oberen Ende der Treppe. Dort stand Helga, zuckte mit den Schultern, schüttelte verständnislos den Kopf und verschwand in Richtung Küche.

Drei Rippen habe ich mir damals bei dem Sturz gebrochen. Und eine Gehirnerschütterung eingehandelt. Die Vermessung in Müllheim musste ohne mich abgeschlossen werden.

Bis heute weiß ich nicht, ob ich wirklich den Geist meiner Frau gesehen habe, oder ob es die Gehirnsynapsen waren, die mir da aneinandergeraten sind.

Ich packte Helgas restliche Bücher in die verbliebenen Kisten, ordnete die Briefe und schickte alles zu Herrn Rudolf Valerius Walenskij. Im Begleitschreiben wünschte ich ihm viel Glück damit – und auch mit meiner ehemaligen Frau.

Drei Monate später zog ich von Freiburg weg und legte mir einen gebrauchten Toyota Prius zu, dessen Sitze um 9,5 Zentimeter tiefer lagen als die des Fiat Doblò.

Fünf Jahre später habe ich eine Frau kennengelernt, die es noch einmal ernst mit mir meinte. Ich habe sie vermessen und festgestellt, dass sie 5,7 Zentimeter kleiner war als Helga. Dann habe ich noch ein Jahr gewartet und als sie mich immer noch nicht nach meinem Sternzeichen gefragt hatte, habe ich ihr schließlich einen Heiratsantrag unterbreitet.

Volker Hesse

Die Johannes-Buche

Es war eine Wette. Ganz sicher die dümmste Wette, die mir jemals eingefallen ist. Es ist schon ein paar Jahre her und von denen, die damals dabei waren, wohnt keine mehr hier. An dem Ort, an dem es passierte, war ich nie wieder, obwohl ich nicht einmal weit entfernt wohne. Ich wüsste auch nicht, dass eine andere von uns jemals wieder diesen verfluchten Flecken Erde betreten hätte.

Lange danach bekam ich einen Brief ohne Absenderadresse, ansonsten wüsste ich gar nicht, was damals genau passiert ist. Der Brief war von Katharina.

Katharina (und sie legte Wert darauf, dass wir sie genau so nannten) war erst ein paar Wochen vor den Sommerferien nach Münstertal gezogen. Sie war recht hübsch und hatte kurz geschnittene knallblonde Haare. Wenn die Sonne darauf schien konnte man fast glauben, sie wären aus Gold gesponnen.

Katharina wohnte zusammen mit ihrer Mutter in einer kleinen Wohnung zur Untermiete. Ihre Mutter ging tagsüber putzen und bediente abends im *Belchenblick*. Einen Vater gab es nicht. Katharina hatte auch keine Lust, darüber zu reden. Wir hatten uns schnell angefreundet und Katharina zog mit unserer kleinen Clique, also mit Meret, Angela und mir, oft zusammen durch das Dorf.

Unsere neue Freundin war vielleicht nicht gut in der Schule, aber eines hatte sie ganz gewiss: mehr Mumm als wir anderen zusammen. Schon an ihrem alten Wohnort war sie bei den Pfadfindern gewesen und natürlich sofort nach ihrem Umzug zu uns in den hiesigen Pfadfinderstamm eingetreten. Wir beneideten sie ein bisschen. Weil sie so mutig war. Aber auch, weil sie als Mitglied bei den Pfadfindern in fast allen längeren Ferien wenigstens für eine Woche irgendwo unterwegs sein konnte. Dazu fehlte uns anderen einfach das Geld.

Es war Ferienanfang. Die heiße Sonne brannte uns die Wassertropfen von der Haut. Wir lagen an dem kleinen Teich am Pfaffenbach oberhalb vom Tännlebuckhof, nicht weit vom Kloster St. Trudpert. Der Bauer hatte die Wiese vor ein paar Tagen gemäht und deshalb durften wir es uns im grünen Gras gemütlich machen. Es war so warm, dass die Schmetterlinge zu Dutzenden in ihrer lustigen Art durch die Luft taumelten. Auf dem Teich flitzten Wasserläufer hin und her, nur ab und zu öffnete sich mit einem lauten *blubb* das abgründige Maul eines Fisches direkt unter einem von ihnen.

Katharina hatte noch zwei Wochen Zeit bis zum Sommerzeltlager der Pfadfinder, also waren wir alle zusammen. Mit geschlossenen Augen sponnen wir vor uns hin. Ich weiß gar nicht mehr, wer als erste von uns darauf kam, aber irgendwie waren wir auf einmal bei der Johannes-Buche gelandet. Katharina wusste noch nichts darüber, also erzählte ich ihr das, was unsere Großmütter uns schon erzählt hatten, als wir noch klein waren.

Anfang des 19. Jahrhunderts hat der Bergbau im Münstertal noch viele Familien ernährt. Ein Stück oberhalb des

Bergwerks Teufelsgrund fristete ein Köhler sein karges Dasein. Johannes war ein einfältiger Tropf, aber er beherrschte sein Handwerk, und die Erzhütten nahmen seine Holzkohle immer gern.

Die Dorfbewohner zerrissen sich ständig das Maul über den Köhler. Über seinen riesigen Wuchs, seine großen Hände, seine einfache Sprache, über alles an ihm. Und natürlich dichteten sie ihm auch alles Mögliche und Unmögliche an. Irgendwann blieb es nicht mehr nur beim Spott. Eine Frau behauptete, Johannes hätte ihre Tochter unsittlich angefasst. Wie ein Lauffeuer fraß sich das Gerücht durch das Dorf und tief in die Herzen der Bewohner. Sie waren wie besessen von Hass und Rachegedanken und in den Wirtschaften wurden Pläne geschmiedet, wie man dem angeblichen Lüstling das Handwerk legen könne. Es war damals eine harte Zeit und wenn man die Dinge nicht selbst in die Hand nahm, konnte man lange auf Gerechtigkeit warten.

Es war Freitagabend, der 13. August 1813, als ein paar besonders Mutige genug getrunken hatten, um ihre alkoholgeschwängerten Pläne in die Tat umzusetzen. Sie entzündeten Fackeln, bewaffneten sich mit allem, was gerade greifbar war und zogen den Muldenbach hinauf in Richtung Teufelsgrund. Am Bergwerk angekommen mussten sie kurz verschnaufen. Aber der Wirt hatte sie mit genügend Schnaps und Bier ausgestattet, auf dass sie auf dem Weg ja nicht von ihrem Plan abkommen sollten. Nach einem kräftigen Schluck und gegenseitigem Anfeuern ging es weiter. Kurze Zeit später trafen sie an einer Weggabelung auf Johannes, der ihnen im Fackelschein arglos entgegenblickte.

Die Betrunkenen kreisten ihn ein. Schleuderten ihm wüste Schimpfworte ins Gesicht, nannten ihn Kinderschänder, schubsten und drängten ihn, bis er schließlich mit dem Rücken an einem Baum stand. Mit Ästen, gerade stark genug, um einen Körper zu tragen, der an einem Seil sein Leben beenden sollte. Der Köhler begriff allmählich, was um ihn herum vorging. In seiner Einfältigkeit verstand er nicht alles, aber doch so viel, dass die Betrunkenen ihm etwas Furchtbares anhängen wollten, das er nicht getan hatte.

Johannes wurde wütend. Sehr wütend. Aber er wusste, dass er niemals gegen sie ankommen konnte. Sie waren einfach zu viele. Ihm wurde klar, dass sie hier und jetzt sein Leben beenden wollten. Ein furchtbarer Fluch war das Letzte, das über seine Lippen kam: Zur Strafe würde er jedem Mädchen, das an dieser Stelle jemals rasten sollte, etwas Wertvolles nehmen. Bis der Baum, an dem er stand, verdorrt sei.

Johannes hatte kaum ausgesprochen, da fiel die Meute über ihn her. Aber die Dreschflegel, Heugabeln und Knüppel schlugen und stachen ins Leere – der Köhler war wie vom Erdboden verschluckt. Die aufgebrachten Männer suchten überall, aber der angebliche Unhold blieb verschwunden. Schließlich zogen sie wieder hinunter ins Tal. Dass der Stamm der Buche, an der sie Johannes hatten aufhängen wollen, anders aussah als zuvor, bemerkten sie in der Dunkelheit nicht.

Seit diesem Tag kam jedes Mädchen, das auch nur zufällig unter der Johannes-Buche rastete, mit schlohweißen Haaren heim.

Das Zirpen der Grillen wurde jäh vom Knistern eines Blitzes durchrissen. Unmittelbar darauf folgte ein furchtbarer Donnerschlag. Wie von der Tarantel gestochen fuhren wir hoch, wir hatten das aufziehende Sommergewitter nicht bemerkt. Hastig rafften wir unsere Sachen zusammen und rannten los, aber es war zu spät. Die dicken, schwarzen Wolken, die sich zwischen Schauinsland und Trubelsmattkopf hindurch ins Münstertal geschoben hatten, entluden ihre schwere Last über uns. Es waren vielleicht zweihundert Meter bis zum Tännlebuckhof. Wir rannten über den kleinen Hügel, schlitterten mehr als dass wir liefen die Wiese hinab, aber als wir schließlich ankamen, waren wir patschnass.

Die große Scheune duckte sich mit ihrem Dach fast in den Berg hinein. Wir rannten um die letzte Ecke und waren endlich im Trockenen. In der Scheune durften wir unterkriechen, bis das Gewitter vorbei war. Kurzerhand warfen wir uns der Länge nach ins Stroh.

»Und wie ging es weiter?«, wollte Katharina wissen. »Hat denn niemand den Baum irgendwann mal gefällt?«

»Doch, mehrmals«, antwortete ich leise. »Aber egal, was sie damit anstellten, ob sie ihn zersägten oder verbrannten – am nächsten Tag stand er immer wieder da, als wäre nichts geschehen.« Die Scheune erzitterte unter einem erneuten Donnerschlag und wir schrien vor Schreck laut auf.

Die Einzige, die nicht erschrocken war und sich im Gegenteil vor Lachen im Stroh wälzte, war Katharina.

Meret stemmte die Hände in die Hüften. »Du glaubst das wohl nicht, was?«

Katharina lachte noch immer. »Nein, aber die Geschichte ist klasse, ich werde demnächst ein paar kleine Kinder damit erschrecken!«

Meret wurde langsam sauer, und auch Angela und ich waren fassungslos, dass Katharina sich über die Johannes-Buche so lustig machen konnte.

»Es ist wahr!«, versuchte ich Katharina wieder einzufangen. »Ganz bestimmt!«

»Im Leben nicht!«, lachte sie weiter.
»Ist es wohl!« Langsam wurde ich auch ärgerlich.
»Niemals!«
»Wetten?«

Katharina nahm die Wette sofort an.

Am nächsten Freitag, dem Jahrestag des Fluchs, würde sie die Nacht unter der Johannes-Buche verbringen. Natürlich erzählten wir niemandem davon. Katharina wollte ihrer Mutter sagen, dass sie bei einer von uns anderen übernachten würde.

Während die Tage vergingen, wurde es Meret, Angela und mir immer unwohler bei der ganzen Sache. Wir versuchten, Katharina von ihrem Plan abzubringen. Wir redeten auf sie ein, versuchten sie mit Süßigkeiten zu bestechen – vergebens. Der einzige Kommentar, den Katharina für unsere Bemühungen übrig hatte, war ein lachendes: »Ihr Schisser!«

Freitag, der 13. August näherte sich unaufhaltsam und schließlich war er da. Das letzte Mal, dass wir uns alle sahen, war gegen fünf Uhr nachmittags. Katharinas Mutter war schon zur Arbeit in den *Belchenblick* gegangen. Noch einmal bemühten wir uns, unserer Freundin alles auszureden, aber es half nichts. Sie schnappte sich ihren Schlafsack und stiefelte am Muldenbach entlang den Berg hinauf.

Bei dem was danach geschah, war keine von uns anderen dabei. Aber Katharina hat in ihrem Brief alles so genau beschrieben, dass ich die Geschichte weitererzählen kann:

Katharina erkannte den Baum sofort. Die Johannes-Buche war nur auf den ersten Blick wie alle anderen

Buchen, denn wenn man von der richtigen Seite aus hinsah, konnte man etwas Seltsames erkennen. Ein gutes Stück vom Boden entfernt ragte ein kurzer, dicker Ast vom Hauptstamm weg, völlig verkrüppelt und verdorrt. Kurz nach seinem Austrieb, ganz dicht am Stamm, streckten sich zwei starke, verwinkelte Äste nach rechts und links in die Luft. Die Buche stand in sattem Grün, aber auch diese Äste trugen kein einziges Blatt. Nach einem kurzen Stück waren sie in kleinen Zweigen verkümmert. Man brauchte nicht viel Fantasie, um in dem kurzen, dicken Ast einen Kopf und in den anderen beiden Ästen drohend erhobene Arme zu erkennen. Johannes, der Köhler, der seit seinem Fluch mit dem Baum verwachsen war.

Katharina trat einen Schritt zurück. Sie ließ ihren Schlafsack fallen und sah sich kopfschüttelnd die merkwürdige Erscheinung genau an. Kein Wunder, dass sich so viele Gruselgeschichten um diesen Ort rankten.

Sie zückte ihren Fotoapparat und machte ein Bild, bevor sie es sich mit einem Buch unter dem Blätterdach der Johannes-Buche gemütlich machte.

Die untergehende Sonne tauchte den Himmel in blutrotes Licht und der Gesang der Vögel wurde allmählich leiser. Katharina hatte sich ein kleines Feuer gemacht und aß ihr mitgebrachtes Brot. Hier und da raschelte eine Maus durch das Laub, aber Katharina war schon in so vielen Zeltlagern gewesen, dass sie sich dadurch nicht aus der Ruhe bringen ließ. Nach dem Abendbrot kuschelte sie sich in den Schlafsack, knipste ihre Stirnlampe an und las weiter, während das Feuer langsam niederbrannte. Irgendwann fielen ihr die Augen zu.

Katharina schreckte hoch, mit einem Schlag hellwach.

Was hatte sie aufgeweckt? Das Feuer war erloschen, kein Fünkchen Glut versteckte sich mehr in der Asche. Sie versuchte ihre Stirnlampe einzuschalten. Nichts. Offenbar hatte sie vergessen, die Lampe auszumachen und jetzt waren die Batterien leer.

Aufmerksam streifte ihr Blick durch das finstere Unterholz. Ein knackender Zweig ließ ihren Kopf herumfahren. Ihre Augen versuchten angestrengt, das Dunkel zu durchdringen, aber sie konnte nichts erkennen.

»Hallo?«, rief sie in die Finsternis und lauschte auf eine Antwort. Zuerst geschah nichts. Dann hörte sie Schritte. Langsame, schwere Schritte.

»Hallo?«, rief sie ein wenig lauter. »Mädels, ihr könnt rauskommen, ihr hattet jetzt euren Spaß!«

Niemand antwortete. Gänsehaut kroch langsam Katharinas Rücken hoch, aber sie schüttelte sie ab. Blitzschnell war sie aus ihrem Schlafsack heraus und zog sich die Schuhe an. Angestrengt versuchte sie etwas zu erkennen, doch sie sah nur Dunkelheit. Die Schritte schienen sie langsam zu umkreisen. Das waren nie und nimmer ihre Freundinnen!

Katharina hatte sich den Weg gemerkt, auf dem sie gekommen war. Geduckt wartete sie so lange, bis die Schritte genau auf der anderen Seite des Baumes waren, dann sprintete sie los.

Sie konnte fast nichts sehen, fand den Weg nicht, obwohl sie im Zickzack den Berg hinabrannte. Egal, Hauptsache weg von hier! Zweige peitschten ihr schmerzhaft ins Gesicht, mehr als einmal stolperte sie über alte Äste und schlitterte über moosbewachsene Steine, die am Boden lagen. Es grenzte an ein Wunder, dass sie in der Dunkelheit nicht in vollem Lauf gegen einen Baum knallte. Einmal knickte sie auf einem Geröllfeld um, ein stechender Schmerz schoss durch ihren Knöchel. Katharina hielt nicht an. Nach ein paar Minuten, die ihr wie eine kleine Ewigkeit vorkamen, blieb sie schließlich an einem dicken Baum stehen. Ihre Lungen brannten und das Herz schlug ihr bis zum Hals, während sie in die Richtung horchte, aus der sie gekommen war.

Alles war still. Mit einem erleichterten Seufzer ließ sie sich am Baum hinabrutschen und versuchte zur Ruhe zu kommen. Sie streckte die Beine aus und stieß mit den Füßen gegen etwas Weiches, das leise raschelte. Mit aller Kraft unterdrückte sie einen Schrei, als ihre tastenden Hände einen Schlafsack erkannten.

Kein Zweifel, es war ihr eigener Schlafsack, neben dem ihr Buch und ihre Umhängetasche lagen.

Aber – sie war doch fünf Minuten lang geradewegs den steilen Berg hinabgerannt!

Ruhig!, mahnte sie sich selbst in Gedanken. *Wahrscheinlich bist du im Kreis gerannt, doofe Kuh!*

Noch einmal horchte sie in die Finsternis. Kein Laut war zu hören. Leise erhob sie sich und machte sich wieder auf den Weg. Hierzubleiben kam auf gar keinen Fall infrage, auch wenn ihr Knöchel langsam richtig weh tat und sie, wenn sie jetzt nach Münstertal zurückging, die Wette verloren hatte. Irgendjemand schlich hier herum und sie hatte keine Lust auf diese nächtliche Begegnung. Sie machte sich auf und humpelte vorsichtig bergab, dieses Mal in weiten Bögen nach rechts und links. Irgendwann würde sie schon auf den Weg treffen!

Nach einer Weile hielt sie schwitzend und schwer atmend an. Sie schüttelte den Kopf. Schon längst hätte sie aus dem Wald heraus sein müssen, auch wenn sie nicht auf den Weg gestoßen war. Ihr Knöchel pochte bei jedem Schritt ein bisschen mehr. Es war zum Verrücktwerden! Ganz sicher hatte sie sich hoffnungslos verlaufen. Es half nichts anderes, als auf die Dämmerung zu warten. In der Finsternis suchte sie nach irgendetwas, hinter dem sie Schutz suchen konnte.

Vor ihr zeichnete sich ein dicker Stamm schemenhaft im Dunkel ab. Leise ging sie näher heran und umrundete sicherheitshalber einmal den Baum. Sie war fast ganz herumgeschlichen und atmete erleichtert auf. Dann stieß ihr Fuß gegen etwas, das mit einem metallischen Geräusch umkippte.

Hastig bückte sie sich und griff nach dem Gegenstand. Ihre Finger fühlten die Form einer Thermosflasche. Plötzlich wurde sie stocksteif. Ihr tastender Zeigefinger hatte am Boden der Flasche eine Delle gefunden, die ihr nur allzu bekannt war.

Es fühlte sich an, als würde ihr jemand langsam den Boden unter den Füßen wegziehen. Ihr Gehirn war nicht fähig, eine nur halbwegs glaubhafte Erklärung zu finden. Das konnte nicht sein! Ein gequältes Wimmern kroch ihre Kehle hoch. Mit zitternden Händen legte sie die Flasche wieder auf den Boden und taste weiter in der Dunkelheit umher. Dann trafen ihre Hände auf ein Buch. Eine Tasche. Und einen Schlafsack.

In kleinen Stücken zerfiel ihr letztes bisschen Mut zu Staub. Sie rutschte mit dem Rücken ganz eng an den Baum, das einzige, das ihr noch einigermaßen real vorkam. So leise wie möglich verkroch sie sich ganz tief in ihren Schlafsack.

Langsam und lautlos erhob sich ringsherum Nebel aus der Dunkelheit. Im trügerischen Licht der Sterne bahnte er sich Zentimeter für Zentimeter seinen Weg über totes Laub und morsche Zweige hinweg auf das Mädchen zu. Hätte Katharina Licht gehabt, wäre sie sicher Hals über Kopf geflohen, aber so war sie im Nebel gefangen. In einem Nebel, der Stück für Stück die ganze Welt um sie herum verschluckte.

Sie glaubte wieder zu hören, wie jemand mit schweren Schritten um den Baum herumging, aber ganz sicher war sie sich nicht. Das Blut rauschte mit schnellen Schlägen durch ihre Ohren und überlagerte fast jedes andere Geräusch. Sie hatte angefangen zu zittern, ein wenig vor Kälte, aber viel mehr vor Angst. Die Kapuze ihres Schlafsackes hatte sie sich über den Kopf gezogen. Mit jeder Faser ihres Körpers hoffte sie, dass der Nebel endlich weggehen würde, aber der waberte weiter nass und kalt um sie herum, während die schweren Schritte durch die Dunkelheit stapften.

Jegliches Zeitgefühl war dahin. Katharina wusste nicht, wie lange der Nebel sie schon gefangen hielt, wie lange der Köhler sie schon umkreiste. Es gab keine Zweifel mehr: Es war Johannes und der Fluch war die Wahrheit. Nacktes Grauen legte sich mit kalter, eisenharter Hand um ihre Kehle und die bescheuerte Wette verfluchend liefen ihr die ersten hilflosen Tränen über die Wangen. Katharina konnte keinen klaren Gedanken mehr fassen. Irrwitzige Bilder von einem riesenhaften Köhler schossen durch ihren Kopf. Zusammengekauert lag sie wimmernd und zitternd am Stamm der Johannes-Buche und hoffte nur noch, dass es bald vorbei sein würde.

Dann war er da! Mit einem gellenden Schrei fuhr Katharina hoch und blinzelte in das Licht der aufgehenden Sonne.

Sie war eingeschlafen. Hatte das alles nur geträumt! Mit einem zaghaften Lachen sprang Katharina auf – und zuckte gleich wieder zusammen, als ein kleines Stechen durch ihren Knöchel schoss.

War sie doch umgeknickt? Sie blickte vorsichtshalber noch einmal in die Runde, aber da war nichts, nur ihr kleines Lager und sie selbst.

Schnell raffte sie ihre Habseligkeiten zusammen und eilte zum Weg hinüber, der keine zehn Meter von ihr entfernt in Schlangenlinien bergab führte.

Katharinas gesträubte Nackenhaare legten sich erst wieder, als sie den Wald verlassen hatte. Sie schüttelte den letzten Rest Grusel von sich und blickte noch einmal zurück. Jetzt war es nicht mehr weit bis nach Hause. Als die Eingangstür hinter ihr ins Schloss fiel, läutete St. Trudpert gerade zur sechsten Stunde. Katharina atmete tief durch. Geschafft!

Außer verführerischem Kaffeeduft kam aus der Küche ein freundliches: »Na, wie war's?«

Ihre Mutter war schon auf und machte Frühstück, spitze!

An der Garderobe ließ Katharina alle Sachen fallen und wandte sich in Richtung Küche. Beim Spiegel blieb sie noch einmal kurz stehen, um sich wenigstens ein bisschen herzurichten.

Ein heiseres Krächzen war alles, was aus ihrer Kehle drang, als sie heftig vor dem großen Spiegel zurückprallte und mit starrem Blick auf ihr Spiegelbild langsam zu Boden rutschte.

Jedes einzelne ihrer Haare war weiß.

Wir anderen hatten von alldem nichts mitbekommen, erst mit Katharinas Brief kam Licht in diese dunkle Nacht. Sie war aus dem Münstertal verschwunden. Keine von uns hat sie noch einmal gesehen. Ihre Mutter packte, so schnell es ging, alles zusammen und zog in einen anderen Ort. Katharina war zu dieser Zeit schon in eine Klinik eingeliefert worden. Sie nahm nichts mehr um sich herum wahr, stierte mit ausdruckslosen Augen vor sich hin und redete nur noch zusammenhangloses Zeug.

Der Brief von ihr kam lange danach. Ohne Absenderadresse. Als ich das Papier aus dem Umschlag zog, fielen zwischen den Seiten ein Foto von der Johannes-Buche und eine kleine Locke schlohweißer Haare heraus, die ich mit spitzen Fingern schnell beiseitelegte.

»Die Haare sind der Beweis dafür, dass ihr recht hattet«, war am Ende des Briefes zu lesen. »Ich möchte Dir noch sagen, dass euch keine Schuld trifft. Ich war es ja selbst, die auf euer Zureden nicht gehört hat. Ich wollte, dass Du das weißt.

Seit damals kann ich nicht mehr schlafen. Jede Nacht höre ich Schritte, bin wieder bei der Johannes-Buche gefangen. Jede Nacht! Nichts kann diesen Fluch von mir nehmen. Nichts!

Im Wald hinter unserem Haus habe ich einen Baum gefunden. Mit Ästen, gerade stark genug, um einen Körper zu tragen.«

Renate Klöppel

Die Begegnung

Tobi war stolz, als das Feuer brannte: ein Stück zusammengeknülltes Zeitungspapier, ein paar abgestorbene Fichtenzweige, eine Handvoll Reisig und ein paar dünne Äste, die unter den hohen Buchen am Rand der Wiese halbwegs trocken geblieben waren. Eine Weile hatte es gedauert, bis die ersten Flammen wie glühende Speerspitzen den dichten Qualm des kleinen Scheiterhaufens durchstoßen hatten. Jetzt loderten die Flammen hell in der Dunkelheit. Er war Forstwirt, er verstand sich aufs Feuermachen. In dieser regnerischen Nacht im frühen März war er allein auf der Sternwaldwiese. Hier, bei den Überresten eines mächtigen Baumes, hatte er Lisa zum ersten Mal getroffen. Sie war eines von den beiden Mädchen gewesen, die sein Freund Maik mitgebracht hatte. Braune Haare, voller Mund, lebhafte braune Augen und eine etwas zu große Nase: Sie war nicht die hübschere von den beiden Mädchen, aber Tobi hatte sich sofort in sie verliebt. Er hatte sie nur aus den Augen gelassen, um das Feuer zu entfachen, so wie heute. Als es brannte und er wieder aufsah, hatte Maik sie an sich gezogen und küsste sie. Nach diesem Abend trafen sie sich hier regelmäßig auf der Wiese und meist kamen noch andere dazu. Tobi spürte, wie Lisa hin und her gerissen war zwischen ihm und Maik, aber der fragte nicht danach, ob Lisa ein anderer Mann gefallen könnte. Er nahm sie sich einfach.

»Meine Freundin ist für dich tabu«, sagte er zu Tobi, als der Lisas Nähe suchte. Tobi fügte sich.

Die Sommerferien gingen vorüber, der Herbst zog ins Land und der Bergahorn am Waldrand begann zu glühen wie eine riesenhafte Fackel. An einem solchen Abend verschwanden Maik und Lisa plötzlich im Wald. Tobi wusste, dass sie dort miteinander schliefen und die Eifersucht brannte wie Feuer in seiner Brust. Als sie zurückkamen, stand er wortlos auf und ging mit geballten Fäusten davon.

Am nächsten Morgen rief Lisa an und sagte, dass es ihr leid täte, wenn sie ihn gekränkt hätte. Sie fragte, ob er sie liebe, und er beteuerte es.

»Warum hast du das nie gezeigt?«, fragte sie.

»Ich, ich …«, stammelte er und wusste nicht, wie er es ihr erklären sollte.

Sie ginge jetzt für ein halbes Jahr fort, sagte sie. Erst im März käme sie nach Freiburg zurück. Dann fragte sie, ob er auf sie warten würde und er versprach es ihr.

Tobi wusste, dass er heute vergeblich auf Lisa warten würde, heute und alle weiteren Tage. Lisa würde nie wieder hierherkommen. Auch Maik nicht. Maik war tot, erschlagen von einer Douglasie im Sternwald. Gestern hatten sie ihn auf dem Littenweiler Bergfriedhof beerdigt. Lisa, die gerade erst nach Freiburg zurückgekommen war, hatte weinend am Grab gestanden. Tobis Blick hatte sie gemieden.

Inzwischen hatte der Nieselregen aufgehört, und die Wärme des Feuers machte Tobi müde. Er musste geschlafen haben, als ihn etwas aufschreckte, ein knackender Ast im Feuer vielleicht oder ein Tier im nahen Gebüsch. Die hellen Flammen waren verloschen. Er stand auf, schob die glimmenden Äste zusammen, legte neue darüber. Dann sah er zu, wie das Feuer allmählich wieder an Kraft gewann und den mächtigen Baumstamm, auf dem er saß, in ein unruhiges Licht tauchte.

Das Knacken kam aus dem Gebüsch, und jetzt erkannte Tobi in fassungslosem Entsetzen Maik, wie er mit langsamen Bewegungen an das Feuer trat. Er stand da mit seinem zerschmetterten Schädel, so wie sie ihn unter der Douglasie hervorgezogen hatten. Das Blut aus der furchtbaren Wunde war zu schwärzlichen Bahnen getrocknet, und Maiks Gesicht war schief wie eine verrutschte Maske. Auch sein linkes Hosenbein war voller Blut. Fürchterlich verdreht ragte unten der Fuß heraus. Maik trug noch immer seine Arbeitskleidung. Er grinste.

»Komm«, sagte er. »Wir machen einen kleinen Spaziergang.«

Tobi spürte sein Herz wie einen Hammer in seiner Brust. Er schrie vor Schreck auf, als ein Zug der Höllentalbahn vorbeifuhr, aber er blieb sitzen. Maik ist tot, dachte er, für immer tot. Er hatte selbst gesehen, wie der leblose Körper neben dem gefällten Baum in einen Zinksarg gebettet wurde und er hatte gesehen, wie Maiks sterbliche Überreste in der tiefen Grube auf dem Bergfriedhof verschwunden waren.

Doch jetzt sah er Maik vor sich stehen, groß und kräftig wie früher, und das flackernde Feuer erleuchtete gespenstisch seinen versehrten Körper.

»Komm mit«, sagte Maik noch einmal, als das Rattern der Räder verklungen war. Dann ging er langsam auf die Mitte der Sternwaldwiese zu.

Tobi atmete schwer. Es ist ein Traum, versuchte er sich zu beruhigen. Tote kehren nicht zurück, sie waren noch nie zurückgekehrt. Dennoch konnte er dem Drang, Maik zu folgen, nicht widerstehen. Beim Aufstehen stützte er die Hand auf den Baumstamm. Er spürte die raue Borke des Baumes und dieses Gefühl war erschreckend real. Noch nie hatte er so ungewöhnlich plastisch geträumt. Und wenn es doch kein Traum war? Erst in diesem Gedanken erkannte er das Ausmaß des Schreckens.

Groß und dunkel und unbewegt wie ein Standbild wartete Maik, bis Tobi ihn erreicht hatte.

Tobi fühlte seine Knie zittern. »Was willst du von mir?«, fragte er. Seine Stimme: dünn und geisterhaft bebend. Es war die Stimme eines Greises, so eine Stimme konnte er nur im Traum haben. Der Gedanke beruhigte ihn ein wenig.

»Komm mit«, sagte Maik nun zum dritten Mal und das war genau die Stimme, mit der er als Lebender gesprochen hatte. Dann drehte er sich um und ging langsam weiter über die Wiese, über die sich die Bodennebel wie ein weißes Tuch gebreitet hatten. Tobi folgte.

Sie kamen an einen Fahrweg. Tobi wusste, wohin ihn der Weg führen würde. Dieser Gedanke war wie eine Faust, die nach seiner Gurgel griff und ihn würgte. Trotzdem kehrte er nicht um. Dunkle Schatten begrenzten jetzt den Weg, Baumstämme waren das, mächtige Douglasien und ein paar andere Bäume. Tobi wusste das, er hatte sie gemeinsam mit Maik gefällt. Aber jetzt war Maik nicht in Wirklichkeit hier, es war völlig ausgeschlossen. Was Tobi erlebte, konnte nur ein Traum sein, doch in seiner Deutlichkeit beunruhigender als jeder zuvor. Tot ist tot, sagte er sich immer wieder, etwas anderes gab es nicht, und doch gelang es ihm nicht, seine Angst zu beschwichtigen.

Sie gingen weiter und stießen bald auf die Stelle, wo der Waldweg von den schweren Maschinen zerfurcht war. Hier bedeckte grober Schotter den Weg, um ihn zu befestigen. Maik ging nun schneller mit seinem einen, gesunden Bein. Tobi versuchte ihm zu folgen, aber er stolperte über einen kindskopfgroßen Stein und stürzte zu Boden. Der Schmerz am Knie war heftig, zu heftig für einen Traum.

Am Ende des Weges war der Wald verwüstet. Das Unterholz war platt gewalzt, dünne Stämme und das Astwerk der gefällten Bäume waren darüber liegengeblieben. Durch den Wald fuhr ein Windstoß, den Tobi auf seinem Körper spürte und der ihn frösteln ließ, auch dies zu wirklich für einen Traum.

Tobi sah, wie Maik den Weg verließ und sich auf einen der frischen Baumstümpfe setzte. Es war der Überrest der Douglasie, die ihn erschlagen hatte. In diesem Moment kam der Mond hinter den Wolken hervor und überflutete den Waldboden mit kaltem weißen Licht. Jetzt glaubte Tobi wieder das laute Geräusch des umstürzenden Baumes zu hören, Maiks Schrei, dann den dumpfen Aufprall.

»Was willst du von mir?«, fragte er, heiser vor Angst und Entsetzen.

Maik fixierte ihn mit dem einen offenen Auge in seinem schiefen Gesicht. Langsam und monoton kamen die Worte aus seinem Mund wie aus einem Automaten. »Erinnerst du dich, ja? Weißt du noch, was du getan hast, als wir diese Douglasie fällen sollten?«

»Ich konnte das Unglück nicht verhindern. Ich wollte dich nicht verletzen!«, widersprach Tobi.

»Du wolltest mich töten. Du hast den Fallkeil anders herausgesägt, als es besprochen war. Der Baum sollte in eine andere Richtung fallen, als ich dachte. Als ich das bemerkt habe, war es zu spät. Der einzig mögliche Fluchtweg war durch das dichte Unterholz versperrt.«

»Es war ein Unfall. Ich habe es nicht gewollt.«

Maik sprach ganz langsam weiter, er schien sich von Wort zu Wort voranzutasten. »Es war kein Unfall. Schon als du den Keil herausgesägt hast, wusstest du, dass mich der Baum erschlagen würde. Dann hast du mich das Eisen einschlagen lassen, das den Baum zum Umstürzen bringen sollte. Du wolltest sicher sein, dass ich bis zuletzt beim Stamm bleibe.«

»Was willst du von mir?«, stammelte Tobi.

»Lisa gehört mir, vergiss das niemals.«

»Du bist tot«, widersprach Tobi trotz seiner Angst.

Maik grinste ihn an. »Sie gehört mir, für immer.«

Tobi schüttelte heftig den Kopf. »Sie liebt mich, sie hat gesagt, dass ich auf sie warten soll, während sie fort ist.«

»Lisa gehört mir, und wenn du sie anrührst, hole ich sie mir.«

Maik erhob sich von dem Baumstamm. Ganz langsam und riesengroß kam er auf Tobi zu und für einen Augenblick schien es, als wolle der Tote ihm etwas antun. Doch der ging nur dicht an ihm vorbei und trat den Rückweg an. Tobi folgte ihm. Als sie die Sternwaldwiese erreichten, verlor er den anderen plötzlich aus den Augen. Es war, als hätten ihn die weißen Nebel über der Wiese verschlungen.

Das Feuer brannte noch hell, als Tobi zurückkehrte, was ihn wunderte. Er setzte sich, starrte in die Flammen und spürte, wie er ganz langsam wieder ruhiger wurde. Lange konnte er nicht fort gewesen sein, nicht so lange, dass er bis zu dem Ort gelangt sein konnte, wo Maik vom Baum erschlagen worden war. Vielleicht hatte er doch die ganze Zeit hier gesessen. – Natürlich hatte er das. Das Feuer wäre längst heruntergebrannt, wenn er wirklich oben im Wald gewesen wäre.

Als die Flammen verloschen waren und nur noch die Glut in der Dunkelheit funkelte, stand Tobi auf, trocknete den Sattel seines Fahrrads und fuhr nach Hause. Er fuhr schnell, als könne er so dem Schrecken entkommen. Ein Schmerz an seinem linken Knie, den er bislang nicht beachtet hatte und den er sich nicht erklären konnte, wurde mit jedem Meter heftiger, doch er hielt erst an, als er seine Wohnung erreichte. Er sah an sich herunter. Dort, wo er den Schmerz spürte, war seine Hose zerrissen und verschmutzt. Das war genau die Stelle, auf die er im Traum auf dem Schotter gestürzt war und den stechenden Schmerz gefühlt hatte. Erst jetzt sah er den Schmutz, der an seinen Händen klebte. Der rechte Handballen war aufgeschürft, das Blut war frisch.

Ich war wirklich dort oben im Wald, dachte er mit furchtbaren Erschrecken. Die verschmutzte Hose, der Schmerz, die aufgeschürften Hände waren Wirklichkeit! Seine Gedanken stoben durcheinander und suchten nach der rettenden Erklärung, an der er sich festhalten konnte. War er vielleicht im Halbschlaf vom Baumstamm gerutscht, als er am Feuer gesessen hatte, war mit dem Knie aufgeschlagen, und der Schmerz war in seinen Traum eingedrungen? Oder war er gestürzt, als er das Holz für das Feuer aufgesammelt hatte, und hatte dies, weil belanglos, gleich wieder vergessen? Ja, etwas davon musste die Erklärung sein. Er war am Feuer eingeschlafen und hatte darüber die wahre Ursache seines Sturzes vergessen.

In den Wochen nach Maiks Tod ging ihm Lisa aus dem Weg, nahm auch den Hörer nicht ab, wenn sie Tobis Nummer auf dem Display erkannte. Tobi glaubte nicht, dass sie ihm die Schuld an Maiks Tod gab. Niemand tat das, auch nicht die Polizei, die das Unglück untersucht hatte. Die Ursache war allein Maiks Unvorsichtigkeit. Er hätte beizeiten seinen Fluchtweg planen müssen und nicht so lange in der Nähe des stürzenden Baumes bleiben dürfen. Das lernten sie von Anfang an.

Von Freunden erfuhr Tobi, dass sich Lisa in dieser Zeit mit ihren Freundinnen umgab. Den Kontakt zu Männern mied sie, als müsse sie sich vor einem neuen Unglück schützen. Tobi dachte jeden Tag und jede Nacht an sie. Er stellte sich vor, wie er mit ihr zusammen sein würde und wie sie mit ihm glücklich sein würde, glücklicher als sie es je mit Maik gewesen war. Er war sicher, dass er nicht mehr lange auf den Tag warten musste, an dem sie wieder zu ihm finden würde. An die Begegnung mit dem Toten auf der Sternwaldwiese dachte er nur noch selten. Ein Traum, da war er sich längst sicher, den die frische Erinnerung an das Unglück so plastisch hatte werden lassen.

Später, im Sommer, begegnete er Lisa auf dem Augustinerplatz. Sie saß mit einer Freundin auf der Treppe vor dem Atrium, und er fragte, ob er sich zu ihnen setzen dürfe. Wenig später verschwand die Freundin und er bleib mit Lisa allein. Sie sprachen über Lisas neue Arbeitsstelle, über die kleine Wohnung, die sie gefunden hatte und ihre Pläne für die Zukunft. Zu Tobi sprach eine Lisa, die aufgehört hatte, um Maik zu trauern.

Als es kühler wurde und sie gehen wollten, schlang sie ihre Arme um seinen Hals und küsste ihn auf den Mund. Nach diesem Abend trafen sie sich regelmäßig. Sie stiegen zum Schlossberg hinauf oder schwammen im Moosweiher. Sie saßen im Biergarten im Seepark und bei schlechtem Wetter gingen sie ins Kino. Auf der Sternwaldwiese waren sie niemals wieder.

An einem Abend fragte Tobi, ob sie noch zu ihm kommen wolle. Ohne Zögern willigte sie ein. Er hatte seit Tagen geplant, sie an diesem Tag zu fragen. Er hatte einen großen Strauß rote Rosen auf dem Markt gekauft, hatte Champagner besorgt, obwohl er nicht wusste, ob sie ihn trinken würde, hatte die Wohnung aufgeräumt und das Bett frisch bezogen. Lisa bemerkte nichts von alledem und er kam nicht dazu, die Sektflasche zu öffnen. Sie umarmte ihn und ließ sich rücklings auf seine Schlafcouch fallen. Sie wollte ihn. Er hätte das längst begreifen müssen, schon damals am Feuer, als Maik sie geküsst hatte.

Später schlief Lisa neben ihm und die Straßenlaterne vor dem Fenster tauchte ihren Körper in ein weißes, gespenstisches Licht. Auch Tobi musste geschlafen haben. Ein heftiger Schlag weckte ihn. Die Tür flog auf. Maik stand dort. Sein Gesicht war noch genauso entstellt wie bei ihrer ersten Begegnung, aber er trug eine Wollmütze, die den zerschmetterten Schädel verdeckte. Tobi wollte schreien, aber er brachte keinen einzigen Ton hervor. Ein Traum, dachte er, wieder ein Traum in dem er schreien wollte und es nicht konnte. Er kannte das. Aber Maik stand so fürchterlich realistisch vor ihm wie im Traum von ihrer Begegnung auf der nächtlichen Sternwaldwiese.

»Ich habe dich gewarnt. Lisa gehört mir«, hörte Tobi Maiks tiefe Stimme.

Mit unwirklich langsamen Bewegungen kam er näher. Tobi zog Lisa an sich, die weiß wie eine Tote neben ihm lag. Er spürte ihren Atem, spürte ihre Wärme, ihr Leben. Lisa schlief und merkte nichts von dem, was geschah. Dann stand Maik plötzlich neben ihr, riesengroß. Er schien viel größer zu sein als er es in Wirklichkeit gewesen war. Jetzt bückte er sich und Tobi sah, wie er mit seinen großen, schweren Händen nach Lisas Hals griff, ihn umfasste. Ich muss Lisa befreien, dachte Tobi voller Angst, er wird sie töten, aber sein Körper gehorchte ihm nicht. Ich muss aufwachen, schoss es ihm durch den Kopf, doch der Traum endete nicht. Voller Grauen sah Tobi, wie sich Lisa plötzlich aufbäumte und mit weit aufgerissenen Augen versuchte, sich zu wehren. Ihr Widerstand war vergeblich. Maik würgte sie, bis sie wieder reglos auf dem Bett lag. Als sich Tobi endlich wieder bewegen konnte, war er mit Lisa allein. Maik war so plötzlich wieder verschwunden, wie er ins Zimmer getreten war.

Im weißen Licht der Straßenlaterne sah Tobi Lisa noch genauso neben sich liegen, wie sie vor seinem furchtbaren Traum gelegen hatte. Er strich über ihre Wange, fühlte die warme Haut, spürte ihren offenen Mund. Seine Hand glitt zärtlich über ihr Kinn und den Hals. Sie waren nass von ihrem Speichel. Er knipste das Licht an. Dann schrie er, schrie bis er heiser war.

Die Polizei kam, die irgendjemand alarmiert haben musste, dann der Notarzt, aber er konnte Lisa nicht retten. Sie war tot.

Tobi ließ sich ohne Widerstand festnehmen. »Ja, ich war es«, sagte er. »Ich habe sie erwürgt.«

Rainer Schorm

Blut

Oktober 1498 A.D.
Freyburg im Breyßgaw
Kilchplatz

Der Regen hatte aufgehört. Meister Angist näherte sich der Baustelle des Münsters. Der gewaltige, unfertige Torso wirkte nicht mehr ganz so bedrückend wie noch vor einigen Jahren, doch die Arbeit des Baumeisters stand in keinem guten Ruf: Hans Niesenberger war entlassen worden und hatte die Stadt bereits vor Jahren verlassen. Der Zunftmeister der Krämergilde warf einen düsteren Blick auf die Meute, die sich bei den Lugstühlen versammelt hatte. Die Verkaufsstände unter dem Gewölbegang mit seinen zwölf Säulen waren ständig und zu jeder Tageszeit von vielerlei Volk belagert. Von Ruhe konnte daher nie die Rede sein. Doch hier und jetzt war es nicht nur die Geschäftigkeit, die man zu spüren bekam, es war noch etwas anderes. Aufruhr lag in der Luft.

Der Meister hielt sich so weit abseits, wie ihm dies möglich war. Den Grund für die Aufregung kannte er nicht, zumal Ruhe und Ordnung dieser Tage ohnehin selten waren. Die Pestilenz war zurückgekehrt und niemand war frei von Furcht. Er ging schnellen Schrittes an der Mauer des Kilchhofes mit den eingebauten Kramläden entlang auf die nordwestliche Ecke des Platzes zu, wo sich der Kornmarkt befand. Aus dem Heiliggeist-Spital drang ungewohnter Lärm. Zwei Schuttberge zeigten die Stellen an, an denen das Haus

Zur Eidechse und das übel beleumundete Haus *Zur Hölle* abgetragen worden waren. Rechts von ihm flackerte das *Bäckerlicht* unruhig in der langsam aufziehenden Dämmerung. Die Totenlaterne auf dem Friedhof erhob sich wie ein Mahnmal. Der rötliche Lichtschein schien Meister Angist ein böses Omen zu sein. Er sah sich um. Der Platz war leer an dieser Stelle. Dafür ballte sich bei den Lugstühlen, die sich an der Seite des Heiliggeistspitals Richtung *Große Gass* zogen, eine immer größere Menschenmenge zusammen. Lärm und Geschrei nahmen zu. Gewalt deutete sich an.

»Ein Streit vermutlich. Worum auch immer!«, murmelte der Krämermeister und wandte sich nach vorn. Dort stand noch immer das Haus »Zum Falkenberg« – Zunfthaus seiner Gilde und das eigentliche Problem – zumindest für ihn. Die Stadt hatte den Bau eines Kornhauses beschlossen. Das Zunfthaus war der letzte Stein, den es aus dem Weg zu räumen galt. Niemand war bisher bereit gewesen, die erforderliche Summe aufzubringen. Selbstverständlich war es den Krämern nicht möglich, die Ehre ihrer Zunft durch einen zu niedrigen Kaufpreis aufs Spiel zu setzen. Die Überreste der beiden Häuser links und rechts davon, sowohl Holz als auch Steine, würden beim Bau des Kornhauses Verwendung finden. Die Zeiten waren hart. Große Teile des Adels waren in der Schlacht zu Sempach gefallen, in immer kürzeren Abständen wütete die Pest in den Mauern und viele Menschen hatten ihre Häuser verpfändet, um zumindest die noch immer schwärende Wunde des brachliegenden Münsterbaues endlich zu schließen.

Es gleicht eher einer Ruine …, dachte Meister Angist und erinnerte sich voller Ingrimm an die Ungestalt der Arbeit, die der Baumeister hinterlassen hatte. Und doch … es schien so, als solle sich die Unwerklichkeit, für die Hans Niesenberger verantwortlich war, nun für die Stadt auszahlen. Ein Fremder, der sich als Sohn des Baumeisters ausgab, hatte sich erboten, das Haus »Zum Falkenberg« zu erwerben.

»Zur Ehrenrettung des Vaters!«, wie er gesagt hatte. Eine Begründung, die für Meister Angist und die anderen Mitglieder der Zunft so gut oder schlecht war wie jede andere. Er wandte den Kopf, als das Geschrei bei der Säulenhalle verstummte, um gleich darauf wieder aufzuflackern, wie ein schwelender Brand. Er sah die schwarze Kutte eines Dominikaners, der sich wohl vom Predigertor aus genähert und zu den Menschen beim Spital gesellt hatte. Er wedelte wild und auf eine Art und Weise mit den Armen, die seinem geistlichen Stand wohl kaum entsprach. Da spürte der Zunftmeister ein Zupfen am Ärmel seines Mantels.

»Habt Ihr's gehört, Meister Angist?«

Er drehte sich widerwillig um. Sein Gesichtsausdruck war unmissverständlich: Er fühlte sich belästigt, doch das schien den Sprecher nicht zu stören. Buckelnd und mit einem breiten, aber falschen freundlichen Lächeln verbeugte er sich vor dem Zunftmeister. Die schmierige, fettige Gugel des Störenfrieds verbarg den grindigen Kopf nur unzureichend. Eine schmutzige Cotte aus Nesseltuch und eine fleckige Suckenie verhüllten die magere Gestalt. Sein Name war Josef und alle Welt nannte ihn den »Scheelen«. Ein Taugenichts, Tagedieb und eine ewige Quelle übelster Gerüchte. Meister Angist hatte allen Grund, missvergnügt zu sein, gab es doch schon zu viel unnötiges Gerede über den Verkauf. Das Volk war unruhig und der Bau des Kornhauses stand unter keinem guten Stern.

»Was willst du?«, fragte Meister Angist und legte seinen gesamten Unwillen in die Stimme.

Wie immer scherte sich der »Scheele« nicht darum, was andere von ihm hielten. »Ach, das wisst Ihr wohl!«, meinte er und rieb sich die gichtigen Hände, die kaum zu einem Mann seines Alters passen wollten.

Der Vorsteher der Krämerzunft setzte sich in Bewegung, um dem zudringlichen Quälgeist zu entkommen.

Hinter sich hörte er noch immer die Stimme des Scheelen. »Ihr habt das Loch gesehen!«, hörte er sie zischen. »Das Loch, das zur Hölle führt! Das Kornhaus ist kein gottgefälliges Werk, der Kawersche ist kein frommer Mann und Ihr wisst das.«

Angist wurde zornig. Er fuhr herum, das Gesicht gerötet, und an der Seite seiner Stirn pochte eine Ader. »Was redet Ihr für einen Unsinn! In unserer Stadt gibt es kein Tor zur Hölle! Weder jetzt noch früher noch irgendwann!«

Der scheele Josef warf ihm einen tückischen Blick zu. »Ihr müsst's ja wissen. Geht nicht wieder die Pestilenz um? Wird nicht das Münster keine Krypta erhalten, wie man hört? Ist der Boden von Übel durchtränkt? Sind die Zeichen nicht deutlich und für alle ersichtlich? Habt Ihr nicht von dem Kawerschen zehn Mark reinen Silbers erhalten, als … nun, wollen wir's Schweigegeld nennen?«

»Troll dich!«, fuhr Meister Angist ihn an. »Bevor ich die Stadtwache rufe und dich ins Christoffelstor werfen lasse.«

Der Scheele duckte sich. Er biss sich auf die Lippen und stolperte auf das Spital zu, aus dem vereinzelte Schreie zu hören waren. Es zog ihn zum Rest des Pöbels. Zunächst nahm der Zunftmeister an, seine Drohung habe ihren Zweck erfüllt, doch er wurde eines Besseren belehrt. Direkt hinter seinem Rücken hörte er eine dunkle Stimme sagen: »Ich sehe, Ihr hattet ein erquickliches Gespräch!«

Er wandte sich langsam um.

Vor ihm stand eine beeindruckende, aber düstere Gestalt, wie aus dem Boden gewachsen. Meister Angist hatte den Fremden weder kommen noch irgendwo stehen sehen: Er war ein großer, massig gebauter Mann, dessen Bewegungen dennoch irritierend fließend waren. Kraft lag in ihnen – und eine merkwürdige, kaum gezügelte Gewaltbereitschaft. Er trug einen dunkelblauen Mantel. Zeichen dafür, dass er wohlhabend sein musste. Dies war kein Färberwaid und auch kein Indigo. Unter der Gugel schimmerte sonderbar dunkelrotes Haar. Die Nase stand scharf geschnitten in einem bleichen Gesicht. Die Augen waren von unbestimmter Farbe und in seinen Mundwinkeln saß so etwas wie Vergnügen. Meister Angist fühlte sich in der Gegenwart des Kawerschen – so nannten sie den Fremden – unsicher. Das war von Beginn an so gewesen, seit er ihn vor einigen Wochen zum ersten Mal gesehen hatte.

»Erquicklich?«, antwortete er und schüttelte sich. »Macht Ihr Euch einen Spaß mit mir?«

Der Rothaarige lächelte rätselhaft. »Ich gelte bisweilen als verschlagen, doch nur selten nennt mich jemand einen Spaßvogel!«

Nein, dachte Meister Angist sofort, *das tut gewiss keiner*!

»Nun«, fuhr der Mann fort, »womit stahl Euch dieser Narr Eure kostbare Zeit?«

Dem Zunftmeister war durchaus klar, dass er noch auf das Wohlwollen des Fremden angewiesen war, egal ob der nun ein Händler, ein Wucherer oder ein Geldwechsler sein mochte. Wie jeder andere, der ihn gesehen hatte, zweifelte auch Meister Angist daran, dass es sich wirklich um Hans Niesenbergers Sohn handelte. Es gab keinerlei Ähnlichkeit mit dem Baumeister und die Erklärung, er habe das Äußere seiner Mutter geerbt, befriedigte keinen. Doch der Fremde brachte das notwendige Geld und so waren alle Beteiligten nur allzu bereit, es dabei zu belassen. *Pecunia non olet!*

»Ach, Ihr habt gewiss die Gerüchte über das Haus »Zur Hölle« vernommen. Der Scheele glaubt, wie viele andere auch, es gäbe dort«, Angist deutete auf den Schuttberg, »einen direkten Zugang zum Reich des Leibhaftigen!«

Der Kawersche schmunzelte, auch wenn etwas daran dem Kaufmann nicht recht gefallen wollte: »Tore zur Hölle gibt's zuhauf, glaubt man dem Geschwätz der Leute! Doch wie die Tore zum Himmel wird man sie wohl kaum auf der Straße finden. Oder glaubt ihr, der jeweilige Hausherr schätzt unangemeldeten Besuch? Mir ist zu Ohren gekommen, ich selbst käme direkt aus der Hölle.«

Sein Tonfall war überaus spöttisch. Meister Angist spürte Kälte über seinen Rücken kriechen: »Nun, all das braucht uns nicht zu kümmern!«

Wieder dieses sonderbare Lächeln des Fremden, das man verschmitzt hätte nennen mögen, hätte ihm nicht jegliche Freundlichkeit gefehlt.

»Nein. In der Tat. Habt Ihr prüfen lassen, was ich Euch sandte?« Der Tonfall des Kawerschen war selbstsicher. Nichts deutete darauf hin, dass der angebliche Niesenberger eine Schandtat plante.

Meister Angist nickte. »Das habe ich. Zehn Mark reinen Silbers, gut gewogen, habe ich erhalten und damit ist der notwendige Kaufpreis entrichtet. Die Quittung wurde Euch zugestellt, wenn ich recht unterrichtet bin. Habt Ihr die Urkunde bei Euch?«

Der Kawersche nickte langsam. Er griff unter seinen blauen Mantel und zog ein Pergament hervor, das er dem Krämermeister reichte. »Eine Schenkung. Brief und Siegel. Die notwendigen Zeugen haben bereits gegengezeichnet.«

Meister Angist nickte zufrieden und bot dem Niesenberger, der keiner war, die Hand. Dieser schlug ein. Er hatte das Haus erworben und übereignete es der Stadt. Das Zunfthaus gehört nun dem Rat. Damit war der Bau des Kornhauses möglich, auch wenn die Freude über den Geschäftsabschluss bei Meister Angist nur kurz währte. Kaum hatte er das Pergament in seiner Tasche verstaut, da bemerkte er, dass sich die Meute von den Lugstühlen aus auf sie zu schob. Der Zunftmeister war darüber alles andere als erbaut. Es dauerte nur ein paar Augenblicke und er war umringt von Menschen, die allesamt zur selben Zeit redeten, schrien und jammerten. Es war ihm kaum möglich, ein Wort zu verstehen. Der Kawersche hielt sich etwas abseits und Angist registrierte befremdet, dass sich ihm kaum jemand näherte. Irgendetwas hielt die Leute ab. Er hob begütigend die Arme. Doch die Wut war spürbar und blieb.

»Gute Leute, beruhigt Euch!«, rief er, so laut er konnte. Er musste seine Aufforderung drei Mal wiederholen, bis endlich etwas Ruhe einkehrte. Doch weiterhin lag Murren in der Luft. Und Gewalt.

»Sagt mir nun, was ihr begehrt!«, forderte Meister Angist die Menge auf und das Geschrei hob erneut an. Er erkannte sogar einige Gesichter angesehner Bürger: den Glockenapotheker, die Fahl-Haffnerin und einen der jüngeren Schnewlins. In den Augen der Menschen stand nicht einfach nur Wut. Etwas anderes war sehr viel deutlicher zu spüren: Angst.

Die Leute reckten Meister Angist die Arme entgegen. Verschmutztes Brot hielten sie in den Händen, die nicht weniger schmutzig waren. Er winkte dem Predigermönch in seiner schwarzen Kutte zu, der sich bis dahin im Hintergrund gehalten hatte. Nun schob er sich nach vorn.

»Was geht hier vor?«, fragte Meister Angist.

Der Mönch sah ihn düster an. Die feisten Wangen zeigten ein feines Netz bläulichroter Adern. »Die Verdammnis kommt über uns! Der Leibhaftige ist hier, in unseren Mauern. Die Zeichen sind da! Seht selbst!«

Er reichte Meister Angist etwas, das eindeutig einmal eine Hostie gewesen war. Wahrscheinlich hatte er sie während der Vigil benutzen wollen. »*Miserere nostri, Domine, miserere nostri. Fiat misericordia tua Domine, super nos, quemadmodum speravimus in te. In te, Domine, speravi: non confundar in aeternum …*"

Der Dominikaner bekreuzigte sich. Angist sah sofort, warum.

Blutrote Tropfen bedeckten die Hostie. Die Leute starrten verängstigt darauf, als rechneten sie jeden Augenblick mit dem Hereinbrechen des Strafgerichts.

»Gottes Zorn kommt über uns alle!", kreischte die Fahl-Haffnerin und verdrehte die Augen. Meister

Angist selbst wusste nicht, wie ihm geschah. Wie betäubt starrte er auf den blutenden Leib Christi, als er an seinem Ohr die Stimme des Kawerschen vernahm.

»Ist's nicht jammerschade, dass die Juden nicht mehr hier sind? Ihr habt sie auf ewig verbannt aus eurer Stadt. Eine Schande und so unvorteilhaft. Sie waren nützlich, in Zeiten wie diesen. Wer mag jetzt als Sündenbock dienen?" Sein Gesicht zeigte eine derart boshafte Zufriedenheit, dass dem Kaufmann beinahe übel wurde.

»Ihr seid ...", begann Angist, doch die brennenden Augen seines Gegenübers ließen ihn verstummen.

»Ich sagte Euch doch, man nennt mich ab und an verschlagen!"

»Und zu Recht, wie mir scheint!", murmelte Angist leise. So leise, dass niemand es hören konnte. Der Dominikaner erzählte mit schriller Stimme, wie die Hostie während des Gottesdienstes begonnen hatte, zu bluten. Ähnliches war in der Kapelle des Heiliggeist-Spitals geschehen. Nun war sogar das Brot, das die Bäcker bei den Lugstühlen verkauften, blutig, wenn man es zerbrach. Ein übles Zeichen.

»Unser täglich Brot ist verflucht!", kreischte der Scheele, der sich in der wütenden Menge ausgesprochen wohlzufühlen schien. Er reckte den dünnen, knotigen Arm nach vorn. Deutete auf den falschen Niesenberger in seinem teuren, dunkelblauen Gewand. »Er war's. Er trägt die Schuld! Er wird uns alle ins Verderben stürzen. Teufelsgeld für das Haus *Zur Hölle* hat er gezahlt! Ist vielleicht selbst aus dem Loch gekrochen, das zum Gottseibeiuns führt."

Der Kawersche lächelte überheblich. Böse.

Dann brach sich des Volkes Zorn Bahn. Meister Angist wurde von der Menge zur Seite geschoben, wie ein Spielzeug. Taten- und fassungslos musste er zusehen, wie die aufgebrachte Menge über den Fremden herfiel, der zur falschen Zeit am falschen Ort war. Die Meute prügelte ihn zu Tode. Bis die Stadtwache eintraf, war längst alles vorbei. Nur der zerschundene Körper des Unglücklichen lag noch da. Die Menge hatte sich nach getanem Werk zerstreut oder sich anderswo in der Stadt neue Opfer gesucht. Sieben Menschen starben an diesem Tag.

Mit bitterer Miene starrte Meister Angist auf den Toten. Er verfügte, dass der Kawersche ein Begräbnis auf dem Kilchhof erhalte. Ganz in der Nähe des Bäckerlichts, direkt beim Beinhaus. Ein Einspruch der Bäckergilde wurde abgelehnt.

Das Ereignis geriet bald in Vergessenheit. Jeder Hinweis auf den angeblichen Sohn des Hans Niesenberger wurde aus den Dokumenten getilgt.

Anderes Ungemach suchte danach die Stadt heim. Der Schwarze Tod kam zurück, stärker und schrecklicher als zuvor. Nachdem das Kornhaus errichtet worden war, kam es immer wieder aufs Neue zu blutendem Brot, bis man sich entschied, aus dem Kornspeicher die Große Metzig zu machen. Meister Angist selbst fiel der Pestilenz sieben Jahre später zum Opfer und noch auf seinem Totenbett grübelte er über zwei Dinge nach, die sein Gemüt aufs Entsetzlichste belasteten: Zum einen über die Tatsache, dass sich der blau gewandete Fremde nicht gewehrt hatte. Und zum anderen über das Lächeln, das weder die Hiebe noch der Tod von seinem Antlitz hatten löschen können.

*

2014
Freiburg im Breisgau
Münsterplatz

Skelette unter dem Münsterplatz.
Beim Ausbau des Lagerkellers des Freiburger Münsters sind die Bauarbeiter auf Skelette gestoßen. Obwohl man dies eines angenommenen Bombenkraters wegen ausgeschlossen hatte. Das Alter der Funde, die wahrscheinlich dem im Jahre 1744 verlegten Friedhof zuzuordnen sind, wird auf etwa 500 Jahre geschätzt.
Freiburger Stadtzeitung
Ausgabe vom 02. März 2014

*

Vor Bernd Wollitz' Augen schien sich alles zu drehen. Die Ereignisse der letzen Viertelstunde waren ohnehin beängstigend gewesen, doch dies hier war … unheimlich.

Sein Blick glitt immer wieder suchend über die leere Stelle, doch am Ergebnis änderte sich nichts. Martin Ebersbergers Stimme klang heiser:

»Es ist weg!«

*

Fünfzehn Minuten früher

»Ein Espresso wär jetzt genau das Richtige!«

Bez Schollkova räusperte sich und warf einen suchenden Blick in die Umgebung. Bernd Wollitz nickte:

»Stimmt. Eigentlich sollte man die Gelegenheit nutzen. Was die Gastronomie angeht, liegt kein Segen auf dem Kornhaus ... bisher. Eigentlich kaum zu verstehen, bei dieser Lage.«

Das Eiscafé war recht gut besucht. Die Sonne schien und durch einzeln vorbeiziehende Wolken wirkte es beinahe so, als huschten kleine Tiere über den Treppengiebel und den umlaufenden Sims. Ein bizarrer Eindruck. Wollitz deutete nach links, auf eine abgesperrte Stelle, direkt am Münster.

»Dort ist es!«

Bez Schollkova schob sich eine vom Wind ins Gesicht gewehte Haarsträhne weg: »Und das ist er?«

Sie meinte den stämmigen, pausbäckigen Mann mit dünnem, blondem Haar, das grau zu werden begann. Er stand an der Absperrung und winkte.

»Das ist Martin Ebersberg, richtig!«

Die beiden gingen langsam auf die Ausgrabungsstelle zu, die mit blauer Plastikfolie abgesperrt war. Lediglich an einer Stelle hatte man, um den Besuchern des Münsterplatzes den Einblick zu ermöglichen, die Kunststoffbahn nach unten geschlagen. Martin Ebersberger sah ihnen freudig entgegen. Bernd Wollitz arbeitete beim Dezernat 26 der Denkmalspflege und kannte somit jeden, der auf irgendeine Weise mit Relikten der Vergangenheit zu tun hatte. Mit dem Archäologen Martin Ebersberger jedoch verband ihn darüber hinaus eine langjährige Freundschaft.

»Schön, dass du kommen konntest. Wen hast du mir da mitgebracht?«

Bez Schollkova schmunzelte. Bernd Wollitz deutete eine Verbeugung an. »Das ist Doktor Schollkova. Biochemikerin, Mikrobiologin. Sie hält sich für ein Forschungsprojekt in Freiburg auf. Was sie sonst noch an Doktorhüten im Schrank hat, verschweigt sie großzügig.«

»Ah!« Ebersberger schüttelte ihr die Hand. »Schön, mit jemandem reden zu können, der einen IQ über der Körpertemperatur hat!«

Wollitz verzog das schmale, längliche Gesicht. »Spaßvogel. Du hast was von Skeletten erzählt.«

»Wundert mich, dass du's noch nicht wusstest. Es stimmt. Acht Skelette haben wir bisher gefunden. Sie gehören mit ziemlicher Sicherheit zum alten Friedhof und wurden bei der Verlegung aus irgendeinem Grund ignoriert. Eines davon ist bemerkenswert. Größer als die anderen, die Knochen weisen multiple Brüche auf und wir haben das gefunden!«

Er reichte Bernd Wollitz einen durchsichtigen Plastikbeutel, in dem ein Stofffetzen zu sehen war. »Ziemlich erstaunlich. Das ist weder Indigo noch Färberwaid. Andere Möglichkeiten, Blau herzustellen, gab es in dieser Gegend damals nicht.«

»Der Mann war reich. Sicher ein exotischer Import.«

Martin Ebersberger nickte, richtete sich auf und stöhnte. »Ich brauch eine Pause. Ich hab gesehen, dass ihr euch beim Kornhaus umgeschaut habt. Habt ihr Hunger? Darf ich euch zu einer Münsterplatzwurst einladen?«

Die beiden stimmten zu. Ebersberg wandte sich zum Gehen. »Schaut euch so lange doch mal die Ausgrabung und den Fetzen an. Vielleicht fällt euch ja noch was auf.«

Dann setzte er sich in Bewegung.

*

Bez Schollkova hob den Beutel mit dem Stoffstückchen nach oben, damit das Licht darauf fiel.

»Ich denke, er hat recht. Das ist kein Indigoblau. Natürlich gab's immer reiche Bürger, aber der Stadt ging's im 16. Jahrhundert nicht so gut, wenn ich mich erinnere … Trotzdem. Das hier erinnert mich an etwas anderes: Thénardsblau. Ein Blau, das wir auch heute technisch nicht herstellen können. Faszinierend. Auf die chemische Analyse bin ich sehr gespannt. Glaubst du, er könnte mich auf dem Laufenden halten?«

Wollitz nickte und starrte fasziniert in die Grube, wo die Spezialisten die Überreste freigelegt hatten. Das Skelett, von dem Ebersberg geredet hatte, lag etwas abseits.

»Was ist das dort, direkt daneben?«, erkundigte sich die Mikrobiologin.

»Wahrscheinlich das Fundament des alten Friedhofskreuzes. Steht heute auf dem Herdernfriedhof.«

Sie nickte: »Ich erinnere mich. Gruseliges Ding.«

»Vielleicht weiß du *das* nicht: Freiburg liegt auf einer gewaltigen Aufschüttung von bis zu drei Metern. So, als habe man etwas verstecken oder zudecken wollen. Wer weiß also, was sonst noch so darunter liegt!«

»Schau mal: Dort ist noch mehr von dem blauen Stoff!«

Wollitz kniff die Augen zusammen. »Stimmt. Das war kein einfaches Tuch, sondern ein ganzer Mantel.«

Martin Ebersberger trat wieder zu ihnen. Eine ältere Frau warf einen angeekelten Blick auf die Bratwürste.

»Gut beobachtet! Das Stückchen, das ich euch gezeigt habe, wurde wohl abgerissen. Hier nehmt!«

Er reichte ihnen jeweils eine lange, rote Bratwurst mit Röstzwiebeln und bemühte sich, die anderen Besucher, die sich gerade an der Absperrung sammelten, nicht zu beschmieren. Bernd Wollitz bemerkte, dass alle den Archäologen anstarrten. Die Atmosphäre wirkte übergangslos angespannt. Dann riss auch Bez Schollkova die Augen auf.

»Was ist?« Ebersberg spürte mit einem Mal, dass er im Zentrum allgemeinen Interesses stand, ohne zu wissen, warum.

»Du blutest!«, meinte Wollitz besorgt und deutete auf das Brötchen, aus dem rote Tropfen herausrannen. »Oder ist das Ketchup?«

Ebersberg war irritiert: »Bestimmt nicht! Ich hasse das Zeug. Das weißt du doch!«

»Nasenbluten vielleicht; oder du hast dir auf die Zunge gebissen …«

Der Archäologe schüttelte den Kopf, nachdem er seine Nase kontrolliert hatte. »Ich hab' noch gar nicht abgebissen. Das ist nicht von mir!«

Er klappte das Brötchen auf. In der hellen Krume schimmerten rote Tropfen. Als er ein Stück abbrach, kamen noch mehr zum Vorschein. Die Leute ringsum gaben beunruhigte Laute von sich. Immer mehr Menschen spürten, dass hier etwas nicht stimmt. Eine ältere Dame trat ängstlich ein paar Schritte zurück, eine deutlich jüngere Frau verzog angeekelt das Gesicht. Die Menge wuchs weiter.

»An der Wurst liegt's auch nicht!«, äußerte Ebersberg ratlos. Die Luft schien zähflüssig zu werden. Aufgeladen. Bedrohlich.

Ein blasser Mann mit spitzer Nase und dunkelblauer Jacke deutete auf Ebersberg: »Das ist ein Zeichen!

Fleisch essen ist unmoralisch! Ich wusste das schon immer! Wir müssen aufhören, Tiere zu töten! Das Blut klagt ihn an. Seht ihr das nicht?«

Zustimmendes Gemurmel wurde immer lauter. Die zunächst amüsierte Miene von Bernd Wollitz wurde starr. Er war fassungslos und Martin Ebersberg war viel zu überrascht, um überhaupt reagieren zu können. Die Stimmung schlug innerhalb von Sekunden vollständig um, als habe jemand einen Schalter betätigt. Murren war zu hören. Wütendes Zischen. Die Körpersprache wurde aggressiver. Das Gedränge enger.

»Schlächter. Tiermörder. Fleischfresser!«

Unter den Umherstehenden war Gewaltbereitschaft zu spüren. Wollitz dachte mit mulmigem Gefühl in der Magengegend daran, dass er selbst eine Wurst in der Hand hielt, von der er bereits abgebissen hatte. Zwei junge Männer schoben sich langsam in Ebersbergs Richtung, als Schollkovas Stimme zu hören war.

Laut und gelassen.

»Monas prodigiosa!«

Der linke der beiden, ein strohblondes Kerlchen mit rattigem Gesicht, drehte sich zu ihr um und fragte misstrauisch. »Aus der Bibel?«

Schollkova lächelte kühl. »Ich würde es eher mit einem Biologiebuch versuchen! Das *Bacterium prodigiosum* nennt man heute *Serratia marcescens*. Ein stäbchenförmiges Bakterium, das ein rotes Pyrrol-Pigment namens *Prodigiosin* bildet. Sieht aus wie Blut. Wurde und wird häufig dafür gehalten.«

»Woher wollen Sie das wissen?«, erkundigte sich der Rattengesichtige aggressiv, dem die eigene, metaphysische Erklärung wohl deutlich lieber gewesen wäre.

»Ich bin Mikrobiologin!«

»Ah … so.«

»*Serratia marcescens* wächst bei Feuchtigkeit auf kohlenhydrathaltigen Lebensmitteln. Brot oder auch Hostien sind ideale Nährböden. Prodigiosum wird das Bakterium genannt, weil es häufig für sogenannte Blutwunder verantwortlich war. Und für Pogrome.«

»Aber … könnte es nicht doch …?«

Die ältere Dame war ebenso wenig bereit, das scheinbare Omen zu ignorieren. »Das kann doch kein Zufall sein! Ich bin Veganerin. Viele Menschen wollen kein Fleisch mehr essen. Niemand sollte das tun. Auch Tiere haben ein Recht auf Leben. Ich glaube nicht, dass …«

Wollitz hatte sich etwas gefasst und unterbrach. »Glauben heißt *nicht* wissen … und Nichtwissen erklärt gar nichts. Das ist eine Tofu-Wurst!«

»Was …?«

»Sie haben richtig gehört. Sogar wenn es Blut wäre – warum sollte ein solches Zeichen gerade bei einer Tofu-Wurst auftreten? Das ist wirklich vollkommener Blödsinn.«

Die ältere Dame war verblüfft und runzelte die Stirn. Der Mann mit dem Nagetiergesicht schwieg ebenfalls. Dann drehte er sich um und schlich davon. Der Rest der Menschen schloss sich nach und nach an. Die Spannung löste sich auf, ebenso wie die Menge. Nur der Mann in der dunkelblauen Jacke, der als erster auf das vermeintliche Omen hingewiesen hatte, blieb wo er war. Martin Ebersberg schien aus einer Trance aufzuwachen. Man sah ihm an, dass er kaum glauben konnte, was gerade eben geschehen war.

Bez Schollkova warf Wollitz einen skeptischen Blick zu.

»Stimmt das?«, erkundigte sie sich. »Ich hab Tofu ganz anders in Erinnerung.«

Wollitz grinste. »Unser Chefarchäologe ist ein überzeugter Karnivore. Er fasst Tofu nicht einmal mit der Kneifzange an. Er findet vor allem die Menge an weiblichen Hormonen darin unangenehm und deren Wirkung auf Männer, wenn sie sich nicht gerade fürs Klosterleben entschieden haben. Das ist eine ganz normale Bratwurst. Gott sei Dank hat niemand beobachtet, wo er sie gekauft hat.«

»Warum hast du …«, hob sie an, doch er unterbrach sie.

»Weil du Menschen, die ein bestimmtes Weltbild haben, nicht mit störenden Fakten überzeugen kannst. Wenn sie in Gruppen auftreten, wird's sehr schnell unangenehm. Der Mensch ist ein Herdentier und liebt die Gemeinschaft, aber der Mob ist immer nur einen einzigen Schritt entfernt. Wo keine Vernunft ist, kannst du sie auch nicht ansprechen.«

Ebersberg war blass. Bez Schollkova machte ein grimmiges Gesicht. Der Mann in der dunkelblauen Jacke ging nun ebenfalls. Er rempelte Schollkova an, dann verschwand er zwischen den Besuchern des Münsterplatzes.

Wollitz wandte sich an Ebersberg. »Du kannst dich wieder beruhigen. Hier passiert nichts mehr! Du bist blass wie ein Laken.«

Der Archäologe drehte sich langsam zu ihm um. »Das ist es nicht. Schau mal dort rüber. Es ist weg!«

Wollitz und Schollkova folgten seinem Fingerzeig. Sie verstanden nun, was Martin Ebersberger derart außer Fassung brachte. Das große Skelett war verschwunden.

Spurlos.

*

Bald darauf verließen die Mikrobiologin und der Denkmalsschützer die Ausgrabung und dann den Münsterplatz.

»Was ist mit dir?«, erkundigte sich Wollitz, dem das Schweigen Schollkovas auffiel.

»Das war merkwürdig!«

»Das kannst du laut sagen. Ebersberg war völlig aus dem Häuschen. Und wenn ich ehrlich bin: Ich hab nicht die geringste Ahnung, wie das Skelett verschwunden sein könnte. Genauso wie der Mantel. Eigentlich ist das unmöglich. Der gute Martin Ebersberg wird bestimmt die eine oder andere schlaflose Nacht haben.«

Sie schüttelte den Kopf. »Ja. Natürlich. Aber das meine ich nicht!«

»Was denn?«

Sie blieb stehen und zog die Augenbrauen zusammen. »Dieser Kerl in der blauen Jacke. Ist dir an dem was aufgefallen?«

Wollitz schürzte die Lippen: »Der dich angerempelt hat? Nein, eigentlich nicht. Ich hab aber auch nicht auf ihn geachtet.«

»Seine Jacke hatte genau die Farbe des Stoffes, den Ebersberg uns gezeigt hat.«

»Heute kannst du so gut wie alle Farbtöne herstellen.«

Sie dachte nach. »Ja. Kann sein. Aber mir geht's um was anderes. Als er ging, hat er mich angerempelt, das stimmt. Dabei hat er etwas vor sich hin gemurmelt.«

»Und was?«

»Es war lateinisch.«

»Lateinisch? Sonderbar.«

»Ja. Sehr sonderbar. Und noch merkwürdiger war das, was er gemurmelt hat.« Sie sah ihn ernst an. Ihre Stimme war leise.

»*Ludus novus, fortuna nova!*«, sagte sie.

»Neues Spiel, neues Glück!«

Alexa Rudolph

Wenn der Würstchenhund zittert

Schauen! Den Schreibtisch hab ich von Anfang an, als ich ins Dörfchen am Kaiserstuhl zog, unters Fenster gerückt; ich wollte den freien Blick in die Weinberge, stellte es mir inspirierend vor, mittendrin im eleganten, gezügelten Kulturland zu sitzen und zu schreiben. Schnell stellte ich fest, dass der Blick durch die Scheibe mit ihrem modernen, weißen Rahmen nur ein Ausschnitt der Wirklichkeit ist, wie eine Fotografie. Auch wenn mich sonst kaum etwas von meiner Arbeit ablenken kann, überfällt mich doch jedes Mal beim Hinausschauen ein Glücksgefühl, nicht nur bei Tag, auch am späteren Abend oder in der Nacht, wenn draußen der große Atem schweigt, Bäume wie Kohlezeichnungen aussehen, ein Zipfel vom Sternenhimmel in mein Arbeitszimmer winkt, vielleicht auch der Mond hell und klar aufgegangen ist, wie im berühmten Volkslied.

Sommer und Herbst haben sich längst davongemacht; auf meinem Wandkalender sind die restlich verbliebenen Dezembertage des alten Jahres rot angestrichen. Ich weiß, ich muss unbedingt noch eine Geschichte zu Ende schreiben; Nachtarbeit also!

Wie zufällig habe ich die Zeitanzeige unten rechts auf dem Monitor im Blick, da hüpft die Zahl demonstrativ eine Minute weiter. Ich strecke mich und gähne, putze die Brillengläser, massiere die Schläfen, presse und reibe die Lider bis die Augen flimmern, allmählich wieder scharfsichtiger werden.

23:16 Uhr! Mein Blick wandert zum Fenster, saugt sich fest und stiert in die Dunkelheit. Ich trinke heißen

Tee mit Milch und Kandis, sehe, wie sich mein Teeglas in der Glasscheibe spiegelt.

Seit zwei Tagen fällt Schnee. Dicke Flocken wirbeln durch die Luft, fliegen quer, tänzeln über Hügel und Terrassen, sind unschlüssig wohin. Irgendwann bedecken sie brav die Landschaft, bleiben an den Rebstöcken kleben, die ohne Blätter wie Arme aussehen, wie Menschenglieder.

Träumen! Das Schönste beim Schreiben sind doch die Pausen, wenn die Gedanken Luft holen, sich mit Sauerstoff und Ideen füllen. Danach geht's weiter, konzentriert, hellwach, messerscharf, so hoff ich jedenfalls.

Der Hund hat's gut, schläft fest, liegt in seinem Korb und zuckt mit den Pfoten. Fiepend. Träumend. Vielleicht fantasiert er sich gerade ein Kaninchen vor die Schnauze. Oh ja, irgendeine zappelnde Kreatur, die um ihr Leben bangt. Und er? Macht kurzen Prozess! Dieser kurzbeinige Würstchenhund, auch Dackel genannt, mit Supernase, flink, jung und frech, der gerne mal zuschnappt. Weil ich zwei bis drei Mal täglich mit ihm raus muss und ihm hinterherlaufe, wenn er mich aufgeregt durch die Weinberge lockt – vielleicht wegen einer Maus, Löcher gibt's im krümeligen, gelben Löss genügend, oder wegen einer Häsin mit ihren Jungen, die an den Wurzelstöcken knabbern – sind mir die exakt angelegten landwirtschaftlichen Wege mitten durchs üppige Pflanzenreich des Kaiserstuhls, sowie Hütten und Wasserstellen so vertraut wie ein blinder Griff in meinen Kleiderschrank, in dem Pullover und Wäsche ordentlich in kleinen Abteilen liegen.

Auch der Hund kennt das Netz von Trampelpfaden aus dem Effeff. Wenn ich nicht aufpasse, lässt der

Bursche die Ohren flattern und schießt wie ein Pfeil davon, findet zum Glück auch Stunden später allein nach Hause zurück.

Verdammter Köter, komm sofort her!, habe ich ihm neulich mal wieder nachgebrüllt, aber er hat nicht auf mich gehört. Selber schuld, musste ich mir eingestehen, ich hatte ihn nicht angeleint. Mir brannte die Luft in der Lunge, so schnell war ich gerannt, um ihn nicht zu verlieren. Die Kälte tat weh, sonst bin ich nicht so empfindlich. Vor einer Woche waren die Temperaturen deutlich in den Frostbereich gesunken, aber plötzlich, über Nacht, war es wieder wärmer geworden und das Schneetreiben hatte eingesetzt. Erst zart und geheimnisvoll, dann kapriziöser, dichter – beinahe unheimlich kommt's mir heute vor.

Aufbrechen! Bevor ich zu Bett gehe, muss der Vierbeiner noch mal Gassi gehen. Computer aus, Wollsocken an! Bloß keine kalten Füße kriegen! Die Stiefel sind eine Nummer zu groß, damit Platz für die Zehen ist. Das schlaue Tier bemerkt meinen Aufbruch, hebt seinen Kopf. Blitzblanke Augen beobachten mich. Und dann ein Ruck durch seinen Körper. Streckübung im Hundekorb und Sprung.

Wir gehen!, sage ich leise, streife ihm das Halsband über, leine ihn an. An der Garderobe hängt mein Daunenmantel, in den Taschen müssten die Handschuhe stecken.

Wir dürfen den Hausschlüssel nicht vergessen, erkläre ich dem Erwartungsvollen, der dicht neben der Tür hockt, bis ich den Schlüsselbund gefunden und verstaut habe. Ich ziehe die Strickmütze über. Das ist das Signal. Wir können!

Schnee bedeckt die Treppe vor dem Haus. Der sich anbietende Weg, uns längst in Fleisch und Blut übergegangen, wird heute zu einer rutschigen Herausforderung. Straßenlaternen gibt's natürlich keine. Die Leine schleift durchs weiße Pulver. Flocken wie Papierschnipsel legen sich dem Hund aufs Fell, fallen mir ins Gesicht, nehmen uns in ihr wildes Durcheinander auf, das Tier und mich. Über uns das fahle Halbrund des Mondes; wirklich eine dürftige Lichtquelle. Wie nützlich, dass ich die Taschenlampe mitgenommen habe. Ihr Lichtkegel wandert hierhin und dorthin, weist auf Möglichkeiten des Weitergehens. Spurlos verschwunden ist die Struktur des Fußwegs, auch vom Gras gibt's nur noch einen bizarren Saum. Farben und Formen sind weggehext, einfach fort. Aber wie glasklar die Luft! Kein Stäubchen mischt sich ins Gestöber, kein Geräusch fällt hinein. Lautlosigkeit im Überfluss. Allein meine Schritte knirschen und knistern und pressen die frierende, weiße Schicht zusammen. Die Sohlen hinterlassen geriffelte Abdrücke. Unsere Umgebung und das hügelige Gelände haben sich zu einer einzigartigen, erstarrten Feenwelt verwandelt, groß und fantastisch. Ganz automatisch atme ich tiefer ein, sorgfältig wieder aus, stelle mir vor, wie gut ich nachher schlafen werde. Der Hund hebt sein Hinterbein, pinkelt einen hellgelben, dampfenden Strahl.

Wir sollten nicht allzu weit gehen, nehme ich mir vor, lasse mich aber von der Leine dahinziehen. Das Hündchen mit Jagdtrieb hält die Nase tief, nimmt Witterung auf. Während mir die Stille den Kopf vernebelt, wird das Tier immer aufgeregter. Wir schlittern über unseren Pfad, nehmen auch zwei oder drei der schneeverwehten Aushöhlungen, die als Stufen zu einer Anhöhe dienen. Im Sommer führt hier eine in den Lehm gehauene Stiege zum nächsten Plateau. Oben kann man bequem spazieren gehen und bis zu den Vogesen hinüberschauen, zwischen den Reben wandern, die Füße umspült von Gras und Löwenzahn, das Rascheln der Blätter vernehmen, ihre scharf konturierten, energiegeladenen Schatten und die blauschwarzen oder gelbgrünen Trauben bewundern. Und Drähte, gespannt wie filigrane Linien, darunter trockener Sandboden; im Frühsommer wucherndes Wiesenschaumkraut. Nicht zu vergessen, das himmlische Sommerblau!

Auf diesen Hügel gestiegen, schwitzend und schnaufend angekommen, ist man im Paradies, wo der »Badische Wein« wächst. Warm ist es hier. Treibhausatmosphäre, Brutkasten, Inkubator, Mutterleib! Sogar ein einzelner, schiefer Apfelbaum wächst da.

Die Früchte seien rotbackig und klein, ganz und gar schrumpelig, jojo, so sei des, gell!, die gehörten den Vögeln, geerntet würden die nicht mehr, aber den Baum lasse er stehen, hat mir der Winzer erzählt, der mit kurzen Hosen, schweren, berggängigen Lederstiefeln und einer Schutzmaske vor Mund und Nase seine Reben spritzte.

Der Hund zieht auf einmal heftiger, ist völlig aus dem Häuschen. Was will er nur hier oben? Seine Pfoten greifen wie kleine Gabeln, hinterlassen merkwürdige Striemen, Löcher, Kratzer im Schnee. Sein Rücken ist weiß bepudert. Auf der Nase türmen sich Flocken, kleben fest. Am Fell der Ohren wachsen Eisperlen.

Was hast du bloß?, frage ich außer Atem, stolpere hinter ihm her, kann mich nur schwer auf den Beinen halten. Ungelenk und unsicher komme ich mir vor, schaue nicht vorwärts, habe nur den nächsten Schritt im Sinn, beginne zu schwitzen. Die Mütze deckt die pochenden Ohren zu. Es dauert, bis ich begreife, dass der Hund heult.

Entdecken! Aus seinem Heulen und Jaulen ist Knurren geworden. Mit hochgezogenen Lefzen grollt er und regt sich auf. Sein Körper zittert. Plötzlich bleibt er stehen, geht keinen Schritt weiter. Ich fasse die Leine kürzer, halte ebenfalls inne und starre ins Schneetreiben. Die Taschenlampe flackert. Als ich sie schüttele, gibt sie auf. Der Lichtstrahl erlischt, als hätte ich auf Aus gedrückt. Und der Dackel liegt feige auf dem Bauch, aus Hals und Schnauze wächst ein tiefer, langgezogener, schmerzlicher Ton. Angestrengt suche ich die Dunkelheit ab. Die Flocken treiben ihr albernes Spiel immer leidenschaftlicher, machen es mir unmöglich, irgendetwas zu erkennen. Bös gewordene Nadeln fallen über mich her, stechen in Gesicht und Augen. Hier oben bläst Ostwind, der die Kälte scharf vor sich her treibt.

Verdammichnochmal, ich sehe nichts!, rufe ich, weil ich unbedingt meine Stimme hören möchte. Mutterseelenallein, mitten in der Nacht bei diesem Wetter unterwegs, mit einem Angsthasen von Hund, was für eine Situation! Bis auf das Pfeifen des Windes kein Ton. Um uns herum nichts als diese ungeheure Einsamkeit, sogar der Köter gibt jetzt keinen Muckser mehr von sich. Als sei er im Zustand des Scheintods, liegt er zu meinen Füßen, das Nackenhaar aufgestellt.

Vor uns breitet sich ein weites, schneehelles Feld aus, schimmert an einigen Stellen bläulich, an den Rändern ein wenig gelb und in der Mitte, als gäbe es da einen mit einem Zirkel eingezeichneten Kreis, flimmert es violett und rot. Eine besondere Lichtquelle ist nicht auszumachen. Die Rebstöcke, die eben noch wie erstarrte, gezuckerte Hölzer in Reih und Glied standen, scheinen lebendig zu werden; eine optische Täuschung? Nein, ich schwöre, sie bewegen sich, strecken Arme und Ärmchen, recken und rekeln sich, dehnen die steifen Körper, machen sich lang und länger, wachsen vor meinen Augen an den Spanndrähten empor, straffen sich, beginnen die äußersten Spitzen auszustrecken. Und weil erst der eine, dann der andere und danach der Wurzelstock daneben und Zug um Zug alle anderen es ebenso machen, kommen sie sich näher, umschlingen sich ihre Zweige zart und elfengleich. Sie beginnen zu schweben, verlassen ihre Plätze, bilden einen Ring, lösen sich, formieren sich neu, hüpfen in Positionen und finden die optimale, vertikale Achse, mit der sie das Zentrieren ihrer Körper erreichen. Pirouetten, Arabesken, Attitüden entstehen. Ihre Bewegungen sind federleicht, werden vom Wind getragen. Sie stieben durch einen Raum voller Flocken, ziehen im Fliegen Tausende von Schneekristallen an, die sich zu Kleidchen und flatternden Seidencapes verweben. Aus dem Boden, aus den verlassenen Wurzellöchern dringt melodisches Raunen und Surren, als spiele ein unsichtbarer Tanzmeister auf seiner Geige.

Fasziniert stehe ich da und schaue dem Treiben zu. Minuten vergehen. Das Feld wechselt die Farbe. Jetzt ist die Bühne grün erleuchtet und danach orange und irgendwann ist da wieder der violett rote Kreis.

Nachdem ich mir beinahe sicher bin, dass mich keiner der tanzenden Gesellen beachtet, greife ich vorsichtig nach dem Smartphone in meiner Manteltasche.

Ich werde Fotos damit machen und das Spektakel in meinem kleinen Gerät mit nach Hause nehmen, sonst glaubt mir das ja niemand.

Nur mühsam lassen sich die Handschuhe von den Fingern ziehen und etwas ungeschickt drücke ich mit klopfendem Herzen auf den Auslöser. Hintereinander her jagen die Kameraklicks. Ein Video könntest du doch auch noch machen, drängt eine innere Stimme. Während ich herumnestele, stürmt eine eiskalte Böe auf mich zu, wirft mich um Haaresbreite um. Ich kippe und rutsche, kann mich fangen, verstauche mir dabei das Fußgelenk. Der Hund springt ganz und gar lebhaft auf, hält den Schwanz unter den Bauch geklemmt und will fort. Er reißt an der Leine, zieht und zerrt wie närrisch. Um nicht zu stürzen, lasse ich los. Das Tier rennt davon, schleift den Riemen hinter sich her. Ich rapple mich auf, versuche wieder, den Platz zu erreichen, von dem aus ich die Tanzenden sehen konnte. Doch mein Knöchel schmerzt höllisch. Vorsichtig trete ich den Rückweg an, mühe mich die Tritte abwärts. Der Hund wird schon vor der Wohnungstür hocken und auf mich warten, ich sollte mich beeilen! Aber plötzlich packt mich die Neugier am Kragen, würgt mich geradezu. Ich quäle mich erneut das Gelände hinauf, erreiche das Plateau. Ich will's wissen. Was habe ich gesehen? Was war das eben? Ich bin doch ein vernünftiger Mensch und unter Halluzinationen leide ich auch nicht. Bisher jedenfalls nicht. Auch das Verhalten des Hundes, so habe ich ihn noch nie erlebt!

Aber da gibt's kein Raunen und Surren mehr, keine Elfen im Schnee, kein Wind mehr, der bläst, keine Pirouetten im nächtlichen Flockengestöber, nicht einmal ein finales, großes Allegro. Der Weinberg ist gottverlassen, verstummt und erstarrt, kein Ästchen regt sich, kein Rebstock bewegt sich. Eingefroren in ihren Wintermodus stehen die Hölzer stramm wie Soldaten, rühren sich nicht. Ich weiß nun, dass ich schleunigst nach Hause muss, um meine Fotografien auf den Rechner zu überspielen. Dann werde ich den Beweis bekommen, werde sehen, was ich gesehen habe.

Staunen! Wir sind zurück in unserem gemütlichen Heim. Der Hund kriecht sofort in seinem Korb unter die Decke, streckt den Kopf nur noch so weit heraus, dass er eben sehen kann, wie ich mich an meinen Schreibtisch setze. Vorwurfsvolle Blicke treffen mich. In seiner Höhle wärmt sich das Tier die kalten Pfoten. Sein Schlecken klingt beleidigt. Tut mir leid!, murmele ich, aber dafür habe ich etwas Interessantes mitgebracht!

Der Computer rauscht sich in Bereitschaft, der Monitor flimmert, meine Nervosität wächst. Mit zitternden Händen schiebe ich die Speicherkarte ins Lesegerät. Super, das klappt ja!, freue ich mich, auf die Mattscheibe starrend.

Spinne ich, oder bin ich verrückt? Nichts als fette, bleiche Flecken füllen den Bildausschnitt. Die Dinger haben schwammige, sich auflösende Umrisse und sehen alle irgendwie gleich aus. Manche sind ein wenig schrumpeliger als ihre Artgenossen, leider sind sie alle einheitlich unscharf, sehen aus wie Seifenschaum oder geschlagenes Eiweiß. Die Kamera hat ausschließlich die Schneeflocken festgehalten, sonst nichts. Allerdings, es gibt da doch etwas, was mir auffällt. Auf dem ersten Foto sind die Flecken an den Rändern in zartestes Rot eingefärbt, auf dem zweiten Bild entdecke ich einen Hauch Grün, die dritte Aufnahme zeigt einen Lichtreflex in Orange und auf dem letzten Ausschnitt kommt die rötliche Färbung wieder zum Vorschein. Nacheinander zoome ich mir die Lichtbilder heran, hole sie näher und näher, bis sie sich in Pixel auflösen. Enttäuscht suche ich Zentimeter für Zentimeter ab. Es ist ein Jammer, das Ergebnis bleibt dasselbe. Dicker Schnee, nichts als Flocken. Oder doch?

Also, noch einmal von vorne! Bild eins, zwei, drei, vier; in jedem Ausschnitt eine helle, verwaschene Form, die möglicherweise ..., aber nein, so ein Pech!

Am nächsten Tag. Der Hund ist ausgeschlafen, ich nicht. Immer wieder musste ich über das Erlebte nachdenken. Obwohl mein Knöchel noch weh tut und ein faustdickes, bläuliches Ei an ihm gewachsen ist, ziehen wir sofort nach dem Aufstehen los.

Als wir uns dem Abzweig zur Anhöhe nähern, streikt mein Begleiter, streckt seine vier Pfoten von sich und will unbedingt umkehren. Also humple ich allein weiter.

Jawohl, hier war's! Ganz sicher, oder? Vielleicht ein Stückchen weiter rechts, oder doch mehr links? Unsicherheit kommt auf. So sehr ich mich anstrenge, da ist nichts, was den nächtlichen Reigen erklären würde. Eine dicke Schicht Eisschnee hat sich auf die Rebstöcke, den verkrüppelten Apfelbaum und den Boden gelegt. Der Weinberg präsentiert sich unberührt in der kalten Morgenluft. An einem der Drähte hängt ein Stück steif gefrorener Stoff.

Guten Morgen!, tönt es plötzlich hinter mir. Haben uns doch schon mal hier getroffen, gell? Hab den Hund vorhin gesehen. Im letzten Sommer war's, wenn mich nicht alles täuscht ...

Ich nicke erfreut, erkenne den Winzer wieder, auch wenn er jetzt eine Fellmütze mit Ohrenschutz trägt.

Er mustert mich freundlich: Kalt, gell!

Ich nicke, schlage die behandschuhten Fäuste gegeneinander: Bin immer früh unterwegs, sage ich, ganz nach dem Motto: Der frühe Vogel fängt den ... und außerdem muss der Hund raus.

Der Mann lacht: Wollten Sie auch nachschauen?

Wie?

Na, Sie wissen schon!

Keine Ahnung, was Sie meinen, murmele ich.

Die Pelzohren wippen ein bisschen enttäuscht. Energisch stapft der Mann an mir vorbei, setzt seine Fußspuren ins unschuldige Weiß und nimmt den direkten Weg in die Rebenreihen. Auch er hat den Fetzen Stoff entdeckt, zupft das Ding vom Draht und hält es hoch: Bin sicher, der hing gestern noch nicht da, dabei komm ich beinah jeden Tag her!, ruft er mir zu.

Schritt für Schritt bin ich ihm gefolgt, stehe nun neben dem kraftstrotzenden Kerl. Unsere Atemluft bildet lustige Wölkchen.

Oder? Oder haben Sie etwas gesehen?, insistiert er, als sei ich seine Verbündete. Seine Augen blitzen, ihr außergewöhnliches Blau war mir schon im Sommer aufgefallen.

Ich schüttle den Kopf: Was soll ich gesehen haben?

Keine Ahnung, irgendwas, gell!, lacht er und fährt fort: Es heißt doch, Ende Dezember werden die Rebstöcke wach. Wenn niemand mehr im Weinberg ist und sie stört, dann tanzen sie. Ist ein Märchen, aber vielleicht ist doch was Wahres dran. Mein Großvater soll's ein einziges Mal erlebt haben, hat er jedenfalls aufgeschrieben, und sein Großvater hat's auch aufgeschrieben, der hatte auch davon gehört ..., hm, so ist das, ich wüsst halt auch gern, was in meinem Weinberg los ist. Ob's da so richtig abgeht? Meine Frau und die Kinder lachen mich aus, wenn ich davon anfang. Die sagen, das seien uralte Geschichten von den Raunächten, an die kein Mensch mehr glaubt.

Sorgfältig faltet er den Stofflappen zusammen, steckt ihn in die Tasche seines Anoraks und nickt mir freundlich zu: Also dann, muss weiter. Hat mich gefreut, auf ein anderes Mal wieder, gell! Einen schönen Hund haben Sie!

Anna Monte

Der Tiefe entstiegen

Ob mich der Zufall an jenem Tag in den entlegensten Winkel geführt oder eine insgeheime Ahnung an die Hand genommen hatte, vermochte ich, da ich den Staub von der Oberfläche pustete, nicht zu sagen. Im Bruchteil einer Sekunde sah ich mich an den Rand jenes Abgrunds zurückversetzt, von dem ich gehofft hatte, er hätte mit den Jahren an bedrohlicher Tiefe verloren. Wie hatte ich nur vergessen können, dass ich sie hier inmitten von Plunder und Spinnweben im Verborgenen aufbewahrte? Schwer wog die Schreibmaschine in meinen Händen, aber schwerer noch schienen mir die Erinnerungen zu sein, die an ihr hafteten.

»Du«, sagte Emily und verpasste mir einen Stoß in die Rippen, »du schläfst doch nicht etwa ein?«

»Wie könnte ich?« Endlich erhob ich mich und stellte verwundert fest, dass ich die Schreibmaschine nicht zurückgestellt hatte, sondern immer noch fest umklammert hielt. Zweifel zeichnete sich furchend auf Emilys Stirn ab.

»Wo kommt die denn her?« Sie sah mich skeptisch an und deutete auf mein Fundstück.

»Nun ja«, antwortete ich zögerlich und wich ihrem Blick aus. Unfähig, die richtigen Worte zu finden, schluckte ich und spürte jäh einen Kloß im Hals.

Meine Freundin verstand, berührte zaghaft meinen Arm und lächelte. »Ist schon in Ordnung. Ich wusste nicht, dass du etwas von ihr aufgehoben hast.«

»Um ehrlich zu sein, habe ich es selbst nicht mehr gewusst. Ich dachte, ich hätte alles fortgeschafft, nachdem sie ...« Augenblicklich geriet ich ins Stocken. Gelähmt klebte mir die Zunge am Gaumen. Ich wünschte, ich hätte dieses Haus mit all seinen Erinnerungen verkauft, spätestens damals, als Emily in mein zerrüttetes Leben getreten war, und nicht gerade eben im Zuge einer irrsinnigen Idee, den Dachboden auszumisten, ausgerechnet jene Schreibmaschine gefunden. Kopfschüttelnd stellte ich das Ungetüm an seinen Platz zurück.

»Es wird spät. Wir können auch ein andermal weitermachen. Komm, gehen wir zu Bett.« Emily schritt zur Luke. Ich folgte ihr, aufgewühlt und zerrissen wie ich war, aber dennoch entschlossen, nicht mehr zurückzublicken.

Am nächsten Morgen rührte ich lustlos in meiner Kaffeetasse, als meine Liebste mir einen Kuss auf die Wange gab und verkündete, sie habe eine Überraschung für mich. Ehe ich protestieren konnte, zog sie mich sanft, aber bestimmt ins Arbeitszimmer. Mit einer ausladenden Geste präsentierte mir Emily die alte Schreibmaschine nebst einem Stapel Papier auf meinem Sekretär. Ungläubig sah ich sie an.

»Nun, ich dachte mir, dass es schade wäre, wenn so ein schönes Stück in Vergessenheit gerät und nicht mehr genutzt wird. Vielleicht hilft sie dir ja, endlich Frieden zu schließen. Versuche es. Bitte, Simon.«

Ihre Worte dröhnten in meinen Ohren und drangen tief in mein Bewusstsein ein. Selbst nachdem sich meine Starre gelöst hatte, konnte ich lediglich nicken. Hätte ihr wehmütiges Lächeln nicht allzu schwach, gar schief im Gesicht gehangen, wäre ein Schulterzucken Antwort genug gewesen. Es war Zeit, dass die

Vergangenheit nicht länger an der Zukunft zerrte und ich mich von meiner alten Haut trennte.

»Ich lasse euch mal allein. Ruf mich, wenn du mich brauchst«, flüsterte Emily, schlang kurz ihre Arme um mich und verließ dann den Raum. Nach anfänglichem Zögern tat ich den ersten Schritt, setzte mich und vergrub mein Gesicht in den Händen.

Ich hatte Emily nie von meinem Suizidversuch erzählt. Lediglich der Strick, der an einem Balken auf dem Dachboden hing, zeugte davon. Gewiss ahnte sie, zu welchem Zweck ich ihn einst angebracht hatte, doch sie stellte mir keine Fragen, drängte mich nicht und so verschwiegen wir die dunkelste Zeit meines Lebens.

Seufzend betrachtete ich die Fotografie, die eingerahmt neben der Schreibmaschine stand, und tippte gedankenverloren auf die Tasten. Ein wohliges Gefühl machte sich in mir breit und schlagartig wusste ich, wie sehr ich das geliebte Geräusch vermisst hatte. Damals war es mir so vorgekommen, als sei die ganze Wohnung vom Klappern der Schreibmaschine erfüllt gewesen, stundenlang und ohne Unterlass. Ich erinnerte mich an jenen Tag zurück, an dem ich durch Freiburgs fußgängerreiche Innenstadt flaniert und ein kleines Papierschiff entdeckt hatte. Nichts anderes hätte mir im Trubel der Menschenmenge ein solches Vergnügen bereiten können, sodass ich, von kindlicher Freude ergriffen, dem plätschernden Verlauf des Bächles gefolgt war. Nach wenigen Metern endete die vergnügte Reise aber schon wieder. Das Schiff verschwand unter einer Steinplatte und aus meinem Blickfeld. Als ich mit enttäuschter Miene wieder aufsah, bemerkte ich in einem kleinen Schaufenster ein

Überbleibsel aus alten Zeiten. Mir schien, als hätte es lediglich auf mich gewartet. Obgleich mich die unheimlichen Gerüchte, die man sich hinter vorgehaltener Hand über den kuriosen Laden und dessen Besitzer Franz Schätzle erzählte, zunächst abschreckten, betrat ich das Geschäft. Man berichtete von Gegenständen, die plötzlich und ohne Grund in Flammen aufgingen, von drehenden Bilderrahmen an den Wänden und polternden Geräuschen um Mitternacht. Manch einer munkelte sogar, Herr Schätzle stünde im direkten Kontakt zum Jenseits. Mir war mulmig zumute, aber das ignorierte ich. Nachdem der Handel rasch abgeschlossen war, verließ ich den Laden mit dem Gedanken, ihn nie wieder aufzusuchen und eilte mit der Schreibmaschine nach Hause.

Seit jenem Tag hatten wir es uns abends oft, selbst nach einem Streit, bei einer Flasche Wein vor dem Kamin gemütlich gemacht. Sie nahm ihre Manuskripte zur Hand und las mir vor, ich lauschte andächtig und voller Begeisterung bis tief in die Nacht und manchmal so lange, bis ich eingeschlafen war.

Meine Gedanken rissen klirrend ab. Mit klopfendem Herzen hob ich den Fotorahmen vom Boden auf und fluchte leise, als Blut auf die zersprungene Glasscheibe tropfte und über Sarahs eingerahmtes Lächeln rann. War es möglich, dass ich den Rahmen unbemerkt berührt und zu Fall gebracht hatte? So musste es wohl gewesen sein. Eine andere Erklärung konnte ich mir ob des verschlossenen Fensters nicht zusammenreimen. Ich beschloss, diesen merkwürdigen Vorfall Emily gegenüber nicht zu erwähnen und machte mich auf die Suche nach dem Erste-Hilfe-Kasten.

In der Nacht erwachte ich von einem Schrei und fand mich schwer atmend neben der besorgt dreinschauenden Emily wieder. Im fahlen Mondlicht überprüfte ich meine Hände. Von Blut hatte ich lediglich geträumt – von Sarahs Stimme auch.

Den darauffolgenden Tag verbrachte ich Emily zuliebe abermals im Arbeitszimmer, ohne mir darüber klar zu sein, weshalb ich mich auf ihre Bitte eingelassen hatte. Mit zusammengekniffenen Augen fixierte ich die Schreibmaschine. Nein, es führte zu nichts, mich noch länger mit Sarahs Tod zu beschäftigen. Sobald ich die Maschine sah, flüchteten meine Gedanken zu jenem Übel, das mich seit dem Erwerb des Unikums verfolgt hatte. Wie sehr mich auch Sarahs Freude ob der Schreibmaschine glücklich gemacht hatte, so sehr war ich einer nagenden Unruhe verfallen. Die Begegnung mit Herrn Schätzle und der angebliche Spuk in seinem Laden ließen mich immer noch schaudern. Die Schreibmaschine musste weg, endgültig! Ich nahm mir vor, Emily von meiner Entscheidung zu berichten, sobald sie wieder zu Hause war. Plötzlich drang ein ersticktes Ächzen an meine Ohren, so leise und furchterregend, dass ich kaum zu atmen wagte. Reglos verharrte ich, die Finger in meine Oberschenkel gekrallt, auf meinem Platz und lauschte. Der Schrecken, der mir in die Glieder gefahren war, hatte meine Sinne keinesfalls zerrüttet, sondern um ein Vielfaches geschärft. Abermals vernahm ich ein leises Klagen und glaubte, meinen Namen herauszuhören. Durch meine Gedanken hetzend durchkämmte ich mein Gehirn nach plausiblen Erklärungen. Dabei versuchte ich mir einzureden, dass mir meine Phantasie einen Streich spielte. Es gelang mir nicht. Was anfänglich nur ein leises Wehklagen gewesen, schwoll zu einem schrecklichen Laut des Entsetzens an, der aus den Tiefen einer gequälten Seele hervorzuquellen schien. Nach einigen Sekunden bezwang ich meine Starre. Polternd krachte der Stuhl zu Boden, als ich aufsprang. Vom Wunsch getrieben, dieser Hölle endlich zu entfliehen, ergriff ich den Türknauf und drehte ihn – vergeblich. Ungläubig hielt ich inne, um gleich darauf erneut an der Tür zu rütteln. Panik keimte in meiner Brust auf. Wie eine eisige Hand legte sie sich um meine Kehle. Ich würgte und schlug mit Fäusten auf die Tür ein, doch sie blieb verschlossen. Ein dumpfes Pochen weckte neue Angst und entfachte meine maßlose Furcht abermals. Das Klopfen wurde lauter und lauter. Bald erreichte das Trommeln eine solche Stärke, dass ich verzweifelt die Hände auf die Ohren presste. Mit schriller Stimme schrie ich gegen die höllischen Geräusche an. Dann verstummte ich. Alles war ruhig – nur mein Herz, das immer noch laut schlug, drohte zu zerspringen. Erleichtert atmete ich auf, doch dann fühlte ich, wie mir das Blut aus dem Gesicht wich –

Hinter mir hörte ich das vertraute Tippen der Schreibmaschine!

Emilys Worte erhoben sich wie Sirenengesang aus weiter Ferne. Ich sah, dass sie immerfort ihre Lippen bewegte, sah, wie sich ihre Gesichtszüge in Verzweiflung verzerrten. Waren es meine Hände, die sich in Emilys Haare gekrallt hatten? Der Wunsch nach vollkommener Ruhe schlich sich in meine Seele. Ich lächelte zaghaft, dann entglitt mir die Welt. Die einst stürmischen Schläge meines Herzens verebbten bis auf ein Minimum der Lebenskraft. Schließlich umfing mich eine bodenlose Dunkelheit, in deren Sog ich mich widerstandslos fallen ließ.

Blinzelnd tauchte ich aus der Versenkung empor. Das grelle Licht der Neonröhren verursachte mir rasende Kopfschmerzen. Sobald ich meine Lider wieder schloss, tauchten weit aufgerissene Augen vor meinem inneren auf – jene Augen, die mir nachtein, nachtaus den Schlaf geraubt hatten. Der anklagende Blick bohrte sich in mein Gedächtnis. Fieberkrämpfe schüttelten, doch verbrannten mich nicht. Mit grober Härte griffen Hände nach mir und packten mich. Jede Faser meines Körpers war gespannt. Ich bäumte mich auf und versuchte verzweifelt, mich dem Griff zu entwinden. Ich wollte schreien, doch kein Laut drang aus meiner Kehle. Nach Minuten des Kampfes gab ich erschöpft auf und fügte mich meinem Schicksal. Es sei ein Unfall gewesen, hörte ich die schemenhaften Gestalten sagen. Mein Gewissen jedoch belehrte mich eines Besseren. Ich wusste, dass sie hier war.

»Lasst mich los! Ich muss zu ihr! Ich muss sie retten, ehe es zu spät ist!«

Von meinem verzweifelten Schreien verjagt, ließen die Gestalten tatsächlich von mir ab und ich war wieder allein, allein in diesem verhassten Emmendinger Gefängnis, diesem Kerker mit seinen gepolsterten Wänden und der Jacke, die meine Arme an meinen Körper presste und mir jeden Gebrauch meiner Hände unmöglich machte.

Hans Peter Roentgen

Café Sehnsucht

Freiburg ist kein Platz für Geister. Wenn im Sommer, Frühjahr oder Herbst die Touristen durch die Innenstadt flanieren, sich die Stirn wischen, weil sie die schwüle Hitze der Rheinebene nicht gewohnt sind, die Tische vor den Cafés übervoll belegt sind und die Leute am Rand schon lauern, dass jemand aufsteht und sie seinen Platz einnehmen können, dann erheitert das die einen und ärgert vielleicht die anderen, ist aber weder gespenstisch noch gruselig.

Selbst wenn sich das Wetter einmal einen Schnürlregen aus Salzburg ausleiht – was selten genug vorkommt und nach zwei, spätestens drei Tagen wieder vorbeigeht, weil Salzburg seinen berühmten Regen zurückhaben möchte – selbst dann ist es vielleicht ungemütlich und die Caféhausbesitzer und Touristenführer schimpfen, doch gruselig ist es sicher nicht. Das ist es nicht einmal im Winter. Was soll auch gruselig sein, wenn der Schnee, falls er überhaupt kommt, nach wenigen Tagen bereits wieder diese Stadt flieht, die so gar keine Kälte ausstrahlt?

»Freiburg ist nichts für Gespenster«, sagte mein Großvater immer, wenn die Großmutter uns Kindern eine Gespenstergeschichte erzählte.

»Die Gespenster haben Freiburg verlassen, aber hoch oben im Schwarzwald, da gibt es sie noch«, stimmte die Oma dann ihrem Mann zu, nur um uns Kindern aus dem dunklen Schwarzwald zu erzählen, in dem sie aufgewachsen war und oft, wenn der Schnee fiel, die paar Häuser der Siedlung, in denen ihre Eltern, meine Großeltern, wohnten, für Tage von der Außenwelt abgeschnitten waren.

Der Tote Mann heißt ein Berg hoch oben im Wald, und der tote Mann geht dort um, wenn der Wind ums Haus heult, die Flocken dicht herunterschneien und der Schnee hoch an Tür und Hausmauer weht. Meine Urgroßeltern mussten sich dann den Weg freischaufeln, wollten sie das Haus verlassen.

Das erzählte meine Oma und weil die Wolken so voll Schnee waren, dass sie sich nicht zum Himmel heben und davonfliegen konnten, sondern tief in den Bäumen hingen, sodass man sich nicht nur freischaufeln musste, sondern auch kaum sah, wohin man ging, weil das alles so gespenstisch war, konnte der tote Mann einem dann auch am Tage begegnen.

Einmal hatte eine Gruppe Skifahrer im Dorf übernachtet.

»Damals war das neu, das Skifahren«, erklärte uns die Großmutter, »die Skier waren aus Holz und man musste sie täglich wachsen. Je nach Temperatur wählte man ein anderes Wachs und welches das geeignetste war, das war eine Wissenschaft für sich, über die sich die Skifahrer heftige Diskussionen lieferten und manchmal gerieten sie darüber in Streit.«

Die Gruppe hatte oben auf dem Speicher des Großonkels übernachtet und den ganzen Abend über nichts anderes geredet als über die Kunst, Skier richtig zu wachsen. In der Nacht fielen die Wolken voller Schnee im Ort ein, die Skifahrer saßen morgens mit der Familie des Großonkels am Tisch und frühstückten und der Onkel bot ihnen an, dass sie noch eine Nacht bleiben könnten, bei dem Wetter sei es gefährlich, der tote Mann hätte schon manchen in solchen Zeiten in die

Irre geführt. Doch die Skifahrer waren modern oder glaubten es zumindest, sie nickten freundlich zu den Erzählungen des Onkels und glaubten ihm nichts. Man war ja nicht in der Arktis, wie Nobile, der gerade mit seinem Versuch gescheitert war, per Zeppelin den Nordpol zu überqueren und jetzt mit seiner Besatzung im Eis festsaß. Man saß an einem gemütlichen Frühstückstisch, der Kachelofen strahlte Hitze aus, es gab bereits elektrisches Licht und fließendes Wasser und der Nordpol war weit.

Den toten Mann fürchtete die Gruppe nicht, sie hatten sogar Taschenlampen. So zogen sie los, mit Kompass und Karte, verabschiedeten sich fröhlich vor der Tür, schüttelten allen die Hand und beteuerten, dass sie wüssten, was sie taten, und der tote Mann, nun, wenn der auftauche, dann würden sie ihn fotografieren und einer aus der Gruppe hob seine Box-Kamera hoch, die wie eine Schachtel aussah und damals neu und ungeheuer modern war. Und sie würden das Foto dem Onkel schicken und dann bat der mit der Box die ganze Familie vor die Haustür, die anderen der Gruppe mussten sich mit den Skiern dazustellen und er schoss ein Foto und sagte: »Das kriegt ihr dann zusammen mit dem vom toten Mann.«

Das Wetter wurde nicht besser und die Gruppe kam spät in der Nacht bei einer anderen Siedlung an, völlig durchfroren und ganz woanders, als wohin sie hatte fahren wollen. Zwei Skifahrer fehlten. Man fand sie erst bei der Schneeschmelze. Sie waren abgestürzt und der Schnee, der sie wohl mit sich gerissen hatte, hatte sie unter sich begraben und die Wolken hatten weiteren Schnee über sie ausgebreitet. Einer von ihnen war der Besitzer der Box und der Film konnte noch entwickelt werden. Das Foto vor der Haustür war schwarzweiß, und einen Abzug schickten die Überlebenden an meinen Großonkel. Ein Foto vom toten Mann fand sich nicht auf dem Film.

Wir Kinder fanden die Geschichte gruselig, aber wollten sie immer wieder hören. »Hier in Freiburg könnte das nicht passieren«, tröstete uns die Großmutter, mittlerweile gäbe es auch eine Bergrettung und überall im Schwarzwald Hinweisschilder und auch Box-Kameras waren längst veraltet und die Skier nicht mehr aus Holz.

Freiburg ist nicht gruselig und deshalb sind seine Monster und Gespenster, seine Geister und Dämonen längst ausgewandert und haben sich anderswo angesiedelt. Wenn es sie heute überhaupt noch gibt und wenn sie sich weiter damit beschäftigen, Menschen zu gruseln und ihnen Albträume zu bescheren. Was man bezweifeln darf, sind doch selbst die Vampire keine Schocker mehr, sondern lassen jungen Mädchen wohlige Schauer den Rücken hinabrieseln und lösen statt Angst nur noch seufzende Sehnsucht aus.

Doch selbst Freiburg hat Tage, da könnte man meinen, die Gespenster seien zurückgekehrt.

Manchmal legt sich im Herbst oder Winter vom Rhein her dichter Nebel in das Tal zwischen Schwarzwald und Vogesen, so dicht, dass ich einmal auf einer schmalen Nebenstraße sogar die Autotür öffnete, um den Mittelstreifen zu sehen, damit ich nicht unversehens im Graben landete.

Vor zwei Jahren gab es im November noch einen solchen Tag.

Ich kam vom Bertoldsbrunnen, ging durchs Martinstor, das nicht zu verfehlen ist, da mag der Nebel noch so dicht sein, überquerte die Rempartstraße und konnte kaum die Fußgängerampel gegenüber sehen. Die Autos schlichen vorbei und ich sah die Anzeige der KGB Bar durch den Nebel leuchten und dahinter ein Café, das ich nicht kannte. Ich kenne so gut wie alle Cafés in der Innenstadt, ich bin ein Cafégänger, liebe es, dort zu sitzen, vor einem Cappuccino oder Espresso, manchmal auch einem Tee, am liebsten schwarzem, starken Assam, und die Leute zu beobachten. Sogar ins McDonald's setze ich mich, obwohl man das nicht tut als gebildeter Mensch, zumindest sollte man es nicht zugeben, wenn man einen Ruf als Intellektueller zu verlieren hat.

Das Café war neu. Freiburg wechselt seine Cafés oft, das ist nichts Besonderes, ich schaue durchs Schaufenster hinein in die neuen oder renovierten Cafés und überlege, ob ich ihnen nicht einen Besuch abstatten solle.

Eigentlich wollte ich zur Pizzeria an der Dreisam gehen; es war Mittag und ich hatte Hunger. Im Cafésenster sah ich eine Frau, sie war nicht jung, entsprach auch nicht dem Schönheitsideal der Heidi Klum, aber lächelte mich spitzbübisch an, als kenne sie mich und durchschaue mich völlig. Ich gebe gerne zu, dass ich in das Alter gekommen bin, in dem das Lächeln einer Frau nostalgische Erinnerungen und väterliche Gefühle weckt – manchmal auch andere, doch darüber redet man ungern, hat man erst einmal dieses Alter erreicht.

Jedenfalls beschloss ich spontan, das Café zu betreten und Pizza Pizza sein zu lassen. Café Sehnsucht stand auf der Glastür. »Neueröffnung«, verkündete eine Tafel über der Theke und »Café Schweizer Art«. Ein Preis stand nicht darunter, aber was kann ein Kaffee schon kosten, vor allem, wenn das Café neu ist und erst einmal Kundschaft anlocken muss?

Also bestellte ich ein Kännchen und ein Croissant und schaute mich um. Neu sah die Einrichtung nicht aus. Gemütlich ja, das Holz der Garderobe, an der auch Zeitungen hingen, dunkel, als wäre es schon viele Jahre dem Licht ausgesetzt gewesen, die Stühle mit Plastiküberzug, als wären sie per Zeitreise direkt aus den Fünfzigern angeliefert worden, die Holztische blank, als hätten schon ganze Generationen von Gästen darauf ihre Ärmel gewetzt und ihre Getränke zu sich genommen. Auch die Gäste waren älter, ein Herr in der Ecke las die *Zeit*, offenbar sehr gründlich und langsam, denn er blätterte nur selten um. Sein Haar war weiß und er hatte nur noch einen Haarkranz und einen ebenfalls weißen, kleinen Schnurrbart, der ihn aussehen ließ, als sei er ein emeritierter Professor. Einen Tisch weiter saß ein stämmiger Mann mit kahl rasiertem Schädel, der längst verrentet sein durfte und selbst, wenn er den Schädel nicht rasieren würde, hätte er kaum genug Haare gehabt, um einen Friseurbesuch zu rechtfertigen.

Gegenüber der Theke beim Fenster saß ein kleiner Mann mit buschigem Haar, ebenfalls weiß, der ein Musiker hätte sein können, er schrieb in eine Kladde, schaute hoch, nickte mir freundlich zu und wandte sich wieder dem Schreiben zu. Tagebuch oder Autobiografie, überlegte ich.

Die Bedienung brachte meine Bestellung und tatsächlich gab es zum Kaffee ein zweites Kännchen mit heißer Milch, wie es in der Schweiz zum Frühstück üblich ist, in Freiburg aber findet man das selten. Was ich immer schon bedauert habe.

»Sie sind neu hier?«, fragte die Bedienung und lächelte mich wieder an. Ich nickte und sagte: »Ja«, und einmal mehr verfluchte ich mich dafür, dass ich so gar nicht die hohe Kunst des Small Talks beherrsche. Als die unendliche Leichtigkeit des Seins verteilt wurde, habe ich wohl vergessen, »Hier« zu rufen und dieses Manko habe ich mein ganzes Leben lang bedauert.

»Lassen Sie es sich schmecken«, sagte sie schließlich und ging zur Theke zurück, hinter der sie stehen blieb und mich ab und zu anblickte. Der Blick war nicht auffordernd, er wirkte auch nicht, als sollte er einen Flirt einleiten oder mich dazu ermuntern. Eher hatte ich den Eindruck, dass sie mir Mut zusprechen wollte, so seltsam das auch klingen mag.

Wer die Sechzig überschritten hat, der besitzt nicht nur eine Lesebrille, sondern weiß auch, dass er bei Dämmerung schlechter sieht, dass er viel früher Licht braucht als zu der Zeit als junger Kerl. So wunderte es mich nicht, dass mir das Licht in dem Café mit der Zeit sehr gedämpft vorkam, so, als würde der Nebel langsam auch in das Innere vordringen.

Die anderen Gäste wurden undeutlicher, nur die Bedienung konnte ich klar und eindeutig erkennen. Der Professor wirkte jünger, gar nicht mehr emeritiert, sondern so, als wäre er gerade aus einer Vorlesung gekommen. Der untersetzte Mann war schlanker, er hielt sich stramm aufrecht und wenn ich ihn nur aus den Augenwinkeln ansah, wirkte er, als trage er eine Uniform. Der Musiker schien volles blondes Haar zu haben, das er im Genick zu einem Schwänzchen zusammengebunden hatte. Mich wunderte das nicht, wie gesagt, ich war es gewöhnt, an solchen Tagen nicht mehr genau sehen zu können, und das Licht im Café war nun einmal sehr gedämpft und draußen war es jetzt dunkel. Ich ließ meine Gedanken treiben, erfand für die anderen Gäste Lebensläufe, überlegte, was der Professor wohl während der Nazizeit getrieben hatte, ob er zu denen gehörte, die sich wie Heidegger mit der Macht verbündeten oder einer von denen war, die fliehen mussten. Vielleicht hatte er auch nur mit Missfallen die neuen Herren wahrgenommen, hatte in dem einen oder anderen Fall einem Kollegen zu helfen versucht, vergeblich natürlich, und hatte sich angepasst, mit leisem Groll, den er aber nur sehr gedämpft äußerte. Und der Untersetzte in Uniform, war er Offizier gewesen, hatte nach dem Krieg davon geredet, dass die Wehrmacht sich gegen die SS gestemmt habe, aber vergeblich?

Der Musiker, hatte er nur noch deutsche Musik gespielt, Mendelssohn Bartholdy als jüdisch verachtet, oder hatte er ihn gespielt, ein Nachbar ihn verraten und er landete im Strafbataillon?

Die Herren sahen jetzt aus, als hätten sie, wie die Möbel, eine Zeitreise hinter sich, stünden im Zenit ihrer Kraft und jeder Gedanke an das Alter sei ihnen fremd. Der Professor raschelte mit der Zeitung, die er energisch umblätterte, der Musiker schrieb wie ein Besessener und der Untersetzte rief herrisch: »Bedienung!«

Die kam hinter der Theke hervor und fragte ihn nach seinen Wünschen, er bestellte einen Grog. Dann kam sie zu mir, wieder lächelte sie mich an, als wolle sie mir Mut machen und sagte: »Sie werden zu Hause erwartet. Und wir schließen jetzt.«

Das kam mir seltsam vor. War die Behauptung, ich würde erwartet, einfach ein vorgeschobener Grund, um mich loszuwerden? Mich wunderte auch, dass die anderen noch bedient wurden. Aber ich sagte nichts, sondern fragte, was ich schuldig sei. »Nichts«, sagte sie, »das geht aufs Haus. Neueröffnung, Sie verstehen?«

Ich wollte ihr wenigstens ein Trinkgeld geben und drückte ihr eine Zwei-Euro-Münze in die Hand, sie nahm sie freundlich an. Auf dem Weg zurück zur Theke drehte sie sie um und besah sie, als würde sie zum ersten Mal eine solche Münze erblicken.

Ich verließ das Café und ging nach Hause. Der Anrufbeantworter blinkte und eine Stimme teilte mir mit, dass mein Vater einen schweren Schlaganfall erlitten habe und in der Uniklinik läge.

Ich fuhr sofort hin. Er war rechtsseitig gelähmt und konnte nicht sprechen. Ich war nie mit meinem Vater warm geworden, er war, wie die meisten Väter seiner Generation, seinen Kindern gegenüber distanziert, redete nie über Persönliches und ich glaubte, dass uns Welten trennten.

In den folgenden Tagen lernte er den rechten Arm und das rechte Bein wieder zu bewegen und auch die Sprache kam zurück. Nur verstand ihn niemand.

Er wusste, was er sagen wollte, er konnte die Wörter aussprechen, aber er fand nicht die richtigen. Das geschehe bei Schlaganfallpatienten häufiger, sagten mir die Ärzte, bei jüngeren Patienten könne man das üben, bei einem Neunzigjährigen war die Prognose wohl schlecht. Manchmal begriff er, warum man ihn nicht verstand und mühte sich verzweifelt, seine Gedanken zu äußern und die richtigen Worte zu finden, schaffte es aber äußerst selten. Manchmal begriff er es nicht, glaubte wohl, dass sich alle gegen ihn verschworen hätten, beschimpfte die Krankenschwestern und die Pfleger und warf sogar einmal das Tablett mit dem Frühstück nach mir, als ich ihm helfen wollte, ihn aber nicht verstand.

Er schlief nachts schlecht, geisterte oft in seinem Krankenzimmer herum, stürzte einmal und brach sich dabei zwei Rippen, was seinen Krankenhausaufenthalt verlängerte. Manchmal verkroch er sich in der Nacht unter dem Bett und wehrte sich vehement gegen die Schwestern, die ihm wieder heraushelfen wollten. Einmal verbarrikadierte er sein Zimmer und beschimpfte das Personal, das verzweifelt an die Tür klopfte, um ins Zimmer zu kommen. Nur mit Mühe gelang es ihnen, all das beiseitezuschieben, was er vor der Tür aufgeschichtet hatte.

Ich dachte, dass er einfach verwirrt war und sich deshalb unter dem Bett verkroch. Auch die Schwestern glaubten das. Doch ein älterer Pfleger, der sich immer wieder mühte, ihn zu verstehen, sagte mir: »Er glaubt, dass draußen Scharfschützen lauern und er Deckung suchen muss.«

Erst schien mir das absurd, dann erinnerte ich mich, wie er mir kurz vor dem Schlaganfall erzählt hatte, dass er in letzter Zeit viel träume und beim Aufwachen lange brauche, um zu begreifen, was Traum und was Wirklichkeit sei. Ich fragte, was für Träume das seien, er erwiderte kurz: »Meist vom Krieg«.

Mehr sagte er nicht, das war ihm wohl zu persönlich. Er hatte so gut wie nie vom Krieg erzählt, dabei war er mehrere Jahre an der Ostfront gewesen. Manchmal erzählte er Geschichten vom Hinterland, wie sie auf Heimaturlaub fuhren und ein General sich in ihr Abteil setzte und sich daraufhin niemand mehr traute, das Abteil zu betreten, obwohl der Zug überfüllt war. Oder er erzählte von der russischen Gefangenschaft in Bessarabien, von den Melonen, die so billig waren, dass sich sogar die Gefangenen manchmal eine leisten konnten. Von der *Istwestja,* hinter der alle her waren, zur Verwunderung der russischen Wachen, die nicht begriffen, dass diese Zeitung besonderes Papier hatte, das sich besser auf der Toilette nutzen ließ als das aller anderen Zeitungen.

Doch er erzählte nie über seine Kriegserfahrungen von der Front. Einmal hatten mein Bruder und ich, beide voller Pfadfinderbegeisterung, vorgeschlagen, wir könnten doch in den Ferien zelten, die ganze Familie auf dem Campingplatz.

»Ich habe im Krieg Jahre im Zelt verbracht«, sagte er, das reiche ihm für den Rest seines Lebens.

Ich wusste wenig von ihm. Nach dem Schlaganfall hatte ich erstmals das Gefühl, ihm nahe zu sein, wenn ich mit ihm langsam spazieren ging und er seinen Rollator neben mir her schob. Er redete viel und ich verstand wenig davon und trotzdem fühlte ich mich mit ihm verbunden wie nie zuvor.

Ein halbes Jahr später starb er. Das Café neben der KGB Bar habe ich nie wieder entdecken können.

MICHAEL TILLMANN

Der Tod, der Cognac und die Flößerei

»Ihr Städter kennt ja nur eure Straßen,
ihr ahnt nicht, was der Fluss ist.«

»Auf dem Wasser«
Guy de Maupassant

»Wie kommst du alter Ruhrpottler denn jetzt ausgerechnet auf den Schwarzwald?«, fragte Gundula erstaunt. Fast wäre ihr das sonntagmorgendliche Toastbrot mit Mirabellenmarmelade vor Lachen aus der Hand gefallen.

»Das ist so ein Kindheitserinnerungsding. Viele Vertreter meiner Generation haben Kindheitserinnerungen an Reisen nach Italien und so. Ich bin aber bei meinen Großeltern aufgewachsen und die sind halt nicht nach Italien, sondern in das Simonswälder Tal oder an den Schluchsee gefahren«, antwortete Marcel, während er sein weichgekochtes Ei massakrierte.

»Also … ich weiß nicht. Ich würde lieber in den Süden fahren.«

»Der Schwarzwald liegt im Süden, Schatz. Und Freiburg hat im Jahr genau so viele Sonnenstunden wie Rom.«

»Mann, jetzt spiel hier nicht den Besserwisser! Das ist albern.«

»Nein, nein, aber Strandurlaub haben wir doch erst letztes Jahr gemacht. Sollten wir nicht einmal in die Wälder? Romantik statt Sonnenbrand, Baby!«

»Marcel, was soll denn an Zecken und Blasen an den Füßen romantisch sein? Und du willst dich doch sowieso nur mit Kirschwasser vollballern und lieber deutsch statt ausländisch essen. Ich kenne dich doch.«

»Das sind alles nur Vorurteile! Der Schwarzwald kann sehr romantisch sein. Du kannst dir ja beim Onkel Doktor eine Spritze gegen die möglichen Folgen eines Zeckenbisses geben lassen. Und deine Mauken kannst du in einem rauschenden Fluss kühlen.«

»Zugegeben, Flusswanderung hört sich schon besser an als Waldspaziergang.«

»Wir können ja einen Teil einer alten Flößerroute abwandern, Gundula.«

»Du meinst diese alte Art des Holztransportes?«

»Genau. Wenn du willst, können wir uns auch eine Flößer-Vorführung ansehen, falls gerade so ein Brauchtumsfest stattfindet. Obwohl ich nicht viel davon halte. Die kommen nicht gerade echt rüber. Auf den Bildern sieht man bei so Shows immer eine ganze »Kompanie« von Leuten auf den Flößen. Dabei wurden früher solche Transporte aus Kostengründen mit nur kleinster Mannschaft durchgeführt. Wusstest du, dass Amsterdam quasi auf Schwarzwälder Tannen steht?«

»Nein, interessant. Interessant, ja, aber romantisch?«

»Sehr wohl romantisch! Ich habe neulich in einer romantischen Anthologie mit Gespenstergeschichten aus dem Breisgau und dem Schwarzwald geschmökert. Eine der Erzählungen handelte auch von der Flößerei. Was würdest du davon halten, wenn ich sie dir bei einem Glas Wein nach dem Abendessen am Karmin vorlese?«

»Na, da bin ich ja mal wieder gespannt, was der Herr denn so unter Romantik versteht …«

*

Der rundliche Geistliche einer kleinen Schwarzwaldgemeinde der »guten, alten Zeit« schien ziemlich begeistert von dem hanseatischen Gebäckrezept zu sein. Jedenfalls langte er kräftig zu während seines ersten Besuches bei der aus erbschaftlichen Gründen zugezogenen Familie. Auch der Genuss des Friesentees kam dabei nicht zu kurz.

Schließlich aber ließ er ab von dem silbernen Teller mit dem Gebäck, stellte seine zierliche Teetasse hin und erging sich weiter in freundlichen Floskeln: »Sie tun gut daran, diese prächtige Holzfabrik nicht zu verkaufen, sondern zu übernehmen. Und ich bin mir sicher, Sie werden sich schnell einfinden. Wir sind hier keine Hinterwäldler, das kann ich Ihnen versichern. Haben Sie schon einige Leute aus der Gegend kennengelernt, abgesehen von Ihren Mitarbeitern?«

»Ja«, antwortete die Hamburgerin, bevor ihr Ehemann etwas sagen konnte, »aber das waren leider nicht immer alles …«

Sie brach ab und wurde rot. Ihr Gatte jedoch war weniger verlegen: »Los, los, Martha, erzähl dem liebenswürdigen Herrn Pfarrer ruhig, was euch gestern passiert ist! Auf Hamburger Straßen würde es so etwas nicht geben.«

Der Keksfreund, der doch noch einmal zugegriffen hatte, verschluckte sich fast an einem Krümel, ob dieser polternden Worte seines Gastgebers. Als er sich wieder gefangen hatte, fragte er: »Ihnen ist in meiner

Gemeinde etwas Unangenehmes passiert? Ich bitte Sie, erzählen Sie es mir! Ich muss es wissen! Bitte!«

»Nun ja, ganz so schlimm war es letztlich für mich als erwachsene Person auch nicht. Ich bin eine weit gereiste Frau, habe schon einiges gesehen und lasse mich eigentlich von ungewohnten Situation nicht so leicht verstören. Aber meine kleine Tochter hat sich schon sehr erschreckt. Sie konnte hinterher die ganze Nacht nicht schlafen, so unheimlich war ihr nach dieser Begegnung am Waldesrand zumute.

Mein Kind und ich machten gestern einen fröhlichen Spaziergang durch die nahen Wälder und veranstalteten ein kleines Picknick auf einem umgefallenen Baumstamm nah am Weg zum Fluss. Meiner Tochter gefällt es hier in der Natur sehr gut, fast hat sie schon ihre alten Schulfreunde vergessen, und sie interessiert sich auch für die Einheimischen. Wir sprachen daher lange über die Sitten und Bräuche des Schwarzwaldes. So lange, dass wir kaum merkten, wie die Abenddämmerung hereinbrach.

Beim Zusammenpacken kamen wir auch auf die traditionelle Tracht der hiesigen Frauen zu sprechen. Meine Tochter sagte, ihr wäre aufgefallen, dass es beim Fest am Wochenende zwei Arten dieser sogenannten Bollenhüte gegeben hätte: Hüte mit roten Bollen und Hüte mit schwarzen Bollen. Da habe ich ihr erklärt, dass die unverheirateten Frauen rote und die verheirateten Frauen schwarze Bollen trügen.

Kinder haben manchmal seltsame Ideen, daher fragte sie mich, ob es noch weitere Farben gäbe. Ich verneinte.

Just in diesem Moment trat ein etwas abgerissen aussehender, hemdsärmeliger und hutloser Mann mit langen Haaren unvermittelt aus dem Schatten der Tannen und fing an zu lachen: »Ha, rote und schwarze Bollen! Mehr gibt es nicht! Gibt es nicht? Gibt es nicht? Natürlich gibt es noch eine dritte Farbe: Grün! Grün tragen die Frauen, die tot sind. Schwarz, die Farbe des Todes, war ja schon besetzt, haha. Deshalb müssen die Leichen Grün tragen, hoho.

So wie meine Frau, wenn sie mich nachts durch den Wald jagt, um mich mit Vorwürfen zu quälen. Dann sehe ich im Schein meiner Laterne immer ihre grünen Bollen. Grün tragen die toten Weiber, haha. Denn Grün ist die Farbe der Verwesung. Grün! Grün! Grün! Wasser lebt nicht, aber es bewegt sich doch. Aber ich werde mich nicht in den Fluss stürzen. Mögen da grüne Bollen sein, so viel es will! Grün! Grün! Grün!«

Dann tanzte der Kerl herum wie ein Irrer, während wir starr vor Schreck auf dem Baumstamm saßen und mein Töchterlein sich an mich presste. Schließlich beruhigte sich der Mann, entschuldigte sich hastig für sein seltsames Benehmen und verschwand überstürzt in Richtung Fluss.«

Der Geistliche war sichtlich erschüttert: »Meine Dame, das tut mir sehr, sehr leid. Man hätte sie warnen sollen! Ach, wenn ich letzte Woche nicht so krank gewesen wäre – mein Magen, müssen sie wissen – hätte ich Sie schon früher besuchen und Sie dabei warnen können. Sie sind Peter Vogelweiß begegnet.«

»Ist dieser Peter Vogelweiß so etwas wie der Dorfdepp hier in der Gegend?«, fragte der Hausherr barsch.

»Nein, durchaus nicht. Gerade der Flößer Peter Vogelweiß war früher einer unserer aufgewecktesten Männer. Eine ganz traurige Geschichte. Peter Vogelweiß ist eine arme, gequälte Seele, aber absolut harmlos, tut keiner Fliege etwas. Dafür verbürge ich mich. Jedoch, seit dem Dahinscheiden seiner Frau ist er … nun … er ist … er ist etwas verwirrt. Er glaubt, dass ihr Geist ihn heimsucht. Redet viel Unheimliches über den Fluss, sein unaufhaltsames Fließen und die reinigende Kraft des Wassers. Und er hat sich in den Kopf gesetzt, dass tote Frauen grüne Bollen trügen. Keine Ahnung, wie er auf diese morbide Idee gekommen ist. Er lebt allein in einer Hütte im Wald. Sieht kaum einen Menschen. Sieht nur das Gespenst.«

»Oh, wie traurig!«, sprach die Dame und legte ihre Hand auf ihr viel zu romantisches Herz.

Ihr Mann fragte hingegen nüchtern: »Gibt es denn hier keine Ärzte, die dem kranken Mann helfen können? Sie sagten doch, man wäre hier nicht unter Hinterwäldlern.«

»Ich denke, kein Arzt der Welt könnte Peter Vogelweiß helfen. Doch ich will Ihnen seine Geschichte erzählen, damit sie ihn verstehen:

Die Flößerei ist nur etwas für verantwortungsvolle, das Risiko meidende, solide Männer. Deshalb stand schon in der ersten Flößerverordnung, dass nur verheiratete Mannspersonen diesen Beruf ausüben dürfen. Ledige neigen manchmal zu Weibergeschichten und zum Trunk, Verheirate tun in der Regel gewissenhaft und ohne Flausen im Kopf ihre Arbeit, um für ihre Familie das Geld zu verdienen – dachte man wohl.

Doch die Theorie hat einen Fehler. Es gibt ja Fälle, da haben die Ehemänner mehr Grund unruhig und unkonzentriert zu sein, als die jungen, ungestümen Burschen. Ich meine insbesondere dann, wenn solche Männer Väter werden. Und so war es auch bei Peter Vogelweiß. Die erfahrene Hebamme riet ihm, auf seine Floßtour zu verzichten, denn seine Frau sollte nur kurz nach dem für seine Heimkehr geplanten Termin ihr erstes Kind zur Welt bringen. Würde sich also auf dieser Fahrt etwas verschieben, könnte er nicht mehr rechtzeitig zur Geburt zu Hause sein. Bedauerlich, aber solches wäre natürlich noch keine Katastrophe. Die Frauen hier sind daran gewöhnt, auf sich selbst gestellt zu sein. Aber die Flößerei ist ein gefährlicher Beruf. Die felsigen Flüsse hier sind noch wild und ungebändigt. Sie scheinen uns auf die ursprüngliche, unverfälschte Kraft der Schöpfung hinzuweisen ...

Es gibt leider immer noch viele Unfälle. Oftmals sind es nur Knochenbrüche, manchmal aber auch Todesfälle. Deshalb meinte die Hebamme, eine Frau, die sich gut in der menschlichen Seele auskannte, der Peter solle diesmal nicht mitfahren, denn seine Frau sei von ängstlicher Natur und es wäre nicht gut, wenn die Erstgebärende solche Sorgen während ihrer Schwangerschaft hätte.

Aber wenn der Peter nicht gefahren wäre, so hätte er zu der Zeit nur auf den Feldern aushelfen können, so dass er viel weniger verdient hätte als mit der Flößerei. Der Peter hatte sich aber in den Dickkopf gesetzt, dass er als guter Ehemann und baldiger Vater auf den lukrativen Verdienst aus der Floßfahrt nicht verzichten könne. Alleine schon die Taufe würde viel Geld kosten. Also hörte er nicht auf die alte Hebamme. Er war guter Dinge, dass er pünktlich, gesund und mit vollen Taschen heimkehren würde. Nichts konnte Peter Vogelweiß davon abbringen. Auch ich nicht.

Das Eheweib wollte dem Gatten nicht widersprechen. Sie war eine brave Frau. Sie sagte, sie wäre mutig, würde sich keine Sorgen machen und wenn Peter denken würde, er müsse reisen, so sollte er das auch tun.

Ja, und Peter ist auch gesund zurückgekommen, sogar einige Tage früher als erwartet. Trotzdem hat die Reise letztlich drei Menschenleben gekostet. Das eine gehörte seinem Bruder, die anderen Frau und Kind.

Der Grund dafür war tragisch. Es hatte einen Unfall gegeben. Es gibt da eine Stelle im Fluss, wo dieser sich gabelt, um sich einige Kilometer später wieder zu vereinigen. Links dieser Gabelung kann man die Flösse ganz normal weitertreiben lassen. Rechts aber kommt man durch einen Strudel von der Strecke ab und einer großen Wassermühle zu nah.

Peter gestand mir später voller Verzweiflung, er habe vor dem Unfall gerade an seine Frau und sein ungeborenes Kind gedacht, als er sich vertan und wider besseren Wissens mit seiner Stange das Floss nach rechts statt nach links gelenkt habe. Als er seinen Fehler bemerkte, war es zu spät. Der Fluss verzeiht keinen Fehler. Die Natur kennt keine Gnade. Es gab kein Zurück. Er selbst konnte sich retten. Sein Bruder jedoch ist vom Floss gestürzt, mit dem Kopf unglücklich aufgeschlagen und so ohnmächtig in das … in das knarrende Rad der Mühle getrieben, welches Michael dann in zwei Stücke zerriss. Michael, so hieß Peters Bruder.

Es muss entsetzlich gewesen sein. Den Unterleib des jungen Mannes, der vom Strom erfasst wurde, fand man erst zwei Tage später flussabwärts.

Doch damit war das Unglück der Familie Vogelweiß noch nicht beendet. Zwar erhob niemand ob des Fehlers gegen Peter Anklage wegen Fahrlässigkeit, aber trotzdem sollte der Amtmann eine wichtige Rolle in der schmerzlichen Geschichte spielen.

Man sagte mir später, dieser Amtmann, der die Papiere über das Ableben von Michael Vogelweiß ausstellte, wäre eine bekannte Schnapsdrossel gewesen. Zugegeben, eine sehr vornehme Schnapsdrossel. Trank nicht das hiesige Kirschwasser, nein, trank feinen Cognac, aus Frankreich importiert. Aber es ist egal, was ein Mann trinkt: Eine armselige Schnapsdrossel sollte nicht als Amtmann arbeiten.

In der allgemeinen Unruhe nach dem tragischen, blutigen Unfall und seinem jämmerlich-angeheiterten Zustand vertauschte der unkorrekte Amtmann in den Dokumenten den Vornamen des Zeugen mit dem Namen des Verunglückten. Hätte er doch die Dokumente lieber noch einmal mit Ruhe und Bedacht gelesen, statt schnell zur Cognacflasche zurückzukehren!

Peter unterschrieb das Papier ungelesen. Er war mit den Gedanken woanders. Während er noch das Auffinden des Unterleibs und später dann die Überführung seines Bruders organisierte, waren die Papier schon unterwegs ins Heimatdorf. Sie erreichten mich per Eilboten und unterrichteten mich über den Unfall. Ja, und da stand schwarz auf lilienweiß, Peter Vogelweiß wäre tödlich verunglückt und als Zeuge war Michael Vogelweiß angegeben.

Diese Nachricht Peters Frau zu überbringen … nun … das … war der schwerste Gang meines Lebens, glauben Sie mir. Ich wäre lieber in die Hölle gegangen, um dem Teufel die *Frohe Botschaft* unseres Schöpfers zu bringen, als zu dieser bemitleidenswerten Frau, um ihr von dem amtlichen Schreiben zu berichten.

Was aber hätte ich tun sollen? Ich konnte es ihr doch nicht verheimlichen. Sie hatte ein Recht darauf, es unverzüglich zu erfahren. Gottes Wege sind uns nicht verständlich.

Wie hätte ich ahnen können, dass der Tod noch nicht gesättigt war? Ich hatte mit viel gerechnet, aber die Reaktion der Frau fiel noch viel schlimmer aus als erwartet. Die Schwangere geriet ob der Mitteilung völlig außer sich, verkrampfte sich, ja, bekam eine Frühgeburt … und …

Der Hof lag etwas abseits. Peters Eltern waren schon lange gestorben. Niemand da. Nur ein Bursche auf dem Feld rannte wie der Wind nach meinem Rufen hin zur Hebamme. Aber alles war umsonst. Mutter und Kind starben, noch bevor die Hebamme eintraf. Ob die Geburt, wenn sie zur rechten Zeit stattgefunden und die Mutter eine bessere Betreuung gehabt hätte, nicht tödlich verlaufen wäre, kann ich nicht sagen. Ich, der Pfarrer, war der einzige, der in der Stunde ihres Todes bei ihr war. Gerade ich, der Pfarrer, der ich den Körper des Weibes bis dahin gar nicht kannte, mit einer blutigen, kleinen, aber eindeutig männlichen Kinderleiche in den Händen …«

Die ehemalige Hamburgerin erbleichte und ließ ihre Teetasse zu Boden fallen.

Der sich in Fahrt geredete Geistliche begriff, dass er sich hatte gehen lassen, dass seine Erzählung unnötig drastisch gewesen war. Aber er hatte die ganze Geschichte so noch niemandem erzählt. Er schien selbst ganz verstört und begann unmännlich zu weinen: »Verzeihen Sie mir! Verzeihen Sie mir, dass ich mein lange verdrängtes Entsetzen so rücksichtslos vor Ihnen ausgebreitet habe! Verzeihen Sie mir bitte! Es hat mich übermannt. Ich …«

Er stand abrupt auf: »Es ist wohl besser, wenn ich jetzt gehe. Wie gesagt: Der Peter ist ganz harmlos.

Aber die Ereignisse haben uns damals alle ziemlich mitgenommen. Und was mich angeht … was unsere Unterhaltung heute angeht … es kommt noch hinzu, dass dies hier früher das Haus von Peter Vogelweiß war, bevor er es verkaufte und in die Hütte im Wald zog. Dort nebenan in der Küche ist es passiert. Dort starben Mutter und Kind. Deshalb mein Gefühlsausbruch. Diese Erinnerungen …«

Der vorher so schroffe Hausherr legte nun dem Pfarrer die Hand brüderlich auf die Schulter: »Es ist gut! Niemand verurteilt Sie wegen Ihres Gefühlsausbruchs. Niemand! Es ist gut zu wissen, wir haben keinen in himmlische Gefilde entrückten Mann Gottes hier, sondern einen warmherzigen Menschen aus Fleisch und Blut, der die Leiden dieser Welt kennt und ein großes Herz für seine Mitmenschen hat.«

»Danke!«, murmelte der so Gelobte. An der Eingangstür drehte er sich ein letztes Mal um: »Ich glaube nicht an Gespenster. Aber wenn Peter wirklich von seiner Frau heimgesucht werden würde, so tut diese Frau unrecht. Ja, Peter hat, weil er es gut meinte, einen Fehler gemacht, als er trotz der Umstände auf die Floßreise ging. Und er war an der Gabelung für einen Moment unkonzentriert. Aber richtig schuldig hat sich, nach meiner Meinung, der Amtmann gemacht, der wegen seiner Trunksucht einen wirklich vermeidbaren Fehler begangen hat. Hätte er sich nur fünf Minuten mehr Zeit genommen. Wir hatten eine Beschwerde eingereicht, doch ohne Folgen. Nie wurde er bestraft. Wenn es wirklich ein Gespenst geben würde, so müsste man diesem sagen, es solle lieber den Amtmann heimsuchen, anstatt den braven Peter.«

*

Es war unchristlich. Es war Aberglauben. Es war Sünde. Er machte sich schuldig. Aber in dieser Nacht, nachdem er die Geschichte erstmals vollständig erzählt hatte, schlich sich der weibische Pfarrer auf den Friedhof, kniete am Grab von Peter Vogelweißens Frau und schilderte der Toten unter Tränen und heftigen Hustenanfällen seine Sicht der Dinge.

Anschließend zog er die vom Amtmann falsch ausgestellten Papiere aus seiner Tasche: »Dein Peter hat Fehler gemacht. Aber du musst verzeihen können! Wir sind alle nur Menschen. Vergebe deinem Ehemann! Hier, unter diesem Dokument steht der Name des wahren Schuldigen. Man kann über Schuld viel streiten, bedenke das bitte, aber wenn du wirklich einen Schuldigen brauchst, wenn es wirklich sein muss, dann nimm diesen hier statt Peter!«

So dürfte er als Pfarrer nicht sprechen. Doch Gott schwebte über dem Wasser, aber nicht über des Seelenhirten Herz. Der Pfarrer grub mit bloßen Händen ein Loch in das Grab, warf das verhängnisvolle Papier hinein und weinte erneut.

Doch er weinte nicht alleine. An der bröckeligen Mauer des Totenackers stand mit wirren Haaren und freiem Oberkörper … Peter Vogelweiß.

*

Einige Wochen später, zu der Zeit im Jahr, als sich das Drama der Familie Vogelweiß jährte, konnte man in der Zeitung etwas über einen gewissen Amtmann lesen, der aus der Gegend stammte, wo der Fluss sich teilt.

Dem Wahnsinn und Gespensterglauben verfallen, habe er viel von Babygeschrei und der reinigenden Kraft des Wassers gesprochen. Schließlich hatte der Amtmann Selbstmord begangen, indem er sich in die Fluten vor der Wassermühle warf, wo schon Jahre früher ein junger Flößer verunglückt war. Seltsam nur, dass im Mund des Amtmannes ein grüner Bollen steckte. Niemand stellt grüne Bollen her. Jedenfalls ist niemand bekannt. Wer sollte auch ein Interesse daran haben, solche Bollen herzustellen?

*

Peter Vogelweiß jedoch kam nachfolgend immer öfter aus dem Wald zurück ins Dorf. Er wirkte nicht mehr so gehetzt. Ließ sich die Haare schneiden. Kaufte sich neue Kleidung und einen Hut. Ging sogar wieder in die Kirche. Schließlich fragte er die Holzfäller um Arbeit.

Bald schien nichts mehr von seinem Wahn spürbar. Niemals sprach er über Gespenster. Auch über den Fluss philosophierte er nur noch selten. Schließlich wurde er fest in dem Holzwerk eingestellt, welches der Hamburgstämmige geerbt hatte. Peter Vogelweiß wurde wieder ein geachtetes Mitglied der Gesellschaft. Laut und ungehalten wurde Peter nur, wenn er betrunkene Leute erblickte.

Zwei Jahre später durfte der Pfarrer sogar einen neuen Ehebund zwischen Peter Vogelweiß und einer Frau aus dem Nachbardorf schließen. Das Paar bekam drei Töchter. Peter meinte, dies wäre gut, denn hätte er Söhne gekommen, so hätte er ihnen wahrscheinlich verbieten müssen, Flößer zu werden.

*

»Und, Gundula, fahren wir auf einen romantischen Urlaub in den Schwarzwald?«

»Watt denn, da soll' ich hin, wo so Sachen passieren?«

SONJA PÖHLITZ

Charlotte

Es ist nun beinahe zwanzig Jahre her, dass ich von den merkwürdigen Ereignissen in der Klinik oben in Titisee-Neustadt erfuhr. Ich wohnte damals in Freiburg, in einer Zweier-WG zusammen mit einer anderen jungen Frau: Charlotte. Sie war klein und mager und tat alles, damit sich das nicht änderte. Durch genaues Kalorienzählen schaffte sie es, ihrem Körper keine Kalorie zu viel zuzuführen, aber auch keine zu wenig. Genau so viele, dass sie das mehr oder weniger normale Leben einer Medizinstudentin führen konnte. Charlotte war ein fröhlicher Mensch, sie lachte gern und konnte selbst schwierigen Situationen etwas Gutes abgewinnen. Dennoch war alles Äußere an ihr schwarz, ihr Haar, ihre Kleidung, auch die Einrichtung ihres Zimmers. Letzteres wussten nur wenige. Sie war nicht der Typ, der andere einlud und ihnen ihr Zimmer zeigte. Selbst bei mir, ihrer Mitbewohnerin, brauchte es Monate, bis sie genügend Vertrauen aufgebaut hatte, um mich hineinzulassen.

Der Hut fiel mir auf, sobald ich das Zimmer betrat, so fehl am Platz, so zart und mädchenhaft wirkte seine weiße Seide hoch oben auf dem schwarzen Metallregal. Ich bin mir sicher, dass Charlotte die Irritation in meinem Blick bemerkte. Trotzdem dauerte es noch einmal ein paar Wochen, bis sie mir ungefragt während unseres gemeinsamen Mittagessens von den merkwürdigen Umständen erzählte, unter denen sie zur Besitzerin des Hutes geworden war.

Mit fünfzehn Jahren war Charlotte an Magersucht erkrankt, so stark, dass sie sich innerhalb eines Jahres auf sechsunddreißig Kilo heruntergehungert hatte. Erst als eine andere Schülerin ihrer Schule an der gleichen Erkrankung starb, erkannte Charlotte, dass sie Hilfe brauchte. Ihr Hausarzt empfahl ihr eine kleine private Klinik für Kinder- und Jugendpsychiatrie in Titisee-Neustadt.

Es war eine stürmische Novembernacht, in der es geschah. Charlotte war die einzige Jugendliche, die an diesem Wochenende in der Klinik bleiben musste, weil ihr Gewicht zu niedrig war. Wach lag sie im Bett, starrte in die Dunkelheit. Es fiel ihr häufig schwer einzuschlafen, die Sehnsucht nach dem eigenen Tod trieb ihr düstere Gedanken in den Kopf. Aber in dieser Nacht waren es weniger ihre Gedanken als die Geräusche, die ihr den Schlaf raubten. Der Novemberwind wütete um das Haus, zerrte an den hohen Fichten hinter dem Fenster, fuhr durch die Ritzen der alten Fensterrahmen, sodass Charlotte tief unter die Decke kroch und trotzdem fror. Sie lauschte. Im Inneren des Hauses war es still. Selbst die Nachtwache schien schlafen gegangen zu sein. In der Ferne hörte sie die Kirchturmuhr. Sie zählte die Schläge, zehn, elf, zwölf.

Mitternacht.

Geisterstunde, dachte sie und zwang sich zu einem Lächeln. Sie war inzwischen zu alt, um an solchen Unsinn zu glauben. Und trotzdem. Sie zog die Decke über die Augen.

Im ersten Moment fühlte es sich an, als lande ein kleiner Vogel auf ihrem rechten Schienbein. Dann spürte sie das Gewicht eines Körpers auf ihren Beinen. Charlotte fuhr auf, erblickte in der Dunkelheit die schimmernden Umrisse eines Mädchens und begann zu schreien. Sie schrie, bis der Druck auf ihrem Bein nachließ, bis die Lichtgestalt über ihrem Bett verschwand, bis die Nachtwache die Tür aufriss und Licht machte. Die Frau setzte sich zu ihr ans Bett, versuchte sie zu trösten, doch das genügte nicht, um Charlotte auch nur halbwegs zu beruhigen. Sie wusste, was sie gesehen hatte war kein Traum, keine Einbildung. Sie wollte und konnte nicht mehr allein sein in dieser Nacht. Und so gab die Nachtwache ihr ein paar bittere Tropfen zum Schlafen und blieb so lange an ihrem Bett sitzen, bis die Müdigkeit Charlotte endlich in den Schlaf half.

»Du spinnst«, sagte ihre Zimmergefährtin Lucy, als Charlotte ihr am nächsten Abend alles erzählte. »Aber ist ja normal, dafür sind wir ja in der Klapse.« Sie trug bei diesen Worten ein komplizenhaftes Grinsen auf ihren Lippen, sodass es Charlotte gleich besser ging. »Trotzdem sollten wir zur Sicherheit heute Nacht wach bleiben, damit wir wissen, dass du nur geträumt hast. Und wenn nicht –«, Lucy grinste noch breiter. »Ich wollte schon lange mal einen Geist sehen.«

Also blieben sie wach. Lucy kroch zu Charlotte unter die Bettdecke und nahm ihre Hand. Ihr Griff war so fest, dass Charlotte die Angst verlor. Ihr würde nichts geschehen, solange Lucy bei ihr war, Lucy, die vor nichts in der Welt Angst zu haben schien.

Auch in dieser Nacht wütete der Sturm über dem Gelände der Klinik. Doch da Lucy jedes Mal kicherte, wenn einer der Äste an die Fensterscheibe schlug, kamen Charlotte ihre Erinnerungen an die letzte Nacht bald albern vor. Es gelang ihr sogar mitzulachen. Erst als ihr Wecker anzeigte, dass nun die letzte halbe Stunde vor Mitternacht anbrach, ergriff die Angst langsam wieder Besitz von ihr. Auch Lucy kicherte nun nicht mehr. Kurz vor Mitternacht setzten sie sich auf, die Rücken gegen die kalte Wand, die Finger aneinandergeklammert. So warteten sie stumm auf das Schlagen der Kirchturmuhr.

Der zwölfte Schlag war noch nicht verhallt, als die Luft über Charlottes Füßen zu flimmern begann, immer dichter wurde und menschliche Konturen annahm. Kurz war sie wieder versucht zu schreien, doch da Lucy neben ihr ruhig blieb, vollkommen unbeeindruckt von der unheimlichen Erscheinung, löste sich auch Charlottes Anspannung.

»Das ist sie«, flüsterte sie so leise sie konnte, als sich das Geistermädchen ein zweites Mal auf ihrem Bett niederließ und sie mit großen, traurigen Augen ansah. Es trug ein rosaseidenes Kleid mit weißem Band um die Hüfte und einen weißen Hut dazu, unter dem blonde Locken hervorschauten.

»Wer?«, fragte Lucy laut, als ob sie nicht die geringste Ahnung hätte, wovon Charlotte sprach.

Das kleine Mädchen erschrak und löste sich bis zur Brust in flimmernde Luft auf. Es schaute Lucy dabei mit solch ängstlich geweiteten Augen an, dass Charlotte ihre eigene Angst augenblicklich verlor. Das Mädchen vor ihr war zwar ein Geist, aber nur ein kleiner, höchstens acht Jahre alt. Und es war genauso furchtsam, wie andere Kinder in diesem Alter.

»Bleib doch«, sagte sie zu dem Mädchen, »du brauchst keine Angst zu haben.« Die Kleine schien ihr zu vertrauen, denn sie nahm wieder ihre ganze Gestalt an.

»Aber ich geh doch gar nicht«, sagte Lucy und blickte Charlotte dabei misstrauisch von der Seite an.

»Nicht du«, sagte Charlotte. »Ich hab das Mädchen gemeint.«

»Welches Mädchen?«

In diesem Moment begriff Charlotte, dass Lucy die Erscheinung nicht sehen konnte.

»Meine Freundin sieht dich nicht«, sagte sie zu dem Geisterkind, »kannst du irgendetwas tun, damit sie merkt, dass du da bist?«

Für einen Moment rührte sich die Kleine nicht. Dann erschien ein schüchternes Lächeln auf ihrem Gesicht. Sie hob die Arme, griff nach ihrem Hut und legte ihn vorsichtig auf die Bettdecke.

In dem Moment, in dem sie die Finger zurückzog, begann Lucy zu schreien. Noch ehe Charlotte reagieren und ihrer Freundin die Hand auf den Mund legen konnte, löste das Mädchen sich auf, während zeitgleich die Tür aufgerissen wurde. Die Nachtwache preschte ins Zimmer und hielt ihnen eine Predigt zum Thema Nachtruhe und dem Verbot körperlicher Nähe.

Als Charlotte und Lucy am nächsten Morgen über die Vorfälle redeten, hatte Lucy nichts als ein entnervtes Augenrollen für diese Ermahnungen übrig. Dagegen überschüttete sie sich selbst mit Vorwürfen, weil sie mit ihrem Schreien das Geistermädchen vertrieben hatte. Charlotte versuchte mehrfach, sie zu beschwichtigen, doch ohne Erfolg. Erst als der Tag um war und es wieder dunkel wurde, beruhigte Lucy sich langsam und begann Pläne zu schmieden.

»Auf keinen Fall darf eine von uns noch einmal schreien«, sagte sie und fuhr dabei mit den Fingern über die feine weiße Seide des Hutes. »Wenn die Nachtwache uns noch einmal zusammen in deinem Bett erwischt, dann schmeißen die uns hier raus.« Sie stockte. »Aus Frankfurt«, sagte sie mit einem Mal und hob den Hut dichter an ihre Augen. »Verdammt, weißt du, was für ein Jahr hier steht? 1936!«

Charlotte war nicht halb so überrascht wie Lucy. Schließlich hatte sie das Geistermädchen ja mit eigenen Augen gesehen. Auch ohne viel Kenntnis von der Kleidung vergangener Zeiten, war ihr klar, dass Kleid und Hut der Kleinen nicht der aktuellen Mode entsprachen.

Diesmal wartete jede in ihrem eigenen Bett. Charlotte hatte den Wecker auf zehn Minuten vor Mitternacht gestellt, was eigentlich unnötig war, da sie bis dahin doch nicht schlafen konnte. Lucy dagegen war gleich nach dem Löschen des Lichts eingedöst. Kurz vor zwölf weckte Charlotte sie. Stumm warteten sie auf das Schlagen der Kirchturmuhr.

Als das Mädchen diesmal erschien, freute sich Charlotte fast ein wenig. »Hallo«, flüsterte sie, was auch das Zeichen für Lucy war, dass das Geistermädchen aufgetaucht war.

Der Mund des Mädchens zog sich zu einem Lächeln, ohne dass die Traurigkeit aus seinen Augen verschwand. Erst jetzt, da es seinen Hut nicht mehr trug, bemerkte Charlotte, dass der obere Teil des Kopfes kreisrund rasiert war, so wie bei Mönchen aus früheren Zeiten.

»Ich bin Charlotte«, sagte Charlotte. »Und wie heißt du?« Sie hatten sich am Abend einige Fragen überlegt, die sie dem Geistermädchen stellen wollten.

Das Mädchen antwortete nicht. Stattdessen zeigte es mit dem Zeigefinger von Charlotte auf sich und wieder zurück auf Charlotte.

»Antwortet sie?«, fragte Lucy leise.

»Nein, sie zeigt mit dem Finger von mir zu sich. Keine Ahnung, was sie damit sagen will.«

»Vielleicht heißt sie auch Charlotte. Frag sie!«

Charlotte brauchte nicht zu fragen, denn kaum hatte Lucy ihre Idee formuliert, da begann die Kleine über das ganze Gesicht zu strahlen und mit dem Kopf zu nicken.

»Du hast recht«, sagte Charlotte, »der Geist heißt wie ich.«

»Darum kannst nur du sie sehen«, flüsterte Lucy so selbstverständlich, als wäre die Begegnung mit gleichnamigen Geistern an der Tagesordnung. »Los, frag weiter!«

»Warum bist du gekommen? Was willst du von mir?«

Einen Moment lang sah das kleine Mädchen sie an, als ringe es mit einer Entscheidung. Dann legte es die Handflächen an seine Schläfen und hob langsam seine Schädeldecke in die Höhe, den Teil, der rasiert war.

Charlotte vergaß vor Schreck, zu atmen. Das Mädchen schien es nicht zu bemerken. Es nahm die Schädeldecke in seinen Schoß und senkte den Kopf, sodass Charlotte direkt hineinschauen konnte. Im Inneren war – nichts. Eine knöcherne Schale, so beklemmend leer, dass Charlotte Tränen in die Augen stiegen.

Bevor sie aufschreien konnte, war Lucy von der anderen Seite des Zimmers zu ihr geeilt und drückte ihr fest die Hand auf den Mund.

»Bleib ruhig!«, zischte sie. »Beschreib mir lieber, was passiert.«

Doch es gab nichts mehr zu beschreiben. Lucys Herbeistürmen hatte dazu geführt, dass das Geistermädchen im gleichen Moment in die Dunkelheit entschwunden war.

Sie redeten die ganze Nacht hindurch, immer mit einem Ohr in Richtung Tür, um die Nachtwache frühzeitig zu hören. Doch sie blieben ungestört. Am nächsten Morgen stand ihr Plan fest: Sie würden den Tag nutzen, um Erkundungen zur Vergangenheit dieser unheimlichen Klinik anzustellen, in der Geister ohne Gehirn herumspukten.

Es war später Nachmittag, als sie nach Schule, Gesprächstherapie, Musik- und Ergotherapie wieder aufeinandertrafen. Charlotte hatte nichts erreicht, sie hatte sich nicht einmal getraut, jemanden zu fragen. Aber Lucy trug dieses Glitzern in ihren Augen, das Charlotte nur zu gut kannte. Es hieß so viel wie *Volltreffer*.

Lucy hatte auf jene verblüffende Weise, mit der sie die Menschen ihrer Umgebung manipulieren konnte, ihren Therapeuten, einen alten Arzt, der schon sehr lange in der Klinik tätig war, dazu gebracht, ihre Fragen zu beantworten.

Von 1937 bis 1964 hatte sich in den Räumlichkeiten der heutigen Klinik ein Hirnforschungsinstitut befunden. Geleitet wurde es von einem gewissen Oskar Vogt, der für seine zukunftsweisenden Forschungsergebnisse berühmt war. Sogar das Gehirn Lenins sei ihm für Untersuchungen anvertraut worden.

»Und was fehlt unserem Geist?«, fragte Lucy triumphierend. »Das Gehirn! Wahrscheinlich finden wir's im Keller.«

»Wieso gerade dort?«, fragte Charlotte. Der Gedanke, die Kellerräume betreten zu müssen, verursachte ihr ein mulmiges Gefühl in der Magengegend.

»Na, wenn der Geist nicht eine Chance wittern würde, dass wir ihm das Ding herbeischaffen können, dann hätte er sich die Mühe mit seinem Auftauchen ja sparen können. Und da hier im Haus nichts mehr wie damals ist, bleiben nur Dachboden und Keller. Oben ist alles leer, sagt der Hausmeister. Also der Keller. Allerdings kommt man da nicht so einfach rein. Als sie bei Gründung der Psychiatrie die Aufzugsschächte eingebaut haben, sind die Zugänge dort unten zugemauert worden.«

»Also können wir nichts tun?« Charlotte war sich nicht sicher, ob sie enttäuscht oder erleichtert darüber sein sollte. Allein die Vorstellung, dort das Gehirn der Kleinen zu finden!

»Natürlich können wir.« Mit lautem *Tataaa* zog Lucy einen Vierkantschlüssel aus ihrer Jeans und hielt ihn Charlotte vors Gesicht. »Der Schlüssel zum Aufzugsschacht!«

»Wie um alles in der Welt bist du an den gekommen?«

»Geklaut«, antwortete Lucy mit erschreckender Selbstverständlichkeit.

Sie entschieden, bis zum Wochenende zu warten, an dem nur einzelne Jugendliche im Haus waren, mit nicht mehr als vier Betreuern. Kein Hausmeister, keine Reinigungsfrauen, niemand, dem sie auffallen würden. Charlotte musste wegen ihres niedrigen Gewichts sowieso bleiben und Lucy simulierte mit viel Dramatik eine Angstattacke. Dass die Betreuer darauf hereinfielen, war trotzdem ein kleines Wunder. Lucy und Angst!

Sie nutzten die morgendliche Stunde, um in den Fahrstuhl zu schlüpfen und von ihrer Station in der vierten Etage in die erste zu fahren. Dort ließen sie die Aufzugtür einen Spaltbreit offen, sodass der Fahrstuhl sich nicht wieder in Bewegung setzen konnte. Dann liefen sie ins Erdgeschoss, wo im Eingangsbereich vier Stufen noch tiefer hinabführten, zu einer metallenen Tür, die den Aufzugsschacht verschloss.

Während Lucy Wache hielt, steckte Charlotte mit zitternden Fingern den Vierkantschlüssel in das dafür vorgesehene Schloss, drehte ihn und öffnete die Tür. Es war stockdunkel. Sie konnte nichts weiter erkennen als die faustdicken Kabel, die den Fahrstuhl mit Strom versorgten.

»Die Taschenlampe!«, zischte Lucy hinter ihr.

»Da ist nichts«, flüsterte Charlotte, während sie die Wände ableuchtete.

»Bist du blind? Guck doch mal auf den Boden!« Lucy riss ihr die Lampe aus der Hand, drängte die Freundin zur Seite und stieg geradewegs in den Schacht.

»Mein Gott, Lucy, wenn der Aufzug …«

»Hör auf zu plärren«, unterbrach Lucy, »komm endlich rein und mach die Tür zu.«

Charlotte wagte nicht, zu widersprechen. Sie kletterte hinter Lucy in den Schacht, gerade in dem Augenblick, als ihre Freundin sich am Handgriff einer Art Falltür am Boden zu schaffen machte. Mit ihrem ganzen Körpergewicht stemmte sie sich nach hinten, bis die Tür sich unter Knarren öffnete.

»Scheiß rostig«, sagte Lucy nur, und schon hing sie mit dem Oberkörper bis zur Hüfte in der Luke. Als sie sich wieder hochzog, lag auf ihrem Gesicht ein triumphierendes Grinsen. »Wie ich gesagt hab. Da unten sind die Kellerräume. Ist nicht tief. Schätze, die mussten alle die Köpfe einziehen, wenn sie da drin was gemacht haben.«

Lucy setzte sich an die Luke, ließ ihre Beine hinabhängen und drückte sich ab. Ihre Landung drang dumpf an Charlottes Ohr.

»Komm schon! Oder hast du Angst, dass du dir deine dürren Knochen brichst?«

Charlottes Herz hämmerte, als habe sie gerade einen Hundertmeterlauf hinter sich. Trotzdem ließ sie sich hinter Lucy in das Loch gleiten.

Der Raum, in dem sie landete, war so niedrig, dass sie die Decke an ihrem Haar spürte. Lucy musste sogar den Kopf neigen, um stehen zu können. Wie in einer Grabkammer, dachte Charlotte und war zum ersten Mal in ihrem Leben froh, klein zu sein. Sie atmete gegen ihre Angst an. Doch die Luft war stickig, es drang kaum Sauerstoff in ihre Lunge. Ihr Hals wurde eng.

»Lass uns gehen«, sagte sie. »Das bringt doch nichts.«

»Spinnst du? Wo wir schon so weit sind? Da!«

Der Strahl von Lucys Taschenlampe ließ an einer der kahlen Wände eine Tür auftauchen. Lucy lief hin und ruckelte an der Klinke.

»Verdammt, sie ist verschlossen.«

»Schau mal nach oben«, sagte Charlotte, froh, endlich auch von Nutzen sein zu können, »da ist ein Riegel.«

Er war nicht weniger rostig als die Falltür. Mit den Worten: »Hab ich für Notfälle eingepackt«, zog Lucy einen Schraubenzieher aus der Tasche, presste ihn unter den Riegel und hebelte ihn heraus. Die Tür ließ sich nun problemlos öffnen.

Der Raum, den sie betraten, war deutlich höher und größer als der erste. Er war bestückt mit langen Regalreihen, die so weit reichten wie der Lichtkegel der Taschenlampe.

Charlotte griff nach Lucys Hand, die zu ihrer Verwunderung genauso kalt und schweißnass war wie ihre eigene. Zusammen traten sie an das vorderste Regal.

Dicht an dicht, Reihe für Reihe füllten Gläser die Regalbretter, jedes fein säuberlich mit einem vergilbten Etikett versehen, das mit Druckbuchstaben beschriftet war. Lucy drückte Charlotte die Taschenlampe in die Hand, griff nach einem der Gläser und entstaubte es mit ihrem T-Shirt.

»Hans-Friedrich Meister«, las sie, »geboren 1902, gestorben 1943. Leuchte mal richtig!« Sie hielt Charlotte das Glas vor die Augen.

Charlotte trat einen Schritt zurück, noch bevor sie den Inhalt des Glases erkennen konnte. Doch der grimmige Ausdruck in Lucys Gesicht ließ keinen Widerstand zu. Also kam sie wieder näher, die Taschenlampe auf das Glas gerichtet.

In Form und Farbe erinnerte das Ding in dem Glas an einen verblichenen Schwamm, nur dass es sich in der Mitte teilte und somit aus zwei aneinanderliegenden Hälften bestand. Charlotte wurde übel. Sie griff nach einem der Regalbretter, um sich zu halten.

»Reiß dich zusammen!«, fauchte Lucy, stützte sie aber gleichzeitig mit ihrem Arm, »schließlich hast du so was selbst im Kopf. Los, wir müssen Charlottes Glas finden.«

Langsam liefen sie die Regalreihen entlang und untersuchten die Etiketten. Bald erkannten sie ein System. Die Gläser waren nach dem Geschlecht und dem Alter der verstorbenen Person sortiert. Die meisten

Gehirne gehörten Männern zwischen zwanzig und vierzig Jahren. Soldaten, mutmaßte Lucy, die in den vierziger Jahren gestorben waren.

Erst nachdem sie alle großen Regale durchgesehen hatten, fanden sie in einem kleinen Regal am hinteren Ende des Raums die Gläser von Kindern.

»Das könnte es sein«, sagte Charlotte nach einer Weile und kniete sich zu einem Glas hinunter, das auf dem untersten Brett stand. Das Gehirn gehörte einer Charlotte, die von 1933 bis 1941 gelebt hatte. Sie war nur acht Jahre alt geworden.

Es war merkwürdig, ihren eigenen Namen auf einem der Gläser zu sehen. Für einen Moment sträubte sich alles in Charlotte, danach zu greifen. Dann bezwang sie ihre Beklemmung und nahm es an sich.

Ihr roter Ball sieht so schön aus, vor dem Blau des Himmels. Aber sie hat ihn zu schräg geworfen. Er wird kurz vor dem Apfelbaum landen. Sie wird es trotzdem schaffen, ihn zu fangen, sie, Charlotte, das jüngste Mädchen der dritten Klasse, aber das schnellste. Sie rennt ihm entgegen, nur noch wenige Meter, jetzt! Sie zieht die Zipfel ihres Kleides hoch, der Ball fällt genau hinein in die weiße Seide. Mama wird schimpfen, das gute Sonntagskleid, aber Mama schaut ja gerade nicht, unterhält sich mit der Frau von nebenan. Papa wäre stolz auf sie. Aber Papa ist nicht da, er ist im Krieg. Gestern erst hat der Postbote eine Feldpostkarte von ihm gebracht.

Die Kopfschmerzen. Ganz plötzlich sind sie wieder da, genauso schlimm wie letzten Sommer, als sie mit der Stirn gegen den Pfosten im Stall gestoßen ist. Aber jetzt ist sie nirgendwo dagegen gestoßen. Genauso wenig wie gestern. Da hat sie auch Kopfschmerzen gehabt und vorgestern, die ganze Woche schon. Übel wird ihr auch noch, vielleicht muss sie brechen. Mama?

Das Gesicht kennt sie. Dr. Schneider. Er steht an ihrem Bett und noch ein junger Arzt im weißen Kittel. Den kennt sie nicht. Mama sitzt am Fußende. Warum weint sie? Es ist so anstrengend, die Augen offen zu halten. Das Licht, die Geräusche, alles so anstrengend.

Tut mir leid, hört sie den Doktor sagen, da kann man nichts machen. Nein, nicht mehr lange.

Dann wird alles um sie dunkel. Als sie wieder sehen kann, sind die Schmerzen weg. Sie fühlt sich hell und leicht und fröhlich. Aber Mama weint noch immer. Dr. Schneider ist jetzt nicht mehr da, nur noch der junge Arzt. »Ihrer Tochter können Sie nicht mehr helfen«, sagt er, »aber anderen Kindern vielleicht.« Mama schluchzt laut. Aber sie, Charlotte, kann ihr nicht helfen, ihr Körper gehorcht ihr nicht mehr.

Ein anderer Raum, andere Ärzte. Warum rasieren sie ihr den Kopf? Ihr schönes Haar! Einer hält jetzt ein Messer in der Hand, drückt es oben gegen ihre Stirn. Was machen die Männer mit ihr? Sie will weg von hier, zurück zu Mama und Papa!

»Hey«, sagte Lucy und legte ihren Arm um Charlottes Schultern.

Charlotte sah zu ihrer Freundin auf. Für einen Moment war sie fort gewesen aus dem dunklen Kellerraum, war in einer anderen Zeit, in einem anderen Körper. Erst jetzt, da Lucy sie zurück in den Keller und ins Heute geholt hatte, merkte sie, dass sie weinte.

»Lass uns gehen«, sagte Lucy. Sie zog Charlotte an der Hand durch den Keller, durch die Tür und zurück in die Grabkammer, in den Aufzugsschacht. Charlotte drückte das Glas fest an ihre Brust. Sie durfte es nicht fallen lassen, auf keinen Fall durfte sie es fallen lassen! Nebeneinander rannten sie die Treppe hinauf in ihr Zimmer, nahmen immer zwei Stufen auf einmal. Erst als Charlotte das Glas in ihrem Schließfach versteckt hatte, für niemanden sichtbar, kam sie zur Ruhe.

Pünktlich um Mitternacht erschien das Geistermädchen auf Charlottes Bett. In ihrem Blick leuchtete Hoffnung, als sie das Glas in Charlottes Händen sah. Sie setzte die Hände an ihre Schläfen, nahm die Schädeldecke ab und legte sie sich in den Schoß. Diesmal war Charlotte vorbereitet auf den Anblick. Sie hielt dem Mädchen das Glas entgegen. Doch der kleine Geist sah sie nur an und schüttelte den Kopf.

»Was macht sie?«, fragte Lucy in die Dunkelheit.

»Sie nimmt das Glas nicht«, sagte Charlotte.

»Glaubst du, es ist nicht ihres?«

»Ich weiß, dass es ihr gehört.«

»Dann kann sie es vielleicht nicht öffnen. Du musst es tun.«

»Ich? Das kann ich nicht …«

Aber Charlotte wusste, dass Lucy recht hatte. Kaum hatte sie es ausgesprochen, da glitt über das Gesicht des Kindes ein erneutes Leuchten, dann ein Kopfnicken.

Der metallene Hebel war leicht zu öffnen. Doch das Gummi war porös und klebte fest am Deckel. Es dauerte eine Weile, bis sie mit Hilfe ihres Lineals den Deckel aufstemmen konnte. Ein ekelerregender Geruch nach Alkohol und Verwesung traf ihre Nase, sodass sie auf der Stelle würgen musste. Sie hielt die Luft an, nahm all ihren Mut zusammen und griff in das Glas. Das Gehirn fühlte sich weich und glitschig an und rutschte zweimal aus Charlottes Hand, bevor sie es endlich festhalten konnte. Mit Hilfe ihrer anderen Hand zog sie es aus dem Glas. Erst jetzt sah sie, dass im hinteren Bereich ein dunkles Geschwulst saß, so groß wie eine Walnuss. Sie hielt dem kleinen Geist das Hirn entgegen. Das Mädchen öffnete seine Hände und Charlotte ließ es hineingleiten. Kaum kam es mit den Fingern des Mädchens in Berührung, nahm es eine blassrosa Farbe an. Die kleine Charlotte begann zu strahlen. Sie legte das Hirn zurück in ihren Kopf und schloss die Schädeldecke.

Als das Geistermädchen vor ihren Augen zu Licht wurde und für immer verschwand, begann Charlotte zu weinen. Viel zu früh und gegen ihren Willen war die Kleine aus dem Leben gerissen worden.

Und sie selbst? Sie lebte und tat doch alles, um ihrem eigenen Leben zu entfliehen.

Die Erinnerung an den kleinen Geist trug Charlotte in den kommenden Jahren durch alle schwierigen Zeiten. Sie gab ihr die Kraft, endlich zu essen und zuzunehmen, das Leben zu führen, in dem ich sie Jahre später kennenlernte.

Den Hut des Mädchens hielt sie, solange ich sie kannte, in Ehren.

Ursula Schmid-Spreer

Nur ein Fetzen Papier

Wenn sich Patrizia im Schwarzwald aufhielt, war sie glücklich. Es zog sie auch immer wieder hierher. Obwohl die Erinnerungen mehr als schmerzlich waren.

Nur drei Monate, eine Woche und zwei Tage waren ihnen vergönnt gewesen. Still und sehr heimlich hatten sie damals geheiratet und sich selbst ein Hochzeitsgeschenk gemacht. Eine Wanderung durch den Schwarzwald. Nur sie beide, laufen, die Gedanken fließen lassen und sich bei der Rast gegenseitig geheimnisvolle Geschichten erzählen. Das war es, das wollten sie beide.

Ihr Weg sollte sie in nord-südliche Richtung führen. Hier gab es unzählige Wege und Pfade durch eine Landschaft mit außergewöhnlicher Vielfalt. Das Wetter hatte es gut gemeint mit ihnen; es war sonnig und angenehm warm.

»Hast du nicht auch das Gefühl«, fragte Bernd, »dass wir durch einen verwunschenen Wald laufen?«

»Du bist ein hoffnungsloser Romantiker«, antwortete sie.

Ihr kam es vor, als wäre es erst gestern gewesen. »Jetzt fehlt nur noch, dass wir an einem einsamen Häuschen hier mitten im Wald vorbeikommen.«

»Pass lieber auf, dass du keine Pflanzen am Wegesrand zertrittst.«

Jeden Abend sahen sie sich die Fotos ihrer Wanderung an. Erfreuten sich an Tautropfen, die sich in einem Spinnennetz verfangen hatten, an einer Baumrinde, die an das runzelige Gesicht eines alten Mannes erinnerte oder an einem Sonnenstrahl, der eine Wiese zum Leuchten brachte. Bernd gelangen damals einzigartige Fotos. Er hatte ein Händchen dafür.

Und jetzt ging Patrizia all diese verwunschenen Wege alleine. Sie brauchte keine Gesellschaft, suchte keine Gesellschaft. Wollte mit sich, ihren Gedanken und dem Fotoapparat alleine sein.

Auf der Suche nach *dem* mystischen Fotomotiv hatte Bernd den Stein übersehen, war gestolpert und unglücklich gefallen. Ihr Schrei *Vorsicht!* war zu spät erklungen. Das Bild der grandiosen Aussicht über die Schwarzwaldlandschaft zerfloss in ihren Tränen. Sie sah nicht mehr die scharf gezackte Alpenkette, sie hörte das Käuzchen nicht mehr. Die Stille, die nach dem Sturz eintrat, war zu laut für ihre Ohren. Die nachfolgenden Tage erlebte sie wie in einem Vakuum. Sie wusste nur eines: Sie musste wieder zurück in diesen Wald, immer wieder. Er blieb ein Rückzugsort für sie, der ihr trotz allem Kraft verlieh.

Patrizia war im Sternwald unterwegs. Die Kamera hing an einem Lederband um ihren Hals. Vorsichtig setzte sie einen Fuß vor den anderen. Sie erinnerte sich an Bernds Worte, keine Pflanzen oder gar kleine Lebewesen zu zertreten.

»So ist's brav«, hörte sie eine Stimme. Sie drehte sich um. Niemand war zu sehen. Sie schüttelte den Kopf. *Jetzt höre ich schon Stimmen.*

»Du bist an einem geheimnisumwitterten Ort. Schicke deine Fantasie auf Reisen. Dann wirst du uns sehen: Drachen, Gnome, Zwerge, Elfen.«

Patrizia blieb stehen, wischte sich über die Augen. Träumte sie? Ihr Fuß trat auf einen trockenen Ast. Das knackende Geräusch ließ sie innehalten. Es hörte sich an wie das Aufschluchzen eines Kindes. Patrizia nahm den Zweig hoch und stellte ihn an einem Baum ab.

»Dankeschön«, sagte eine Stimme. »Alleine hätte ich das schwere Ding nämlich nicht beiseiteschieben können.«

»Na, dann will ich mal lieber auf den Weg zurück, damit ich euch nicht störe«, sagte Patrizia in den Wald hinein. »Jetzt rede ich schon mit mir selber. Bernd, ich werde seltsam!«

Es war gerade erst sieben Uhr morgens. Patrizia kam es vor, als ob der Wald zum Leben erwache. Noch war sie alleine unterwegs. Begegnete niemandem. Sie füllte ihre Wasserflasche an einem klaren Bach, biss von ihrem mitgebrachten Brot ab. Fotografierte da ein Blatt, dort einen Strauch und hier eine Spinnwebe, die aussah, wie das Haar einer Greisin.

»Hast du einen Wunsch?«

Patrizia blieb abrupt stehen. Es sprach schon wieder jemand zu ihr. Was sollte sie tun? Diesen Stimmen lauschen, sich auf Fantasiereise begeben oder sich Einhalt gebieten? »Du zweifelst?«, hörte sie das Stimmchen. »Hast du jetzt nun einen Wunsch?«

»Natürlich«, schrie Patrizia, »ich möchte Bernd wieder haben!«

»Du weißt, dass das nicht geht. Alle Elfen, Drachen, Feen und Zwerge zusammen könnten dir diesen Wunsch nicht erfüllen. Aber wir können dir Trost spenden. Lass dich führen.«

Der Ort entfaltete einen besonderen Zauber. Patrizia fühlte sich wie Dornröschen im verwunschenen Schloss. Die alte Villa, die da auf einmal vor ihr auftauchte, sah aber auch aus wie aus dem Märchen. Verschnörkelte Türme, mit Stuck verzierte Dachzinnen, Figuren, ein gepflegter Kiesweg. Vorsichtig näherte sie sich. Alles war still, vorsichtig machte sie ein paar Bilder.

»Was tun Sie hier?« Eine alte Frau mit sehr langem Haar stand wie aus dem Nichts vor ihr. Sie trug ein weißes Kleid. *Es sieht aus wie eine Gardine.* Patrizia musste schmunzeln, als ihr dieser Vergleich einfiel.

»Entschuldigen Sie. Ich mache eine Wanderung durch den Sternwald. Zufällig habe ich Ihre Villa entdeckt. Darf ich ein paar Fotos machen?«

»Das haben Sie doch schon getan. Aber gut. Ich kann verstehen, dass sie das Schlösschen fasziniert. Ich lebe hier auch sehr gerne. Kommen Sie doch herein, trinken Sie eine Tasse Tee mit mir.«

Patrizia kam gar nicht richtig zum Nachdenken. Die alte Frau führte sie in ein Zimmer, drückte sie in einen großen Ohrensessel und wuselte geschäftig hin und her. Der Tee, den sie brachte, schmeckte köstlich. Das Gebäck, das sie dazu reichte, zerging auf der Zunge. Patrizia fotografierte das Zimmer und die geschäftige alte Frau aus verschiedenen Blickwinkeln.

Hin und wieder kämmte sich die Frau mit den Fingern durch das eisgraue Haar, strich die Spitzen ihres Kleides zurecht. Patrizia drückte ganz automatisch auf den Auslöser ihrer Kamera.

»Die Menschen glauben, dass dieses Schlösschen ein Ort der Macht und des Glaubens sei. Man fühlt sich richtig verzaubert. Hinter dem Haus ist sogar eine Quelle. Sie entspringt aus einem Fels. Kommen Sie. Dort können Sie wunderschöne Bilder machen.«

Die alte Frau zog Patrizia hoch und eilte mit flinken Füßen voraus. Patrizia hatte Mühe, ihr zu folgen, denn so viel Behändigkeit traute man der Alten gar nicht zu. Geziert hob sie ihr langes Kleid hoch. Ein paar aus der Mode geratene Schnürstiefel kamen zum Vorschein.

»Übt dieser Ort nicht einen besonderen Reiz aus, junge Frau?«

Patrizia konnte nur noch staunen. Es war für sie, als hätte sie die Schwelle in das Märchenland überschritten. »Können Sie mir etwas über den Sternwald erzählen?« Patrizia war neugierig, etwas anderes zu erfahren, als das, was sie aus Büchern wusste.

»Natürlich, ich lebe ja schon sehr lange hier. Die Menschen, die herkommen, suchen Erholung. Lauschen dem Gesang der Vögel und verjagen die Stechmücken.« Die alte Frau lachte und auch Patrizia stimmte in das herzliche Lachen mit ein.

»Jetzt zeige ich Ihnen etwas ganz Besonderes. Kommen Sie mit!«

Die beiden Frauen gingen eine Weile durch den Wald, dann blieb die Alte stehen, zeigte mit der geöffneten Hand auf einen Gegenstand.

»Voilà, hier ist der Elfenbriefkasten. Schreiben Sie Ihren geheimsten Wunsch auf und legen ihn hinein. Sie können den Zettel auch auf die Leine hängen. Ich weiß, Sie haben einen sehnlichen Wunsch. Aber bedenken Sie, junge Frau, der Wunsch könnte in Erfüllung gehen. Deshalb überlegen Sie gut.«

Wie von Zauberhand zog die alte Frau ein Papier aus der Tasche ihres Kleides, edles Bütten, danach beförderte sie auch noch einen Bleistiftstummel hervor. Patrizia ließ sich auf einem Baumstumpf nieder. Die Sonnenstrahlen wärmten noch, obwohl es langsam dämmerig wurde. Dann begann sie zu schreiben. Ein Lächeln lag auf ihren Lippen.

»Kommen Sie, Patrizia«, sagte die alte Frau nach einer Weile.

Hatte sie ihren Namen erwähnt?

»Es wird bald dunkel. Wir müssen zum Schlösschen zurück.«

Blattwerk und Kies unter ihren Füßen gaben knackende Geräusche von sich. Als sich Patrizia in der Diele umsah, bemerkte sie wunderschöne, aber altmodische Hüte auf der Anrichte. Sie fühlte sich wie in einem früheren Jahrhundert.

»Ich setze noch einmal Teewasser auf. Nehmen Sie doch schon mal Platz.«

Patrizia war viel zu unruhig, um dieser Aufforderung nachzukommen. Sie fand so viele Motive, die sie ablichten wollte: die alte Frau am Herd, die alte Frau mit dem Wasserkessel, die alte Frau herzlich lachend, als sie eine Spinne in die Freiheit entließ.

Sie plauderten angeregt miteinander. Über alte Zeiten, ob damals alles besser gewesen war. Patrizia wurde schläfrig. Es war so gemütlich in dem Ohrensessel. Sie zog die Füße an, hörte die Stimme aus der Ferne.

Vogelgezwitscher weckte sie. Sie war ein bisschen verspannt. Ein Sessel als Schlafgelegenheit war doch etwas unbequem.

»Guten Morgen«, rief sie laut. Erst jetzt fiel ihr ein, dass sie den Namen der alten Frau gar nicht wusste. Sie streckte sich, gähnte. Das Zimmer sah nun seltsam unbewohnt aus. Die Fenster waren staubig. War ihr das gestern gar nicht aufgefallen? Patrizia ging in die Küche. Nichts deutete darauf hin, dass hier jemand Tee gekocht hatte. »Hallo?« Keine Antwort. Es war still, sehr still. Durch alle Räume lief sie. Rief immer wieder. Doch sie bekam keine Antwort. Sie wurde ein bisschen ängstlich. Schnell nahm sie ihren Rucksack und verließ eiligen Schrittes die große Villa, deren Tür krachend ins Schloss fiel. Auch draußen war es gespenstisch ruhig. Patrizia schien es, als ob selbst die Vögel aufgehört hätten zu zwitschern. Sie warf einen Blick zurück und drückte noch einmal auf den Auslöser. Irrte sie sich, oder erblickte sie tatsächlich hinter einem der Fenster das Gesicht der alten Frau? Patrizia sah auf die Uhr, stellte fest, dass es bereits nach neun war.

»Ich habe durchgeschlafen«, sagte Patrizia laut. »Ich habe durchgeschlafen! Seit langer Zeit mal wieder durchgeschlafen.« Sie fühlte sich ausgeruht und lebendig. Zügig schritt sie durch den Wald.

Ihre Wohnung erschien ihr hell und freundlich. Sie öffnete ein Fenster und ließ frische Luft herein. Sie startete eine Suchmaschine an ihrem Computer und gab den Befehl *Elfenbriefkasten, Sternwald* ein. Sie las, dass Hort-Erzieherinnen bei ihren Ausflügen in den Wald die Kinder als Elfen, Zwerge und Drachen verkleidet hatten. Sie bastelten Dracheneier, Elfenschleier, dekorierten damit eine Waldlichtung. Bei einem Einweihungsfest durften die Kinder ihre Wünsche auf kleine Zettel schreiben und an Leinen hängen.

»Heute sind es nicht nur Kinder, die ihre Wünsche den Elfen anvertrauen«, las Patrizia.

Die Fehlzündung eines Fahrzeuges brachte sie wieder in die Gegenwart zurück. Morgen würde sie ihren ersten Arbeitstag nach langer Krankheit haben. Sie wollte die Fotos, die sie geknipst hatte, auf Papier ausdrucken lassen und in ein Album kleben. Als Erinnerung an schöne Tage, die ihr nun so fern erschienen. Es würde nicht ihr letzter Ausflug zum Sternwald gewesen sein, nahm sie sich ganz fest vor. Sie wollte die alte Frau auf jeden Fall wieder einmal besuchen.

Der Fotograf händigte ihr einen großen Packen Bilder aus.

Patrizia sehnte sich nach Ruhe. Der Vormittag war doch recht hektisch und auch arbeitsintensiv gewesen und sie dies nicht mehr gewohnt. Die Mittagspause wollte sie auf dem *Alten Friedhof* verbringen. So ging sie nördlich der Altstadt Richtung Ludwigskirche. Dort gab es genug Bänke, wo sie sich die Bilder ansehen konnte. Sie liebte diesen Friedhof. Umgeben von einer hohen Mauer vermittelte ihr der Park mitten in der Stadt den Eindruck der völligen Abgeschiedenheit. Schade nur, dass sie Bernd dort nicht hatte beisetzen lassen können. Der Friedhof war stillgelegt. Dort fanden schon seit langer Zeit keine Beerdigungen mehr statt.

Der Besuch des alten Friedhofes bedeutete für sie immer auch einen Gang durch Freiburgs Geschichte. Oft war sie mit Bernd hier gewesen, hatte schöne Motive zum Fotografieren gefunden. Das hier war der richtige Platz, um die Bilder zu betrachten. Sie fühlte sich Bernd so nahe, ging im Geiste noch einmal die Wege im Sternwald. Konzentriert besah sie sich jedes Foto. Das Schlösschen, das Wohnzimmer, der Ohrensessel. Wo war die alte Frau? Sie hatte sie doch so oft fotografiert!

Doch nirgendwo konnte Patrizia die Frau entdecken. Gestochen scharf war jede Aufnahme. Selbst die Spinnweben bildeten einen schönen Kontrast zum grünen Blätterwald. Auch Details der altmodischen Hüte auf der Anrichte waren gut sichtbar.

Wo war die alte Frau?

Hektisch begann Patrizia erneut die Fotografien durchzublättern. Auf keinem der Abzüge war eine Frau im weißen Kleid zu sehen. Auf dem allerletzten Foto, das die Fensterfront des Schlösschens zeigte, schien es, als ob sich eine schemenhafte Gestalt hinter einem Fenster verbergen würde.

Nur Einbildung?

Die Mittagspause neigte sich dem Ende zu. Sehr nachdenklich verließ Patrizia den Friedhof. Bilder gingen ihr durch den Kopf. Die alte Frau, lachend am Herd. Die Quelle, in der sie selbst ihre Wasserflasche auffüllte.

Als sie in ihre Jackentasche griff, zog sie einen Fetzen Papier hervor. Edles Bütten. Patrizia blieb stehen, erstaunt, das Papier hatte sie doch in den Elfenbriefkasten gelegt. Wie war es in ihre Tasche gekommen? Darauf stand: »Jetzt bin ich glücklich.«

Und das war sie nun wirklich. Glücklich, bereit ihr Leben wieder zu leben.

Birgit Hermann

Auf dem Kolmen

Anna-Klara klappte ihr Notebook zu. Ende der Vorlesung. Ferien! Gerade hatte sie noch ihre Semesterarbeit »Geisterglaube, Sitten und Riten der Bergbevölkerung am Beispiel des Hochschwarzwaldes« abgegeben. Anna-Klara studierte am Institut für Volkskunde. Freiburg habe die meisten Sonnentage aller Universitätsstädte Deutschlands, so stand es zumindest bei »Google«. Noch konnte sie dem nicht widersprechen, auch wenn sie sich gerade durch das Wintersemester gequält hatte.

Die Studierenden drängten sich aus dem Hörsaal, als könnten sie es kaum erwarten, ins Freie zu gelangen. Ein sonniger Vorfrühlingstag.

Da fiel Anna-Klaras Blick auf ein Mädchen, das sie noch nie in den Vorlesungen gesehen hatte. Es packte seine Unterlagen betont langsam zusammen und schaute dabei immer wieder in ihre Richtung. Hatte sie ihr zugenickt, oder war es ihr nur so vorgekommen? Anna-Klara war irritiert, kannte sie die Fremde? Ihr volles welliges Haar hatte einen leichten Kupferstich. Nun stand sie auf und kam auf sie zu, ihr Mund verzog sich zu einem wissenden Lächeln. Mit ihren Augen stimmte etwas nicht, lag es an ihrem Silberblick? Einem leichten Schielen?

»Na, bist du bereit?« Noch ehe Anna-Klara sie fragen konnte, was sie damit meinte, war das Mädchen schon in der Menge verschwunden.

Anna-Klara stellte sich auf die Zehenspitzen, konnte sie aber nicht mehr ausmachen.

»Und was treibst du in den Ferien?« Thérèse, sie legte Wert auf die französische Betonung ihres Namens, schloss sich ihr von hinten auf dem Weg über den Campus an. Anna-Klara drehte sich um und vergaß ihre seltsame Begegnung. Ihre Kommilitonin hatte sich ebenfalls zum Bachelorstudiengang der europäischen Ethnologie angemeldet. Regionalkultur, kurz das M7, war eines ihrer gemeinsamen Fächer.

»Ich fahre übernächste Woche nach Saas-Fee zum Skilaufen, danach jobbe ich im Tacheles Club.« Anna-Klara hatte nicht vor, nach Hause in den tristen Ruhrpott zu fahren. Außer ihrer Mutter war dort niemand und es wäre übertrieben gewesen zu behaupten, ihre Mutter warte auf sie. Sie war mit sich selbst beschäftigt.

»Dann hast du ja noch ein paar Tage Zeit. Hättest du Lust auf eine praktische Unterrichtseinheit?«

»Wie soll die aussehen?« Anna-Klara war skeptisch. Thérèses praktische Unterrichtseinheiten endeten meist im Morgengrauen in irgendwelchen abgefahrenen Clubs, der Tag danach dann zwischen Kloschüssel und Aspirin.

»Ich habe da Connections über eine Freundin: oben im Schwarzwald ist Fasching angesagt. Da soll es noch so richtig urig zugehen, mit Holzmasken, Hexen und so. Würde doch zu unserem Thema mit den Geistern des Bergvolkes passen.«

Anna-Klara zweifelte an der Originalität solcher Veranstaltungen, außerdem konnte sie dem angeblichen Aberglauben nichts abgewinnen. Das waren eher Brauchtumsumzüge für die Kamera, ein wenig so wie wenn die Trachtentanzgruppen ihre Darbietungen für das chinesische Fernsehen aufzeichneten. Und der Hochschwarzwald war auch nicht der Nabel der Welt, wenn man nicht gerade ein Naturfreak war. Ein einziges Mal hatte sie sich überreden lassen und war mit Freunden nach Hinterzarten hochgefahren. »Nie wieder!«, hatte sie sich danach geschworen. Außer ein paar Pelz tragenden Damen vom Hotel Adler auf Verdauungsspaziergang war ihnen niemand begegnet. Die Idee, weiter nach Neustadt zu fahren, der Assoziation »Stadt« folgend, entpuppte sich als ein noch größerer Flop. Dort war es, als hätte man die Gehsteige hochgeklappt und die Bevölkerung in die Häuser verbannt.

Zurück in Hinterzarten waren sie in einem originell aussehenden Hexenschopf gelandet, der sich dann aber als italienische Pizzeria outete. Zumindest saßen hier ein paar Internatsschüler aus dem nahen Birklehof. Versnobte Bande allerdings. Gegen Mitternacht warf Franco, der Wirt, Anna-Klara und ihre Freunde raus, weil sie noch immer an der ersten Cola saßen und die letzten Gäste waren.

»Und wo soll das sein?« Anna-Klara blickte gelangweilt auf die Uhr – sie hatte noch eine Verabredung mit Sarah zur Besprechung einer Powerpoint-Präsentation nach den Ferien. Sarah kam auch von da oben, fiel ihr ein.

»Irgendwo in der Pampa in einem Kaff das Schwärzenbach heißt. Das Kolmenweiberfest im alten Schulhaus.«

Anna-Klara stellte sich eine paar kittelbeschürzte Landfrauen mit Stricknadeln vor, Apfelschorle trinkend und das nächste Kirchenfest besprechend.

Ihr Smartphone meldete einen Nachrichteneingang. *Sorry, kann heut Abend nicht, bin bei der Fasnet. LG Sarah.*

»Was ist Fasnet?«

»Ich glaube, so nennen die Schwarzwälder ihre Faschingsparty.«

Sarah war alles andere als ein langweiliges Landei.

»Gut, ich komm mit.«

Drei Stunden später standen sie bei Sarah im Badezimmer ihrer Eltern in Titisee und klebten sich gegenseitig falsche Wimpern an die Augenlider. Sarahs Mutter sah kurz rein, schüttelte den Kopf und meinte: »Ich han denkt, ihr wenn uffs Kolmewiberfescht? Do däts au im Opa sin alte Hostigazug un en paar Bergschue. Vieliicht muen ihr heimlaufe, wenn's so witter schneit fährt dirt kei Taxi meh nuff.« Sie zeigte auf Anna-Klaras und Thérèses High Heels. Sarah trug zumindest Goretex-Turnschuhe.

Als Sarahs Mutter sie eine Stunde später durch dichtes Schneetreiben über kleine Landstraßen in die vermeintliche Wildnis fuhr, war es den beiden Studentinnen aus Freiburg etwas mulmig zumute. Thérèses Connection hatte sich als unnütz herausgestellt, da sie krank war. Doch dank Sarah gelang das Experiment der praktischen Unterrichtseinheit doch noch. Ein Dorf gab es nicht. Nicht einmal ein Kaff. Mühsam konnten sie ein paar Häuser in der Dunkelheit entlang dem Weg ausmachen. Doch als die hilfsbereite Mutter die Mädchen nahe dem ehemaligen Schulgebäude vor dem Gasthaus Ahorn absetzte, konnten sie den Beat schon spüren und den eisigen Schneewind dazu. Der mächtige Baum an der Ecke des Gasthofes knarzte bedenklich im Geäst. Als habe er Beute gewittert.

Freiburg hatte milde 17°C heute Mittag.

Flackernde Discolichter und ein provisorisch angebautes Zelt wiesen den Weg. Beim Näherkommen empfing sie ein Schwarm von dunklen Gestalten, die sich vor dem Eingang herumdrückten. Offensichtlich war ihnen zu warm im Innern. Ihre Kleidung war durchweg närrisch, aber eher im derben Stil.

Anna-Klara kam sich plötzlich irgendwie nackt vor in ihrem kurzen Röckchen, abgesehen davon, dass sie erbärmlich fror. Schräge Blicke von der Seite und das verhohlene Gelächter bestätigten ihr Empfinden.

»Wo kommen denn die alle her? Hier wohnt doch kein Mensch!«, rief Thérèse ihr zu. Sie konnten sich nur brüllend unterhalten, während sie sich im Sound wippend zur Kasse drängten.

»Sähe mir etwa us wie Mensche?« Ein Teufelsgesicht stand plötzlich vor ihr. Eine grimmige Holzmaske, schwarzrot das Gewand.

»Des isch keine vu is, des isch en Rötebacher«, sprach sie das nächste Holzgesicht an. Es hatte freundlichere Züge, die denen eines alten Weibes glichen. Dazu trug die Figur blaugemusterte Bauernkleidung mit einem Halbschurz.

Anna-Klara hatte nur *Rötenbach* verstanden. Der Rest war für sie ein Wirrwarr aus ächzenden, gutturalen Lauten. Hatte sie schon geglaubt, den Badener Dialekt der Freiburger endlich verstanden zu haben, sah sie sich hier vor neuen Herausforderungen: Schwarzwälder Alemannisch.

»Darf ich vorstellen, ein Kolmewib«, sagte Sarah und ließ sich die Haare von dem wilden Weib verwuscheln.

»Kennst du den?« Dass unter der Maske eine Männerstimme war, hatte Thérèse gleich herausgehört. Ihre Neugier war geweckt.

»Kevin oder Maik, ich kann die beiden nicht auseinanderhalten.«

»Hört sich sehr Schwarzwälderisch an.« Ironisch klimperte Thérèse mit ihren falschen Wimpern.

»Die Straub-Brüder, hier aus dem Tal. Sie sind im Vorstand. Ist halt die neue Generation. Die alten heißen Sepp, Wolfgang oder Walter.«

Das Kolmewib war schon wieder weg, dafür drückte sich eine Hexe an der Kasse vorbei.

»He du, nicht drängeln. Alte Waldhex!«

»Und aus welchem Tal stammt die?« Anna-Klara hatte so langsam Gefallen an den unterschiedlichen wilden Gestalten gefunden.

»Aus Rudenberg.«

»Aha, und woher weißt du das so genau?«

»Weil hier jedes Dorf seine eigene Sagengestalt hat, manche sogar mehrere. Hier, das ist der Martin, der kann dir was über die Raugeisthexen aus der Orne erzählen.«

Sie hatten den Kassenbereich passiert und standen am Getränkestand. Vor ihnen eine Hexe, die ihre Maske hochgeschoben hatte.

»Hm, also d Orne isch eigentlich s Langenordnachtal. Dirt gits en Berg, d'Rau. En Bur isch emol nächtens heimlich in Wald, um d Grenzstei z'vosetze. Zu sine Gunschte. Es war d'Walpurgisnacht un so hät er d'Hexe uff d'Rau atroffe…«

»Stopp, ich verstehe kein Wort.«

Besagter Martin sah sich hilfesuchend zu einem Kolmewib um, das sich gerade ein Rothausbier holte.

»Kasch du mir übersetze?«

»Wa?«

»Translation, please.«

Während Thérèse und Sarah sich hüpfend im Rhythmus der Musik in die übervolle Bar ins Untergeschoss kämpften, hatte Anna-Klara mit der Raugeisthexe und dem Kolmewib Platz an einem Tisch genommen. So erfuhr sie, dass der Raugeist über die Hexen auf der Rau, einem Höhenrücken über dem Langenordnachtal, das Regiment führte. Dort soll auch ein altes Weib, das im Wald lebte, auf der Höhe der Wieden zwischen Reichenbach, Friedenweiler und Rudenberg nicht nur einsame Zecher auf dem Heimweg in die Irre geführt haben. Sogar einen Bauer, samt Ross und Wagen, habe sie in den Sümpfen verschwinden lassen. Und das, weil er an einem Sonntag im Wald Holz schlug. Die Narren haben aus dem Sonntag in ihrer Chronik einen heiligen Rosenmontag gemacht und den Bauern dazu verdammt, auf ewige Zeiten an Fasnacht auf dem Rücken des Waldgeistes durch die Straßen getragen zu werden.

Noch heute erinnere ein Bildstock mitten im Wald an den eigentlichen Waldfrevel.

Weil nun das Wiedewibli schon fastnächtlicher Begleiter des Waldgeistes von Neustadt sei, hätten sich die Rudenberger »Waldhexen« getauft. Gemeint wäre aber das Gedenken an dieses unheimliche Weib.

Anna-Klara schwante spätestens nach der nächsten Geschichte vom Kolmewib, das auf dem Kolmen, wo sie gerade waren, sein Unwesen trieb, dass die Menschen hier Angst vor der Macht der alten Weiber hatten.

Ethnologisch und psychologisch sehr interessant. Ob dies wohl auch kulturell und religiös begründet sei, fragte sie die verblüfften jungen Männer.

»Blöde studierte Stadttussi! Ich lon mi doch it nastelle wie en Depp! Des isch Tradition, kei Psycho-Ethnoscheiß«, fluchte Martin und ging seiner Wege.

»Was war das?« Anna-Klara verstand nicht, was sie falsch gemacht hatte.

»Verletzter Stolz«, grinste das Kolmewib und lud sie auf einen Drink ein.

»Schade, ich fand diese Lektion in Sachen Sagen sehr interessant. Ich würde gerne noch mehr erfahren.«

»Ich erzähl dir noch die Geschichte vom Kreuzbauer. Er gab dem Gasthaus Ahorn drüben seinen Namen, obwohl heute eine Esche den Hof ziert. Der Bauer fand seinen Tod auf dem Scheiterhaufen, weil er der Hexerei angeklagt war.«

»Echt jetzt?«

»Echt.«

Sie kämpften sich ins Untergeschoss zur Bar. Dort begegnete ihnen Thérèse, die singend ein Glas hob: *»Donna-Klara, ich hab dich tanzen gesehn!«* Links hatte sie ein Kolmewib untergehakt und rechts einen etwas deplatziert wirkenden jungen Mann im Krokodilkostüm. Sie grölten: »Donna-Klara du warst so wunderschön!«, und hoben die Bierflaschen.

»Donna-Klara?«

Kevin blickte fragend zu seiner Begleiterin mit den falschen Wimpern und Schuhen. Die spürte die Füße kaum noch, eben war ihr bestimmt schon die dritte Hexe auf den Zehen gestanden. Im Dunkeln und Gedränge der Bar achtete kaum einer auf ihre sexy High Heels. Sie würde morgen ihre blauen Flecken auskurieren müssen.

»Anna-Klara!«, brüllte sie zurück.

»Kevin!«

Im Geschubse am Tresen brüllte er über die Köpfe hinweg »Zwei Captain Morgan!«, und hob zur Sicherheit zwei Finger. Der Barmann nickte.

»Captain Morgan, vertreibt Kummer und Sorgen«, sang ein Rudenberger Hexenmädchen und hob den rechten Arm und das linke Bein, als wolle sie zum Flug über die wippende Menge abheben. Sie verzog ihren Mund zu einem neckischen Grinsen, dabei zwinkerte sie Anna-Klara verschwörerisch zu.

»Ich hab gewusst, dass du kommst. Der Kreuzbauer erwartet dich.« Ihr kupferfarbenes Haar leuchtete im Schein des aufflackernden Scheinwerfers. Wieder fielen Anna-Klara die seltsamen Augen auf. Und wieder gelang es Anna-Klara nicht, ihr etwas zu sagen oder etwas zu fragen, denn plötzlich schienen sie beide abzuheben.

Es war ganz einfach, Anna-Klara schwebte mit ihr. Die Menge unter ihnen verschwand, ebenso das Schulhaus, schließlich die Hexe. Kein Schneetreiben mehr, stattdessen grüne Wiesen im Sommerwind. Ein Mann, der das Tal hoch kam. Der Kreuzbauer.

Er hatte sich verspätet bei seinen Besorgungen in der Stadt unten. Hatte nur kurz einkehren wollen. Dann das Kartenspiel. Plötzlich schlug die alte Schwarzwalduhr zwölf Mal. Mitternacht.

Erschrocken packte er seinen schweren Rucksack und eilte das Tal entlang. Es fehlte nur noch der steile Anstieg, der Donisberg. Ein Gewitter braute sich zusammen. Da, ein Licht in der Ferne, Musik. Es hörte sich an, als sei oben am Wald beim Kolmen ein Tanzfest im Gange. Als er näher kam, sah er die lustige Gesellschaft, die herausgeputzten Mädchen, die ausgelassenen Burschen. Der Bauer amüsierte sich ob deren Anblick. Da trat ein alter ehrwürdiger Herr neben ihn und fragte, ob er nicht ihrem Verein beitreten wolle. Es koste gewiss auch nichts. Er müsse sich nur in ein Buch eintragen. Doch als der Kreuzbauer den Federkiel hielt, zitterten seine Finger und er brachte nur ein Kreuz zu Papier. Der Alte wollte ihm das Buch schon entreißen, da gelang ihm das zweite Kreuz. Mit einem Donnergrollen brach das Gewitter herein und es war wieder dunkle Nacht um ihn herum. Das Fest und der Zauber waren vorbei.

Beinahe hätte er sich dem bösen Bunde verschrieben. Doch was hielt er da in der Hand? Das Buch, ein Hexenbuch! Er wankte durch den strömenden Regen der Heimat zu und versteckte es.

Heimlich übte er von nun an die Zaubersprüche. Als er glaubte, die Künste anwenden zu können, kam sein Knecht daher.

Der wollte zum Markt in die Stadt. Der Kreuzbauer trug ihm aber auf, zuerst die Wiese zu mähen.

»Dazu brauchen vier Männer zwei Tage«, stöhnte der Knecht. »Fang nur an, drehe dich aber nicht um, du darfst auch deine Sense nicht schärfen. Wenn du unten am Berg angelangt bist, schaue dein Werk an.« Der Knecht tat wie ihm geheißen und siehe da, die Wiese war vollständig gemäht. Gleich darauf erzählte er jedem von dem Wunder.

Im Winter darauf begab es sich, dass die Frau des Bauern ein Kind gebar und er das Tauffest ausrichten ließ. Eine große Gesellschaft saß in seiner Stube und der Kindsvater war bemüht, sie mit allem zu bedienen, was seine Vorratskammer bot. Als er sie fragte, ob sie noch einen Wunsch hätten, rief eine Bauernmagd, sie hätte gerne frische Kirschen. Die Gesellschaft fand diesen Wunsch mitten im Winter so wunderlich, dass sie einstimmte. Der Kreuzbauer verschwand in der Vorratskammer, schlug sein Hexenbuch auf und las darin. Da kam ein Geist und fragte nach seinem Begehr. »Wie schnell bist du?«

»Wie die Kugel im Rohr.«

»Du bist zu langsam.« Da kam ein weiterer Geist, der von sich sagte, er sei so schnell wie der Wind. Doch auch diesen lehnte der Bauer ab. Der dritte nun behauptete, so schnell zu sein wie ein Gedanke. Dem trug er auf, frische Kirschen zu holen und gleich stand ein Korb erntefrischer Kirschen vor ihm. Den trug er der staunenden Gesellschaft auf, die mit großer Gier die Wunderkirschen verschlang.

Schließlich kam seine Fähigkeit der Obrigkeit zu Ohren und er wurde der Hexerei angeklagt.

Vor seinem Tode sprach er: »Als Zeichen meiner Unschuld soll ein Ahornbaum vor meinem Hof wachsen.«

Anna-Klara verspürte ein Hämmern im Kopf. Sie hatte Mühe, ihre Augen zu öffnen. Um sie herum war alles weiß, schneeweiß. Es war heller Tag. Stille, keine Party. Sie lag in einem Bett, weiß bezogen. Ein Fenster. Sie stand auf und blickte hinaus; eine verschneite Landschaft. Bäume, Wald. Wo war sie bloß?

Plötzlich ging die Tür auf und Sarah erschien im Rahmen.

»Na endlich. Ich dachte schon, du bist tot. Was hast du dir eigentlich dabei gedacht?«

»Wobei?«

»Weißt du, wie lange wir nach dir gesucht haben, heute Nacht?«

»Wieso? Ich war doch in der Bar.«

Anna-Klara versuchte sich zu erinnern. Da war das Hexenmädchen, dann der Kreuzbauer – und dann?

»Kevin hat dir was zu trinken bestellt, da warst du plötzlich weg, wie vom Erdboden verschluckt. Er hat dich überall gesucht.«

»Und, wo war ich?«

»Am Gasthaus drüben, unter dem Baum hast du gelegen und geschlafen. Wir dachen, du müsstest halb erfroren sein. Aber du warst so warm, als wärst du am Feuer gelegen.«

»Am Ahorn?«

Sarah nickte, ihr Blick wirkte besorgt. Da riss das Läuten der Haustüre sie aus den Gedanken.

Thérèse kam herein, sie wirkte verwirrt. Ihre Freundin hielt etwas in den Händen, das sie verständnislos anstarrte.

»Hier Anna-Klara, das ist gerade für dich abgegeben worden.«

Sie reichte ihr einen Korb mit erntefrischen Kirschen.

»Von wem?« Gänsehaut lief ihr über den Rücken.

»Er sagte, er sei der Kreuzbauer. Du wüsstest Bescheid.«

Helmut Ehls

Zugbindung

Zum ersten Mal fiel sie ihm auf, als sie in Hinterzarten lachend auf den Zug rannte; mit ihrem prall gefüllten Rucksack keine leichte Aufgabe. Und lachend betrat sie – kein bisschen außer Puste – Martins Waggon, befreite sich ohne anzuhalten vom Rucksack, indem sie ihn mit vollem Schwung gleich auf den nächstbesten freien Sitz warf und rauschte an ihm vorbei, wie eine Lokomotive, die noch ausrollen muss. Martin fand das sehr beeindruckend. Vielleicht war seine Begeisterung über dieses Energiebündel schuld daran, dass er gar nicht merkte, dass es bereits um ihn geschehen war.

Genau wie die fremde Frau war auch Martin nicht mehr ganz jung, so Ende vierzig, würde er sagen, und das schon seit ein paar Jahren.

Ein paar Sitzreihen weiter hinten flackerte eine Diskussion über die zu kalt eingestellte Klimaanlage auf. Martin vernahm nur Bruchstücke, aber er hätte seine Märklin-Eisenbahn darauf verwettet, dass es die frisch eingestiegene Frau war, die da sprach, unterbrochen von den verzweifelten Versuchen des Schaffners, Oberhand zu gewinnen: »Im nächsten Wagen gibt es keine Klimaanlage, da können Sie die Fenster öffnen« … »durch diese gekippten Fensterchen kommt nicht mal 'ne Wespe rein« … »soll ja auch nicht, sonst würden Sie sich auch noch darüber beschweren …«

Während der Zug durch das enge Löffeltal fuhr, rückte die Frau erneut in Martins Gesichtsfeld, schnappte sich ihren Rucksack und machte sich auf, den nächsten Waggon zu entern. »Che cazzo! Diese Klimaanlagen bringen mich noch um!«

»Nun …«, sagte er, aber sie war schon weg.

Der Regionalzug mit seinen roten Doppelstockwagen überquerte die Ravennaschlucht, als sie plötzlich wieder auftauchte und ihm schräg gegenüber auf der benachbarten Sitzgruppe Platz nahm. Martin legte sein Buch beiseite. Die Frau im giftgrünen ORGANIC-FARMS-Shirt zog eine bordeauxrote Strickweste mit weißem Spitzenkragen an, die Mutter Theresa zu Weihnachten ausgewählt hätte. Mit einem seltsamen, zwischen Sehnsucht und Wehmut changierenden Blick schaute sie aus dem Fenster, dem kahl geschlagenen Galgenhügel und seinem neuen Pavillon nach. Martin blickte wohl etwas verdutzt aus der Wäsche, worüber sie zu lachen anfing.

»Noch schlimmer dort drüben: Horden von Rauchern.«

»Aber im ganzen Zug ist Nichtraucher«, entgegnete Martin. Hierüber konnte es keinen Zweifel geben. Er war froh, bei diesem starken Streckengefälle und der sich anbahnenden Schräglage der Gefühle eine klare Konstante zu haben.

»Die haben am Bahnhof so viel inhaliert, dass sie das jetzt ausschwitzen. Mit ihren Bierausdünstungen zusammen ein scheußliches Gemisch … Oh, wir sind gleich in Posthalde. Da muss ich raus.«

»Dann haben Sie den Zug verpasst – vor etwa … vierzig Jahren, um genau zu sein – seit 1979 hält er da nicht mehr.«

»Sind Sie immer so genau?« Sie wechselte den Sitz, verzichtete auf den Fensterplatz und saß nun parallel zu Martin. »In Fahrtrichtung ist angenehmer. Dann halt Hirschsprung, so weit ist es nicht zu Fuß. Zwischen den Stationen ist dieser Hof mit den Demeter-Sachen.«

»Sie machen sich über mich lustig, der Zug hält auch nicht in Hirschsprung.«

Sie lächelte schelmisch, schüttelte ihre verwuschelte dunkle Mähne, sortierte ein paar leicht ergraute Strähnen. »Stimmt, da haben Sie schon wieder recht. Hab' das mit Himmelreich verwechselt.«

Sie hat schöne volle Lippen, dachte Martin, als der Zug in den unteren Hirschsprungtunnel glitt.

Die Frau mit den widerspenstigen Haaren kramte in ihrem Rucksack herum und förderte ein paar Fressalien zutage. Das Zeug wirkte gesund. Die Avocado mit dem bräunlichen Rand hatte aber schon bessere Tage gesehen. Sie baute verschiedene Picknickoptionen auf, verteilte Extrateller auf den freien Sitzen und reichte ihm schließlich ein mariniertes Heringsfilet: »Omega-3-Fettsäuren sind wichtig.«

Martin schüttelte den Kopf. »Vielen Dank, nein. Hatte kürzlich 'ne Überdosis davon. Zum Katerfrühstück. Wo genau ist dieser Biobauernhof?«

»Zwischen Neuhäuser und Kappel, da könnte ich auch am Haltepunkt Kappeler Tal raus …«

Martin musste niesen.

»Es zieht. Ich wusste es, diese verdammten Klimaanlagen sind tückisch, ich hab es dem Schaffner gesagt.«

»Nein, ich verschleppe das schon seit Ostern.«

»Das kriegen wir hin.«

»Wie bitte?«

Sie stellte sich vor. »Ute Eglefino, Künstlerin. Malende Physiotherapeutin, um genau zu sein. Das heißt

… homöopathische Ärztin, ich praktiziere zurzeit nur nicht. Sabbatical in Eigenregie. Vater Italiener, Name daher. Meine Familie hat diesen Streckenabschnitt hier gebaut … na, jedenfalls die Vorfahren.«

Martin hätte gern mehr erfahren, aber Ute gab ihm nun ein paar Tipps, die Erkältung zu besiegen. Angefangen vom Fußbad mit Salz oder schwarzem Senfmehl. Inhalieren mit … vergessen. Wasabi sei gut. Milchprodukte vermeiden. Irgendetwas nur warm. Rettich, Ingwer; Isländisch Moos kannte er. Lauch, Frühlingszwiebel, überhaupt grünes Gemüse. Thymiantee sei der Kracher. Martin hatte Mühe, sich zu konzentrieren.

»Und was machen Sie so?«, unterbrach sie die Erstanamnese.

»Bahnfahren und ins Kino gehen.«

»Okay … und davon kann man leben?«

»Na ja, schlafen, essen, arbeiten, frische Luft schnappen ist ja selbstverständlich.«

Sie lachte. »Stimmt irgendwie.«

Martin war froh, dass er nichts über seinen unattraktiven Job sagen musste. Vielleicht kam ihm auch ganz einfach der Halt in Littenweiler zu Hilfe.

»Ich muss hier raus«, verkündete sie.

»In Fahrtrichtung links aussteigen!«, sagte der Zug.

In rasender Eile verstaute sie ihre Sachen, schwang sich den Rucksack so auf die Schulter, dass eine entgegenkommende Person in Deckung gehen musste. Und weg war sie.

Der Zug stand. Draußen warteten eine Menge Fahrgäste. Aber sie kam noch mal die Treppe zum oberen Bereich rauf.

»Hat mich sehr gefreut.«

»Mich auch.«

Sie reichte Martin die Hand. »Und wen hat es auch gefreut?«

»Ach so, Martin Lang.«

Zahlreiche jüngere Fahrgäste stauten sich auf der Treppe und wurden von Ute Eglefino mit ihren Schwimmerinnenschultern unsanft zur Seite gedrängt.

Martin entdeckte einen Spritzer Bärlauchdip auf seiner Hose. Ihr Lachen hallte in seinem Kopf nach bis zum Hauptbahnhof. Wahrscheinlich hielt es kein Mann mit ihr aus. Aber ob ein Leben in Langeweile eine Alternative darstellte?

Der Zug war nun überfüllt. Es wimmelte von PH-Studenten mit Handys und von Senioren ohne Handys. Sicherheit und Ruhe bedeuteten nicht alles. Die DB-Regio Südbaden bedankte sich für die Fahrt mit der Höllentalbahn.

Nein, Martin hatte sich zu bedanken.

Am letzten Tag des kleinen Festivals mit Eisenbahnfilmen anlässlich des 125-jährigen Jubiläums der Höllentalbahn standen *Zugvögel – einmal nach Inari, Eine Dame verschwindet* und *Mord im Orientexpress* auf dem Programmzettel des Koki, wie die Stammgäste das Kommunale Kino im Freiburger Stadtteil Wiehre nannten. Martin wollte alle sehen, schaffte aber nicht den frühen Termin. Überhaupt war sein Leben, seit er Ute vor vier Tagen getroffen hatte, ziemlich durcheinandergeraten. Die chaotische Halbitalienerin spukte in seinen Gedanken herum und belegte enorm großen Speicherplatz in seinem Kopf. Eine ganze Menge Dinge blieben unerledigt, weil ihm die nötige Konzentration fehlte. Seine Arbeit im muffigen Büro ging schwerer von der

Hand, er gab sich wortkarg und machte Fehler über Fehler.

Als Martin an diesem schwülen Abend recht verschwitzt das Kino im alten Wiehrebahnhof betrat, blieb noch genug Zeit für ein Landbier. Er nahm die Flasche mit nach draußen, ergatterte einen freien Stuhl und schaute den Boulespielern zu. In wenigen Jahren würde er vom Alter her gut zu ihnen passen. Früher hatten hier die Gleise der alten Trasse gelegen. Als die Höllentalbahn geplant worden war, geisterte in einigen badischen Köpfen die Idee einer Ost-West-Querverbindung. Den Fernzug Paris-Wien hatte sich so mancher via Freiburg-Donaueschingen-München gewünscht. Das war bald aufgegeben worden. Doch Martin gefiel die Vorstellung, dass der Orientexpress in Freiburg gehalten und die Schwarzwaldhöhen hätte erklimmen müssen. Nun hielt diese Zuglegende wenigstens *retrospektiv* am Alten Wiehrebahnhof – wenn auch nur auf der Leinwand.

Nach Hitchcocks *Eine Dame verschwindet*, einem frühen Schwarzweißstreifen, deckte sich Martin an der Theke des Cafés mit einer Brezel und einem weiteren Landbier ein. Durch die offene Tür sah er eine Frau mit wuscheligem Haar ganz entspannt in der Abenddämmerung sitzen. Ute Eglefino! Seltsamerweise verspürte er Glück und Panik, aber seinen Fluchtreflex konnte er gleich entsorgen, denn sie hatte ihn ebenfalls entdeckt und winkte ihm zu. Es sah aus, als ob sie taubengroße Insekten vertreiben wollte. Martin schnappte sich einen Stuhl von einem der Boulespieler, der ihn nur zur Ablage einer Tüte verwendete. »Hallo«, sagte er erfreut und verlegen zugleich.

»Ciao Martino! Ist das nicht toll, dass wir uns schon wieder treffen? Wahnsinn!« Küsschen hier, Küsschen da. »Was geht, Martin Lang?«

»Ich, ja, wollte mir diesen Film, diesen Orientexpress angucken.«

Sie nippte an ihrem Rosé. »An so einem schönen Sommerabend willst du ins Kino?«

Martin richtete seinen Blick in den Himmel. Im restlichen Tageslicht ähnelten die dunklen Gewitterwolken schwarzen Kohlstrünken, die durch das Wetterleuchten kurzzeitig wie in Orangenmarmelade getunkt wirkten.

»Nun, äh, warum nicht. Gibt eh bald ein Gewitter.«

Ute schwenkte ihr Gesicht wie eine Radarschüssel in alle Richtungen. »Das zieht weiter.«

Martin nahm einen großen Schluck Landbier. Ute kam ihm plötzlich verändert vor, auf rätselhafte Art älter. Er entdeckte zahllose Fältchen. Ja, es wurden immer mehr, je länger er ihr Gesicht betrachtete. Ein Zug ins Verhärmte ließ sie fast wie eine Mumie wirken. Wie Scarlett Johansson mit Siebzig.

Sollte er wirklich diesen grandiosen Krimiklassiker sausen lassen, nur wegen, wegen …

Ein Regentropfen klatschte Martin auf die Stirn. Ute streckte beide Hände aus, als wollte sie die ersten Tropfen einsammeln. Auf einmal wirkte die robuste Frau ganz zart, geradezu fragil.

Als fette Tropfen in ihren Rosé klatschten, stand sie ruckartig auf. »Dann geh ich auch ins Kino!«

Ob man neben Ute in Ruhe einen Film anschauen kann?, fragte sich Martin an der Kasse. Wegen des späten Beginns waren nur wenige Zuschauer gekommen. Vielleicht ein knappes Dutzend. Die Menge an Stars in diesem Streifen war größer als die Zahl der Zuschauer.

Martin konnte den geistreichen Schlussfolgerungen des Meisterdetektivs Hercule Poirot nicht so recht folgen. Ute schien dagegen völlig von der Geschichte gefesselt und quatschte keinesfalls, wie befürchtet, die ganze Zeit dazwischen.

Martin entspannte sich langsam, wurde sogar schläfrig, das zweite Landbier …

Bei lautem Donnergrollen zuckte er auf. Der Orientexpress steckte noch in der Schneewehe fest. Irgendwo schlug eine Kirchturmuhr zwölf Mal. Zwischen zwei Glockenschlägen ein falscher Ton. Als ob etwas Metallenes auf den Boden gefallen wäre – aber hier in diesem Saal! Und plötzlich lief der Film rückwärts.

Ein technisches Problem? Jeder im Saal verließ sich darauf, dass ein anderer Bescheid sagen würde. *Okay, ich gehöre nicht zu denen,* dachte Martin, *ich sitze näher zum Gang als Ute, also gehe ich jetzt, so lustig ist ein rückwärts laufender Film auch wieder nicht.* Aber Ute klammerte sich an seinem Arm fest und Martin mochte das, also blieb er sitzen.

Auf einmal kam es zu einer doppelten Projektion. Wie in einer Überblendung waren gleichzeitig *Mord im Orientexpress* und *Eine Dame verschwindet* zu sehen. Es gab nun vereinzelte Pfiffe, die von heftigem Donner begleitet wurden.

Martin drehte seinen Kopf. Jemand huschte aus dem Saal.

Das Licht ging an, während weiterhin beide Filme liefen. Die Person, die rausgegangen war, kehrte nach einer Minute zurück. »Da ist überhaupt niemand mehr da! Auch das Café ist leer!«

»Waren Sie oben? Im ersten Stock ist die Vorführkabine«, fragte Martin.

Der Bildersalat und die Kakophonie aus der Mischung der Tonspuren der zwei gleichzeitig laufenden Filme nervten die meisten Zuschauer so sehr, dass sie den Saal verließen.

Martin starrte weiterhin gebannt auf die Leinwand, sodass er richtig zusammenfuhr, als Ute ihn am Arm zupfte: »Siehst du das auch?«

»W…was?«

»Na, die Dinge laufen gehörig durcheinander.«

»Na ja, halt ein technisches Problem, so was kommt vor.«

Ein gewaltiger Donnerschlag. Das Licht flackerte.

»Ich fürchte, es ist mehr als das. Ich krieg die Krise!«, sagte Ute. Und rannte raus wie von einer Sprungfeder angetrieben.

Martin stand auf, wollte ihr nacheilen, als ihm das Geräusch zwischen den mitternächtlichen Glockenschlägen wieder einfiel. Er ging nach vorne. Tatsächlich lag da ein Gegenstand auf dem Boden vor der Leinwand. Es war merkwürdig: Der T-förmige Metallstift sah genauso aus wie der Schlafwagengeneralschlüssel in dem Film. Als ob er aus der Leinwand gefallen wäre. Den konnte er natürlich nicht hier liegen lassen. Also steckte er ihn in die Innentasche seiner Jacke. Dann rümpfte er die Nase. Das konnte nicht sein! Eindeutig Rauch. War ein Blitz eingeschlagen, brannte es? Ute hatte recht, hier stimmte etwas nicht.

Die meisten Leute hatten sich inzwischen vor dem Eingang des Kinosaals im Dunkeln an der verlassenen Kasse versammelt und warteten auf den älteren Zuschauer, der auch schon die Treppe herunterkam. »Fehlanzeige. Auch am Büro hab ich geklopft. Nichts. Kein Mauseschwanz.«

Martin schauderte. »Also, da drin riecht es irgendwie verbrannt.«

Ein junges Pärchen verließ sofort das Gebäude. Aber nach zehn Sekunden erschien es wieder auf der Matte. Die Frau blutete an der Stirn. Ihr Freund hielt ein hühnereigroßes Hagelkorn in der Hand. »Im Moment ist es nicht ratsam, rauszugehen.«

»Ulkiges Zusammenspiel! Die offizielle Eröffnungsfahrt der Höllentalbahn endete am 21. Mai 1887 in Neustadt im Schneegestöber«, sagte ein älterer Zuschauer mit sandfarbenem Sommersakko und eilte in den Saal.

Wenige Sekunden später kehrte er zurück. »Da brennt es nirgends. Das ist Zigarettenrauch. Vermischt mit Zigarren. Rössli und Weisser Hirsch, das Kraut kenne ich. Der ganze Saal ist total verqualmt.«

»Aber wieso denn bloß? Sehr merkwürdig!«, äußerte sich nun auch die ältere Dame, die den Zigarrenkenner begleitete.

Alle wollten sich über dieses Phänomen vergewissern. Und tatsächlich lag dichter Tabakdunst über den Sitzreihen, als wenn fünfzig Leute um die Wette geraucht hätten.

»Na ja, dieser Raum diente damals als Wartesaal für die dritte Klasse«, sagte ein älterer Mann mit strahlendblauer Freizeitjacke.

Als plötzlich ein Fenster zu Bruch ging, fuhren alle zusammen. Ein faustgroßer Eisklumpen lag auf dem Fußboden.

»So viel zum Thema *hier drin sind wir sicher*«, sagte der junge Mann, vermutlich ein Student, während seine Freundin, vermutlich Studentin, noch das blutgetränkte Taschentuch an die Stirn hielt.

Dann schlugen im oberen Stockwerk die Fenster ein paarmal mit lautem Knall zu. Es zog wie Hechtsuppe, die Temperatur war im Sinkflug begriffen.

»Ich hab' keinen Empfang«, sagte eine junge Frau mit verängstigter Stimme.

In der Aufregung hatte Ute ihre jugendliche Quecksilbrigkeit wiedererlangt. Vom grellen Licht eines Blitzes erhellt, leuchtete ihre Haut weiß wie Mozzarella.

»Ich muss mal, und zwar aufs *gabinetto*. Da kann mich kein Hagel der Welt abhalten.«

»Was … wie, ach so, aber dafür musst du doch nicht raus …«

Ute war bereits aus der Tür.

»Halt, Ute, warte, nein …!«

Sie rannte nach links, an der Rampe für die Rollstuhlfahrer vorbei, Richtung Urachpark.

»Das gewisse Örtchen war früher außerhalb in einem kleinen Häuschen untergebracht. Sie sucht den Abort, aber der …«, erklärte die Freizeitjacke.

Und dann sah Martin Ute, wie sie die Straße überquerte und *Oma's Küche* ansteuerte. Das letzte Stück fegte sie wie eine Kanonenkugel durch das feindliche, eisige Sperrfeuer von oben. Ein Blitz riss sie aus der Dunkelheit, sie blickte zurück – Martin meinte in dieser Sekunde ein triumphierendes Lachen auszumachen – und schon war sie in dem Lokal verschwunden. Wie durch ein Wunder hatte sie offenbar den immer noch wütenden Hagelschlag unverletzt passiert.

»Eines muss man ihr lassen«, hörte Martin jemand sagen, »für ihr Alter ist sie sehr agil. Und furchtlos – bei diesem Unwetter!«

Martin wurde immer nervöser. Die Zeit verging quälend langsam. *Wo bleibt sie so lange?* Ute würde wohl in der Gaststätte den Hagel abwarten, bei einem Cappuccino den Kellnern erklären, wie man einen richtigen Kaffee zubereitet, oder sich über die fehlende Bio-Qualifizierung der Speisekarte aufregen, oder …

Andererseits war es auf jeden Fall sicherer, wenn sie unterm Dach blieb.

Schließlich hielt es Martin nicht mehr länger aus. Er ging ins Koki-Café und schnappte sich einen Stuhl, den er als Schild benutzen wollte.

Die Hagelkörner, immer noch hühnereigroß, trommelten furchterregend auf die Sitzfläche. Martin beschleunigte seine Schritte und rutschte auf den Körnern aus, verlor dabei den Stuhl und flog der Länge nach hin. Ein Eisbrocken traf ihn am Kopf. Abblende. Und aus.

Als Erstes nahm Martin einen seltsamen Geruch war, miefig und modrig zugleich. Jedenfalls roch es nach nassen Kleidern. Sein Hinterkopf tat weh, aber das war auszuhalten, wie er so auf Utes weichem Schenkel lag. Deckenlicht blendete ihn, also schloss er die Augen und ließ sich schaukeln im Rhythmus der Zugbewegung.

Zugbewegung?

Martin schnellte nach oben. »Was …?«

Sie drückte seinen Kopf auf ihren Schenkel hinab. »Du warst ohnmächtig. Ein ziemliches Trumm hat dich erwischt.« Utes Stimme, völlig unaufgeregt.

»Wo ...?«

»Auf dem Heimweg«, sagte sie irgendwie unbeteiligt. Beiläufig.

Ihre Hand lag angenehm kühl auf seiner Stirn. Er wollte seinen Kopf drehen, aber sie hielt ihn fest. Gefangen in ihrem Schoß. Nur aus dem Augenwinkel erkannte er schemenhafte Leute, Mitreisende zweifellos, die keine Notiz von ihm nahmen.

Von denen stammte wohl der unangenehme Geruch nasser Kleidung. Sein Rücken lag auf Holzsitzen, die Beine ragten in den Gang hinein. Holzklasse. Mal was anderes.

»Um diese Zeit fährt doch gar kein Zug in den Schwarzwald«, sagte er.

»Das ist ja auch ein besonderer Zug.«

»Hört sich an wie eine Dampflok – eine Museumsbahn?«

»Könnte man sagen.« Sie kicherte.

»Aber die fahren erst recht nicht mitten in der Nacht.«

»Diese schon.«

»Wie komm ich hier rein?«

»Hab dich das kurze Stück getragen.«

»Du hast mich bis zum Wiehrebahnhof geschleppt – allein?«

»Ist doch nicht weit.«

»Das sind mindestens fünfhundert Meter.«

»Nein, dieser Zug fuhr ausnahmsweise vom alten Bahnhof ab«, sagte sie. In einem Ton wie eine Lehrerin zu einem dummen Schüler.

Gegenüber saß ein kleiner Junge. Er trug eine Lederhose, sein hellblauer Pullover war mit weißen Hirschgeweihen gemustert.

Er schien sie zu ignorieren. Martin brannte eine ganze Liste von Fragen auf der Zunge, er wollte aber nicht, dass der Junge sie mitbekam. Kinder haben ein gutes Gehör.

Plötzlich fiel ein Schatten auf Martins Gesicht. Der Schaffner! Er knipste in das kleine braune Kärtchen des Jungen. Martin richtete sich auf, zog seinen Geldbeutel und klaubte die Regiokarte hervor, die er bis vor die Brille des Schaffners streckte. Doch der war blind wie ein Maulwurf.

Statt ihren Fahrschein zu zeigen, schnippte Ute dem Kontrolleur das zusammengeknüllte Eintrittskärtchen entgegen. Er bemerkte es gar nicht. Wie konnte man Ute nicht wahrnehmen?

Der Bub kramte eine Tafel Schokolade hervor, lächelte unglaublich breit, offenbarte so seine Zahnlücken und bot Martin ein Stück zum Naschen an.

»Das ist aber nett, vielen Dank«, sagte Martin mit belegter Stimme. Ute hielt sich die Hand vors Gesicht.

Martin griff nach der Schokolade, aber seine Hand rutschte zu seinem Erstaunen durch sie hindurch. Was den Kleinen nicht daran hinderte, noch breiter zu grinsen. Er tunnelte ihn.

Martin verstand! Der Junge wollte ihm die Schokolade direkt in den Magen schieben! Was für ein cleveres Bürschchen! Von hinten kam ein Kichern. Martin drehte den Kopf um 180 Grad und sah zwei blonde Zöpfe schwingen, hörte ein glöckchenhelles Lachen. Ein schmaler Arm bog sich um die Lehne, streckte sich durch seinen Körper hindurch und schnappte sich die Tafel.

»Danke«, zirpte es fröhlich.

»Mir ist irgendwie schwindlig«, sagte Martin und lehnte sich an Ute.

Ihre Hand berührte ihn an der Wange. »Alles okay?«

Martin verspürte ein angenehmes Kribbeln im Bauch. *Für sinnliche Dinge ist noch Platz,* dachte er erleichtert. »Ja, ja, alles okay, sogar sehr okay.« Er zauberte den Generalschlüssel aus dem Film hervor und reichte ihn ihr. »Hast du Verwendung dafür?«

Sie freute sich riesig, und wenn Ute sich freute, wackelte der Zug.

Sie spielte mit dem Schlüssel. »Damit könnten wir in den Schlafwagen.«

»Genau, sicher ein historischer *Wagonlit* aus dem Orientexpress.«

»Woher weißt du das?«, fragte sie erstaunt.

Er lehnte sich zurück, versuchte, sich zu entspannen. »Ach, nur so eine Ahnung.«

»Das ist gut. Nach dem tennisballgroßen Hagelkorn zu urteilen … ich mein, das steckt man nicht so leicht weg. Du hast echt 'ne Rossnatur, hab dich unterschätzt«, sagte sie lachend.

Martin grinste. »Ja, wir Schwarzwälder sind eben robust.«

Der Zug hielt.

»Wo sind wir? Das ist doch nicht Himmelreich!«

»Egal. Wir haben nicht mehr so viel Zeit – dieser Ausflug endet an der Ravennabrücke. Der Zug will partout die gekrümmte alte Brücke befahren.«

»Das heißt, wir stürzen ab … und sterben?«

»Ach, Martin, der Tod wird meist überschätzt. Mir ist er nie so recht gelungen.

Nun mach nicht so ein Gesicht! Ich hab eben eine Sarg-Allergie!«

Christoph Rück

Seeratten

Die Geschichte glaubt mir kein Schwein!

Die letzten zwei Tage waren aber auch wirklich der Horror! Als ich vorgestern Abend von der Arbeit aus Freiburg kam, war die Welt ja noch ganz in Ordnung. Vor meiner Haustür in Titisee fing mich mein Nachbar Rudi im Schneeregen ab. Er war als Prinzessin verkleidet und hätte richtig hübsch ausgesehen, wenn er nur besser rasiert gewesen wäre. Er überredete mich zu einem Bier im *Schwarzbrenner,* weil ja nur einmal im Jahr Rosemendig ist. Die Stimmung dort war großartig.

Drei Stunden später kam ich in unsere Wohnung getorkelt. Die Yvonne war ziemlich sauer. Offenbar hatte ich übersehen, dass nicht nur Rosenmon- sondern auch unser Hochzeitstag war. Das selbst gekochte Drei-Gänge-Menü hatte sie schon in die Mülltonne geschmissen, aber auf dem Küchentisch wartete immerhin noch eine Flasche Champagner.

Unsere Diskussion verlief dann wohl ziemlich fruchtlos. Zumindest verbesserte sich ihre Laune nicht. Bald durchwühlte sie lautstark die Schränke und zog kurz darauf mit einem riesigen Rollkoffer ab. Bevor sie die Wohnungstür zuknallte, verabschiedete sie sich noch wortreich von mir. So richtig mitgekriegt habe ich ihre Tirade nicht mehr, aber jedenfalls kamen ihre Mutter und ein Anwalt darin vor.

Nicht dass Sie denken, ich wäre immer so ein Schluckspecht! Im Gegenteil. Seit zwei Jahren trinke ich quasi gar nicht mehr. Nur, wenn ich schon mal anfange, höre ich auch ungern wieder damit auf. Also leerte ich erst mal den lauwarmen Schampus. Auf unseren Hochzeitstag!

Während ich am Computer daddelte, vernichtete ich systematisch die Spritvorräte aus der Hausbar. Es ist wirklich unverantwortlich, so viel Schnaps in der Wohnung rumstehen zu lassen!

Ich muss dann wohl eingeschlafen sein. Jedenfalls wurde ich, mit dem Kopf auf der Tastatur, von ein paar vorwitzigen Sonnenstrahlen geweckt. Was quasi schon wieder ein schlechtes Zeichen war. *Wenn im Winter beim Aufstehn die Sonne brennt, hast du hundertpro verpennt.* Alte Bauernregel.

Ich rannte zum Auto, aber das Auto war nicht mehr da. Hatte die Yvonne wohl konfisziert. Also kaufte ich am Bahnhof schnell eine Regiokarte und zockelte schwerst verkatert mit der Höllentalbahn nach Freiburg.

Als ich gut zwei Stunden zu spät ins Geschäft kam, begrüßte mich der Schiebedach-Schmitz geradezu enthusiastisch. So nannten wir unseren Chef wegen der kreisrunden Luke in seiner blonden Haarpracht. Er versprach mir eine steile Karriere und eine schnelle Beförderung. Nämlich steil nach unten und schnell nach draußen.

Mit dem Sonnenschein war auch schon wieder Schluss. Mit einem Kater der Champions League stand ich im kalten Nieselregen auf der Straße. So früh hatte ich ja noch nie Feierabend gehabt. Das schrie geradezu nach einem Feierabendbier. Frisch gekontert ist halb entkatert.

Im Café *Bei Ruth* gegenüber vom Bahnhof wurde ich begrüßt wie der verlorene Sohn. Ruth war damals sehr traurig gewesen, als ich erzählte, ich würde mit dem

Trinken aufhören. Jetzt strahlte er wie Fessenheim und zapfte mir ein Pils. Ruth heißt eigentlich Mustafa und sein Café *Beirut*, aber das nimmt hier keiner so genau.

Drei oder elf Bierchen später konnte er feststellen, dass ich wieder ganz der Alte war. Am Stammtisch intonierten ein paar übernächtigte Narren ziemlich schräg »So ein Tag, so wunderschön wie heute«. Ich konnte sie überzeugen, dass der Tag überhaupt nicht schön war, weil die Fasnet ja jetzt schon fast rum war und ich außerdem soeben meine Frau, mein Auto und meinen Job verloren hatte. Sie versuchten es mit: »So ein Tag, so oberbeschissen wie heute«, aber das endete in einer rhythmischen Massenkarambolage.

Ich begann dann, die knusprige Braut hinten in der Ecke zu becircen. Ich fand das in Ordnung, denn ich war ja quasi wieder Single. Ihr Macker sah das wohl anders. Er war ein Muskelberg von zwei Metern zwanzig und trug eine Rockerkutte. Ich kriegte die Fresse voll und zwar vom Feinsten.

Dreckig und blutend fand ich mich in den Fahrradständern an der Bismarckallee wieder. Ich stellte fest, dass mein Geldbeutel und mein Handy fehlten. Immerhin fand ich in der Jackentasche noch meine Monatskarte. Die Bahnhofsuhr zeigte sechzehn Uhr neunundfünfzig, da konnte ich auch gleich heimfahren.

Ich schleppte mich auf Gleis sieben und bestieg den Zug nach Titisee. Irgendwann rüttelte jemand kräftig an meiner Schulter. »Aufwache, junger Mann, hier isch Endstation! Aber erscht zeigsch mir de Fahrausweis!«

Schlaftrunken wanderte mein Blick von dem Kerl in DB-Uniform zum Fenster und zurück. »Was heißt hier Endstation?«, fragte ich. »Ich muss nach Titisee.

Warum stehen wir eigentlich immer noch in Freiburg rum?«

»Von wege, immer noch!«, entgegnete er und lachte hämisch. »Mir sind grad in Freiburg Hbf eigefahre. Zwischedurch bisch mit nach Seebrugg un zurück gefahre. Da hättsch schon zweimal in Titisee aussteige könne.«

Ich glaubte es nicht! Sicherheitshalber ließ ich mir seinen Dienstausweis zeigen. Der Typ war doch eindeutig ein Betrüger! Der sprach ja noch nicht einmal sächsisch!

Nachdem er seinerseits meine Regiokarte gründlich in Augenschein genommen hatte, ließ er mich freundlicherweise noch einmal mitfahren. Aber bald darauf schüttelte er schon wieder an mir herum. »Jetzt isch aber endgültig Schluss, Bürschle! Mir sin in Seebrugg. Der Zug bleibt hier bis morge früh stationiert.« Ich meckerte ein bisschen, weil er mich nicht in Titisee geweckt hatte. Aber er meinte nur achselzuckend: »Ich bin Zugbegleiter und kein Zugedröhnten-Betreuer!« Er hatte es wohl eilig, denn er war mir noch beim Aussteigen behilflich.

Scheiße! Da stand ich am Gesäß der Welt, ohne Handy und ohne Geld. Es war finstere Nacht, und sowohl die Bahnhofsgaststätte als auch das Seehotel *Hubertus* zeigten sich komplett verschlossen. Laut Digitalanzeige war es zwanzig Uhr zwanzig. Es schneite und ich fror wie ein Schneider. Mir blieb wohl nichts anderes übrig, als die zwanzig Kilometer nach Titisee zu laufen. Der Einfachheit halber schwankte ich den Schienen entlang durch das schneebedeckte Gleisbett. Ab und zu rutschte ich aus und legte mich auf die Schnauze.

Nach 40 Minuten dann ein Hoffnungsschimmer: In der Ferne leuchtete so etwas wie elektrisches Licht! Sollte es hier tatsächlich menschliches Leben geben?

Am Bahnhof von Schluchsee wartete mit nagelndem Dieselmotor ein einsames Taxi. Als der Fahrer mich sah, verriegelte er per Knopfdruck alle vier Türen. Durch den Schlitz im Fenster forderte ich ihn auf, mich nach Hause zu fahren. Er wollte erst Kohle sehen. Damit konnte ich aber leider nicht dienen. Er fing an, mich zu beleidigen. Bevor er das Fenster schließen konnte, griff ich in meiner Verzweiflung hinein und versuchte, die Tür zu öffnen. Die Karre hupte und blinkte, als er die Alarmanlage betätigte. Dann brauste er mit einem Kavalierstart davon.

Ich kämpfte mich weiter voran, jetzt an der B 500 entlang. Die Bevölkerung von Schluchsee schien früh ins Bett zu gehen. Die Gebäude waren zumindest alle abgedunkelt wie im Krieg. Endlich sah ich auf der rechten Straßenseite ein kleines Häuschen, aus dem Licht schien und laute Stimmen ertönten. *Zur schielenden Trude* stand auf dem Rothaus-Schild über der Tür. Uff! Hier konnte ich mich ja wohl zumindest mal aufwärmen.

Oh weia, was für eine Spelunke! Ein paar Kerzen gaben spärliches Licht. Wände und Boden waren gefliest und voll dunkler Spritzer. Es stank wie in der Kanalisation von Bombay. Aber ich wollte jetzt auch nicht kleinlich sein.

Die Namensgeberin der Kneipe erkannte ich trotz der trüben Beleuchtung sofort. Sie stand hinter dem Tresen und ihre kajalgeschwärzten Augen flackerten wie eine Piratenflagge im Wind. Das eine Richtung Basel und das andere Richtung Karlsruhe. Dann erst fiel mir auf, dass sie aussah wie eine hässliche alte Ratte. Rattenkopf, Rattenkörper und aus dem schmutzigen, bunten Fasnetshäs hing hinten ein ekliger grauer Rattenschwanz herunter.

Die Stimmen waren schlagartig verstummt, als ich eingetreten war. Neugierig betrachtete ich die anderen Besucher dieses vornehmen Etablissements. Ich dachte, mir fällt die Hose runter. Ich war umgeben von menschengroßen Ratten! Vor jeder stand ein dreckiges Glas mit einer dunkelroten Plörre darin. Und alle musterten mich mit feindseligen und zugleich irgendwie lüsternen Blicken.

Ich ging zur Theke und bestellte auch so eine Bloody Mary. »Aber wenn's geht, aus einem sauberen Glas!«, sagte ich. Die Wirtin kicherte heiser. »Das isch aber eine Bloody Trudy«, krächzte sie. »Menscheblut mit Tollkirschwasser. Isch er ganz sicher, dass er des will?« Keine Ahnung, warum die mich in der dritten Person ansprach. Ich entschied mich dann doch lieber für ein Bier.

Meine Augen gewöhnten sich langsam an das Halbdunkel und ich schaute mich weiter um. Hinten in der Ecke stand eine Art Schlachtbank und davor ein dicker brauner Rattenmann, um dessen fetten Leib sich ein fleckiger Kittel spannte. In der haarigen Hand hielt er ein blutiges Fleischerbeil.

Etwas Kaltes stupfte mich an der Nase. Es war das Ende eines langen, nackten Rattenschwanzes. Mein Blick wanderte nach oben. An der Decke war eine Art Galgen angebracht. Daran baumelten, ein Henkerseil um den Hals, zwei Meter Ratte im dunklen Smoking. »Lasst ihr den da abhängen, damit er schön mürbe wird?«, versuchte ich einen Scherz. Eisiges Schweigen.

Bitterböse Blicke. Dem Rattenvolk war offenbar nicht zum Scherzen zumute. Nur von der Decke ertönte ein sonores Gelächter. Der Baumel-Bisam da oben lachte sich doch tatsächlich kaputt! So etwas nennt man dann wohl Galgenhumor.

Mit einer lockeren Handbewegung streifte er sich den Strick vom Hals und sprang herunter. Federnd landete er neben mir auf der Erde. Verglichen mit dem restlichen Pack wirkte er fast sympathisch. Elegante Klamotten, gepflegtes Fell und lebendige schwarze Kulleraugen. »Nein, mein Lieber«, sagte er mit einer angenehm tiefen Stimme. »Ich ruhe da oben gern aus, wenn ich das Gesocks hier unten nicht mehr ertrage.« Er reichte mir seine rechte Pfote. »Willkommen in unserem Hauptquartier. Mein Name ist Tunsel. Zunftmeister Toni Tunsel.«

Dann erzählte er mir die ganze schaurige Geschichte. Seit langer Zeit war er der Chef der Schluchseer Wasserratten. Das war früher einmal eine ganz normale Narrenzunft gewesen. 1999 waren sie am Fastnachtsdienstag wie jedes Jahr mit einem Floß hinausgefahren, um die Fasnet im See zu bestatten. Aber dieses Mal fühlte sich die damals im Schluchsee hausende Monsterratte wohl von dem lärmenden und betrunkenen Narrenvolk provoziert. Sie griff an und brachte das Floß zum Kentern. Es folgte ein grausames Gemetzel. Das Ungeheuer zerfleischte wahllos die schreienden Menschen und soff gierig ihr Blut.

Die meisten Zunftmitglieder erlitten einen qualvollen Tod und konnten höchstens noch in Einzelteilen geborgen werden. Nur ein paar von ihnen konnten sich schwer verletzt ans Ufer retten und in der örtlichen Arztpraxis wieder halbwegs zusammengeflickt werden. Nach und nach hatten sie alle ihr normales Leben wieder aufgenommen und gingen ihren Berufen nach. Nur jedes Jahr am Fastnachtsdienstag holte sie der Fluch von damals ein und sie verwandelten sich in böse, blutrünstige Ratten. »Ja, mein Lieber«, sagte der Zunftmeister mit belegter Stimme. »Traurig, aber wahr. Der Schluchsee ist unser Fluchsee.«

Dem Tourismus zuliebe hatte man die Geschichte erfolgreich unter den Teppich gekehrt. Und von dem Seeungeheuer hatte man nie wieder etwas gesehen. Man vermutete, dass es nach seiner Blutorgie an einer Alkoholvergiftung verstorben war.

Ich hörte mehrstimmiges fiependes Schluchzen. Die Rattenmenschen hatten Tränen in ihren trüben Augen. Sie waren wohl sehr ergriffen ob ihres traurigen Schicksals. Ich muss sagen, sie taten mir fast schon ein bisschen leid. Bis ich einen scharfen Schmerz im rechten Arm verspürte.

Der Rattengreis neben mir hatte sich darin verbissen! Jetzt fing er an, das spritzende Blut aufzuschlürfen. Ich donnerte ihm meine linke Faust auf die Schnauze. Quiekend fiel er vom Barhocker. »Kannibale!«, brüllte ich ihn an.

»Wie – er kann nit zahle?!«, kreischte die Trude. »Er wird jeden Tropfe zahle, den er hier trinkt. Wenn's sei muss, mit seinem eigenen Blut!«

»Keine Angst!«, versuchte Toni Tunsel mich zu beruhigen. »Sie hört nur ein bissel schlecht. Und selbst wenn du wirklich kein Geld hast: Du bist natürlich eingeladen. Das Problem ist nur, dass du blutest. Jetzt werden sie richtig heiß.«

Tatsächlich hatte sich die Stimmung verändert. Sieben Rattenschnauzen nahmen Witterung auf. In den

Augen stand die nackte Gier und aus den Mäulern sabberte der Geifer. Schwer atmend rückten sie auf mich zu. Der Dicke hob bedrohlich sein Beil.

»Jetzt ist aber Schluss hier!«, schrie der Zunftmeister sein Rattenvolk an. Geschickt entwand er dem Metzger die Waffe. »Ihr habt euer Blutopfer für dieses Jahr gehabt. Und die Leiche ist auch noch nicht entsorgt! Jetzt reißt euch zusammen! Morgen früh will ich hier keine Spur mehr sehen!«

Erleichtert stellte ich fest, dass die Ratten eingeschüchtert zurückwichen. Der schien seine Zunft im Griff zu haben. Und dass er auf meiner Seite stand, war doch quasi ein gutes Zeichen. Oder zumindest halbquasi …

Der Meister bezahlte tatsächlich meine Zeche. »Ich fahr dich heim«, bot er mir an. »Bevor dir hier noch was Schlimmes passiert.«

Zusammen verließen wir die Kammer des Schreckens. Toni Tunsel schloss einen alten Renault Kangoo auf und öffnete mir die Fahrertür. Er zwängte sich hinter das Steuer und legte das blutige Beil vor meine Füße. Sein langer Schwanz schlängelte sich zwischen den Sitzen nach hinten. Die Scheiben beschlugen sofort und in der Kiste stank es erbärmlich. »Lieber schlecht gefahren als gut gelaufen«, lächelte er entschuldigend.

Keine Ahnung, was die mir ins Bier getan haben. Von da an habe ich keine Erinnerung mehr. Ich muss komplett weggetreten sein.

*

»Nein, nein! So geht das nicht!« Rechtsanwalt Dr. Schlatt schüttelt energisch sein graues Haupt. Auf seiner Stirn zeigen sich tiefe Sorgenfalten. Wir sitzen im kahlen Besucherraum des Hotels Fünfeck, dem Freiburger Knast.

»Als Ihr Pflichtverteidiger möchte ich Ihre Lage noch einmal zusammenfassen. Sie wurden gestern Abend an der B 500 zwischen Schluchsee und Bärental am Steuer eines gestohlenen Renault Kleintransporters im Straßengraben aufgefunden. Ihr Blutalkohol betrug 2,8 Promille. Im Laderaum lag die grauenhaft zerstückelte Leiche einer bisher unbekannten Frau. Sie war nahezu komplett ausgeblutet. Am Opfer fand man Ihre Fingerabdrücke. Ebenso auf der mutmaßlichen Tatwaffe, einem Fleischerbeil, das im Fußraum gefunden wurde. Darüber hinaus haben wir den Tatbestand des versuchten Raubüberfalls auf ein Taxi in Schluchsee.« Mit seiner rosigen Hand streicht er sich durch die gegelten grauen Haare.

»Sie sehen, es sieht nicht gut aus«, fährt er mit seiner leiernden Stimme fort. »Wir sollten auf verminderte Schuldfähigkeit gehen. Wenn Sie geständig sind, sehe ich noch eine Chance.

Aber *die* Geschichte glaubt Ihnen kein Schwein!«

Anne Griesser

Der Franzose

Im Herbst 1802

Das Gewitter über Hofsgrund verzieht sich langsam. Zwei Stunden lang hat es gewütet wie ein rachsüchtiger Gott. Die Bauern stecken im Wirtshaus die Köpfe zusammen, tuscheln.

»Den Karl hat der Blitz getroffen! Draußen auf 'em Feld. Er war gleich tot.« Leise geflüstert. »G'schieht ihm recht.«

»Psst! Schwätz nit so lut! Wer weiß scho, wie sich des uswirkt.«

»Des isch der Fluch.« Der Wirt senkt die Stimme. »Wege der Sach mit dem Franzosen. Den mir nit habe rette könne ...«

»Psssst!«

»Den einen hat der Blitz getroffe. Der andere isch vom Baum erschlagen worde. Und der Berthold isch bei lebendigem Leib verfault, nachdem er sich mit der Sense den linken Fuß abg'hackt hätt. G'schieht ihne recht, allene drei. Vielleicht isch jetzt endlich a Ruh.«

Die Bauern stecken die Köpfe zusammen, nicken.

Ja, vielleicht.

Im Juli 1802

Von Oberried aus, wo er mit der 16. französischen Halb-Brigade einquartiert ist, führt sein Weg durch das Hintertal, bei der Hohbuck nach rechts und dann, unterhalb vom Steinwasen, auf die Wegabzweigung nach Hofsgrund.

Unsicher bleibt er stehen. Was hat sein Zimmerwirt ihm gesagt? Nach links? Nach rechts?

Es ist schwierig, einen Weg zu beschreiben, wenn der eine kaum Deutsch spricht und der andere kein Französisch!

Bergauf. Immer dem Gefühl nach. Es lenkt ihn in eine bestimmte Richtung, wie ein Sog, dem er sich nicht entziehen kann. Nach oben, immer weiter, der Freiheit entgegen.

Der Deserteur lächelt. Wenn er Glück hat, ist er schon in wenigen Tagen zu Hause bei Frau und Kindern. Die Abendsonne strahlt golden, das Licht ist wie verzaubert, die Luft ganz klar – in den vergangenen Tagen hat es viel geregnet, allen Staub aus der Atmosphäre gespült.

»Merde!« Mit dem linken Fuß tappt er in eine tiefe Pfütze. Sein Armeestiefel, nicht mehr der jüngste, ist blitzschnell durchnässt. Fluchend stapft er weiter. Auf nasse Füße kann er an diesem Tag keine Rücksicht nehmen. Ganz in der Nähe liegt das Dorf, Hofsgrund, das er unbemerkt umgehen muss. Vielleicht kann er in der Nacht ein Stündchen schlafen, wer weiß, um neue Kräfte zu sammeln.

Dann stutzt er.

Was ist das?

Eine Stimme. Eine menschliche Stimme – die aber nicht so klingt, als käme sie aus dem Dorf, sondern von anderswo. Von weit her. Von – irgendwo unten – wie ist das möglich? Sie klingt – aber nein – sie klingt, als käme sie direkt aus der ...

Sein Herzschlag beschleunigt sich, das Atmen fällt schwer. Zitternd lässt er sich auf einem Stein am Wegrand nieder, presst die Hände auf die Ohren.

Doch die Stimme verstummt nicht. Sie ist in ihm, unter ihm –

Mon dieu!

Nach endlosen, bangen Minuten gelingt es ihm, wieder aufzustehen und einen Fuß vor den anderen zu setzen. Noch immer hört er das Wimmern. Es kommt vermutlich aus dem Tal, weit entfernt. Die klare Luft wird es auf unerklärlichem Weg bis zu ihm getragen haben. Mais, oui! Genau so muss es sein!

Im Juli 2002

Es ist wie ein Sog, den er sich selbst kaum erklären kann. Das Wasser sickert ihm in den Hemdkragen, sein Haar trieft. Kleine Rinnsale laufen über sein Gesicht, kühlen die Nase, feuchten die Lippen. Zwischen den Bäumen wabert der Nebel, der Blick reicht keine zwanzig Meter weit.

»Merde.« Mit dem linken Fuß tappt er in eine tiefe Pfütze. Schlammiges Wasser schwappt in den teuren Wanderschuh.

Dann taucht die Bergstation am Schauinsland aus dem Dunst auf. Kein Mensch sitzt auf der Terrasse des Restaurants, lautlos gleiten die Gondeln der Seilbahn nach unten, sie schaukeln im Wind.

Am Fahrkartenschalter zögert der Wanderer. Die Dame hinter der Glasscheibe redet mit ihm, aber er versteht ihre Sprache nicht.

»So ein Sauwetter! Und das im Hochsommer! Sind Sie wirklich gelaufen? Sicher wollen Sie zurück ins Tal?«

Er schüttelt den Kopf, ahnt, was sie gefragt hat. »Non, merci. Später, peut-être.«

»Die Bahn fährt nur noch zehn Minuten. Jetzt, oder heute nicht mehr.«

Er tritt hinaus ins Freie, in die Kälte, den Regen. Plötzlich ist er entschlossen, der Natur und dem Wetter zu trotzen. Weiter, immer weiter, noch ein Stückchen. Schließlich ist er zum Wandern nach Deutschland gekommen, also wandert er auch.

Er lässt das Restaurant und die Seilbahn hinter sich, wendet sich nach links, auf einen asphaltierten Weg. Wenige Schritte später kommt eine Abzweigung nach rechts, auf dem Wegweiser stehen Worte, die er nicht kennt. Dann: Ein verriegelter Eingang zu einem Bergwerk, davor ein einfacher Wagen, eine Blechbude, ebenfalls verschlossen.

Die Welt wirkt fremd in diesem Nebel, alle Geräusche gedämpft, sogar das leise Keuchen des Wanderers.

Steil bergab. Der Weg wird enger, matschiger und sehr rutschig. Die Hosenbeine des Wanderers starren vor Schmutz. Mehrfach strauchelt er, einmal kann er sich nicht auf den Beinen halten und fällt der Länge nach hin. Seine Hose nimmt eine braune Schlammfärbung an.

Dann stutzt er.

Aus dem feuchten Dunst dringt ein Laut an sein Ohr, ganz leise, aber dennoch schneidend. Ein gedämpfter Schrei. Wimmern, Stöhnen, Weinen. Eine männliche Stimme, weit weg.

Die Stimme ... nein. Oder ...? Mon dieu! Sie kommt von unten, aus der Erde!

Panik ergreift den Wanderer. Unmöglich, an diesem Ort zu verharren. Was immer – *wer* immer dort schreit ...

Er stolpert weiter. Die Hände auf die Ohren gepresst. Doch die Stimme, das Klagen, bleiben unverändert. Als säßen sie drinnen, in seinem Kopf.

Unvermittelt stößt der Fußweg auf eine asphaltierte Straße. Im Nebel tauchen schemenhaft Häuser auf. Der Wanderer atmet tief. Ein Dorf! *Hofsgrund* steht auf dem Ortsschild.

Das Wimmern ist noch da, sehr leise. Eine Täuschung? Ein merkwürdiges Zusammenspiel von Wind und Regen?

Room to rent steht auf einem Schild, das an einem adretten Häuschen prangt. Ohne zu zögern, klopft der Wanderer an. Ein Zimmer ist genau das, was er jetzt braucht. Und eine heiße Dusche.

»Est libre, oui.« Der Wirt nickt. Er kann ein paar Brocken Französisch, dem Himmel sei Dank. Non, ein Wimmern hat er nicht gehört und schon gar keine Schreie. Er wirft seinem Gast einen prüfenden, abschätzenden Blick zu. Plötzlich wirkt er abweisend. »Vielleicht das Zeltlager, oben am Ortsausgang. Ein Feriencamp für schwer erziehbare Jugendliche. Bestimmt kamen die Geräusche von dort.«

Der Wanderer nickt erleichtert. »Mais, oui!« Ja, genau so muss es sein.

Im Juli 1802

Stimmen! Nicht aus dem Tal, nicht aus der Erde, nicht aus der ... nein: hier und jetzt. Sie nähern sich, kommen von links. Gehetzt blickt der Deserteur sich um. Kein Versteck, gar nichts. Sich hinter einen Stein oder einen Busch zu kauern, nützt nichts, schürt nur das Misstrauen.

Drei Männer. Sie kommen den Weg entlang, direkt auf ihn zu.

Panik ergreift den Deserteur. Alles kommt jetzt darauf an, ungezwungen und sorglos zu wirken. Ein harmloses »Guten Abend« von sich zu geben, möglichst akzentfrei. Vielleicht ziehen sie dann weiter, die drei Männer.

»Guten Abend.« Der mittlere, ein bulliger Kerl, ergreift das Wort. Seine Augen tasten den Fremden prüfend ab.

»Bon soir.«

Himmel, was hat er gesagt? Wie konnte das –

Die Angst hat ihn überwältigt.

»Sieh mal einer an. Hast du das gehört, Berthold? Ein Franzosenschwein.«

Die drei grinsen einander zu. Bauen sich vor dem Deserteur auf, versperren ihm den Weg.

Bitte, will er sagen. *Lasst mich durch. Ich bin nur ein einfacher Mann, seht ihr das nicht? Einer, der die Armee für immer verlassen will. Das Heimweh hat mich gepackt, schlimmer als jede Krankheit. Macht den Weg frei und wir werden uns nie wieder in die Quere kommen.*

»S'il vous plaît ...«, stammelt er. »Bitte ...«

Der erste Fußtritt kommt nicht von dem Bullen in der Mitte, sondern von einem schmächtigen Kerl rechts außen. Seine Augen schimmern, Mordlust flackert darin.

Der Deserteur fällt vor den drei Männern auf die Knie. Lange genug ist er in der Armee, mit den Gesten der Unterwerfung kennt er sich aus. Ein Schwall französischer Worte entströmt seinem Mund. Vielleicht findet das eine oder andere seinen Weg in die Seele der feindlichen Männer?

»S'il vous plaît«, stammelt er. »Ich flehe euch an! Ich will ja nur heim zu meiner Frau, den geliebten Kindern. Sie heißen Jean und Mireille, sieben und vier Jahre alt. Wenn ihr ein Herz habt, dann gebt den Weg frei ...«

Der zweite Fußtritt trifft sein Gesicht. Zähne splittern, das Nasenbein bricht und der Deserteur verstummt.

Im Juli 2002

Sie kommen vom Ferienlager, die drei Kerle mit den Springerstiefeln. Schwer erziehbare Jugendliche, hat der Zimmerwirt gesagt.

Nach der heißen Dusche hat es den Wanderer nicht in seinem Quartier gehalten. Die Schreie, das Wimmern, sie sind noch immer da, in seinem Kopf.

Er lächelt die drei an. Nur weil sie diese Stiefel tragen, müssen sie ja keine Ungeheuer sein. »Bon soir«, sagt er.

»Sieh mal einer an. Hast du das gehört, Tom? Ein Franzosenschwein.«

Sie stinken. Nach Schweiß, ungewaschener Kleidung, kaltem Rauch und Alkohol. Der Mittlere spielt nervös mit seiner Hand in der Jackentasche herum.

Der Wanderer versteht nicht, was sie sagen. Am Tonfall erkennt er, dass es nichts Freundliches ist.

»Haben Sie die Stimme auch gehört?«, fragt er trotzdem. »Das Wimmern? Das Klagen?« Vielleicht kann einer der Kerle Französisch.

»Wir wollen hier keine Froschfresser.«

Die drei bauen sich bedrohlich vor ihm auf. Der Wanderer versucht, die Provokation zu ignorieren. Sie haben eine große Klappe, ist das nicht normal, heutzutage? »Es kam von unten, aus der Erde. Gibt es hier nicht alte Bergwerksstollen? Schächte? Könnte da jemand ...?

Der erste Schlag kommt von dem Schmächtigsten, links außen.

»Willst du uns ficken, Arschloch? Hör auf mit deinem französischen Gelaber!«

Der Mittlere zieht seine nervöse Hand aus der Tasche. Jetzt ist sie mit einem Mal ganz ruhig und hält ein Springmesser.

Der Wanderer streckt die Arme in die Luft, ein Zeichen der Ergebung. »S'il vous plaît«, stammelt er. »Ich will doch nur ...«

Der Tritt kommt von rechts. Zähne und Blut sammeln sich in seinem Mund. Fassungslos verstummt er.

Dann, nach einer schmerzvollen Ewigkeit: »Hört auf, ihr Idioten! Wollt ihr ihn umbringen? In den Knast wandern? Ihr wisst doch, dass dieses scheiß Lager unsere letzte Chance ist.«

»Und wenn er labert, der Froschfresser?«

Der Mittlere steckt sein Messer wieder weg, lächelt kalt. »Der labert nicht.«

Zu dritt packen sie den Wanderer, der vor Schmerz und Schock wie gelähmt ist. Sie zerren ihn zu einem gut verborgenen Loch, entfernen ein paar morsche Holzbretter und bearbeiten mit ihren schweren Stiefeln das darunterliegende, rostige Gitter. Eine Grube, ein Schacht, vom Bergbau übriggeblieben.

»Bonne nuit«, versucht sich der Mittlere in der Fremdsprache und versetzt dem Wanderer einen letzten Tritt.

Im Juli 1802

Mit der Zeit gehen die Schreie des Deserteurs in ein leises Wimmern über. Bei dem Sturz in den Schacht hat er sich eine hässliche Wunde am Bein zugezogen und mindestens zwei Rippen gebrochen. Wenn er den

Blick nach oben wendet, kann er das kreisrunde Loch sehen, durch das die drei Männer ihn gestoßen haben. Viermal ist es bereits hell und wieder dunkel geworden. Vier Tage und vier Nächte. Mon dieu ...

Bewegen kann er nur den Kopf. Mit viel Anstrengung erreicht er mit der Zunge das schlammige Wasser, in dem er liegt, und kann seinen Durst stillen. Es schmeckt brackig, aber nach Leben, trotz des Unrats, der darin herumschwimmt.

Etwas Hartes bohrt sich in seinen Rücken, in sein Fleisch, aber seine Augen sind blutunterlaufen, sie können nur den Lichtschimmer von oben erkennen, sonst nichts. Wann kommt endlich jemand, um ihn zu befreien?

Das Dorf ist nicht weit weg. Sie müssten seine Schreie hören, zumindest in der Nacht. Anfangs ist seine Stimme ja noch kräftig.

»Allô? Allô! Aidez-moi! Hilfe! Ich bin hier unten!«

Ein Schatten fällt über das Loch. Ein grotesk verzerrter, menschlicher Schatten. Dann ein paar laute Worte, die der Deserteur nicht versteht.

»Halten Sie durch, wir kommen zurück.«

Es dämmert. Er friert und zittert. Sein Bein ist vollkommen taub. Etwas klatscht an die Wand des Schachtes, baumelt hin und her. Ein Seil, erkennt er im schwächer werdenden Licht. Es endet etwa zwei Meter über dem Boden.

Er lacht, bitter. Er kann nicht aufstehen, geschweige denn klettern. »Ihr müsst herunterkommen und mich holen«, flüstert er. »S'il vous plaît.«

Die Schatten verschwinden, ebenso das Getuschel. Zweimal kann er die Stimmen noch hören, in den folgenden Tagen. Dann nicht mehr.

Im Juli 1902

»Hallo! Hilfe! Hier bin ich! Hier unten!«

Der französische Student spricht fließend Deutsch, nur sein Akzent verrät ihn. Er kann hören, wie sich Spaziergänger dem Loch nähern, in das ihn die drei fremden Burschenschaftler gestoßen haben.

»Hilfe!«

Vom tagelangen Liegen im kalten Wasser ist seine Stimme heiser geworden, kratzig, wie die einer Krähe. An seinem Bein klafft ein hässlicher, offener Bruch und der Rücken schmerzt so sehr, dass er sich nicht bewegen kann. Doch die Knochen spürt er. Sie bohren sich in seinen Leib. Woher sie wohl kommen? Ein menschlicher Schädel grinst ihn an, als wolle er ihn verhöhnen. Angsterfüllt und gleichzeitig fasziniert starrt der Student zurück.

»Hörst du das nicht?«, fragt oben ein Spaziergänger den anderen. »Dieses leise Wimmern? Die Hilferufe?«

»Nein!«, antwortet eine bange, weibliche Stimme. »Da ist nichts, Opa! Das bildest du dir nur ein!«

Dann entfernen sich die beiden Menschen, langsam aber stetig, und sie kommen nicht zurück.

Im Juli 2002

Der Wanderer liegt bewegungslos auf dem Boden seines nassen, kalten Gefängnisses. Im Rücken spürt er die fremden Knochen. Im Dämmerlicht kann er keine Einzelheiten erkennen, aber er ist sich sicher, dass es menschliche Knochen sind. Seine eigene und der Widerhall jener fremden, unwirklichen Stimme in seinem Kopf vereinigen sich zu einem lauten, durchdringenden Hilfeschrei.

»Allô? Allô! Aidez-moi! Hilfe! Ich bin hier unten!«

Ein Schatten fällt über das Loch, in das die drei Kerle ihn gestoßen haben. Leises Gemurmel, das der Wanderer nicht versteht:

»Shit. Da unten liegt einer.«

»Wie kommt der denn da rein?«

»Sicher nicht freiwillig!«

»Du meinst – »

»Ist dir nicht aufgefallen, dass unsere drei Arschlöcher vom Camp sich extrem komisch aufführen, seit diese leisen Rufe zu hören sind?«

»Mit denen leg ich mich nicht an! Das kannst du vergessen.«

»Meinst du, ich?«

»Wir könnten die Bullen rufen. Anonym. Oder die Bergwacht.«

»Kein Handyempfang. Erst recht nicht, seit es so schüttet.«

»Fuck.«

»Wenn die drei Idioten rausfinden, dass wir –«

»Nee, Mann. Dann sind wir selber dran!«

»Man kann die Rufe bis ins Lager hören ...«

»Hm ... Ich denke ... Wir sollten ...«

Das Getuschel entfernt sich.

Der Wanderer weint. Verloren blickt er auf die traurig grinsenden, menschlichen Schädel um sich herum. Es sind viele, ein ganzer Haufen.

Dann schieben sich mehrere Bretter über das Loch, durch das er ein Stück grauen Himmel hat sehen können, und der Franzose verstummt.

Im Herbst 2002

»Hast du gehört? Das Oberarschloch vom Feriencamp ist mit einem geklauten Auto gegen einen Baum geknallt. War sofort hinüber.«

»Geschieht ihm recht.«

»Fuck, sprich nicht so laut! Wer weiß, wie sich so was auswirkt!«

Der erste Jugendliche senkt die Stimme: »Verdammt, ich glaub, das ist so eine Art Fluch! Wegen dem Franzosen – in dem Loch ... den wir nicht ...«

»Halt die Klappe! Den hat sicher noch jemand gefunden.«

»Und wenn nicht?«

»Kannst ja nachschauen!«

»Hast du sie noch alle? Keine zehn Pferde bringen mich jemals dahin zurück!«

»Na also! Das eine Arschloch ist gegen einen Baum gefahren, das andere bei einer Messerstecherei abgekratzt und das dritte hat sich totgesoffen. Geschieht ihnen recht, allen dreien! Vielleicht ist jetzt endlich Schluss damit.«

Die beiden Jugendlichen setzen ihre Bierflaschen an und nicken.

Ja. Vielleicht.

Die Autoren

Sascha Berst-Frediani
Jahrgang 1964, ging in Deutschland und Italien zur Schule, um anschließend in Deutschland und Frankreich zu studieren, und zwar Jura und Germanistik. In Freiburg als Anwalt niedergelassen, ist er 2008 mit dem historischen Roman »Mord im Garten des Sokrates« bekannt geworden. 2013 erhielt er den Freiburger-Krimipreis, 2014 erschien sein Justizroman »Fehlurteil«, dessen Veröffentlichung in Spanien und Lateinamerika für das Jahr 2015 angekündigt ist.

Victor Boden
Geboren 1958 in Dresden, aufgewachsen in und um München, war 15 Jahre als gelernter Modellbauer tätig, bildete sich nebenbei autodidaktisch zum Graphiker aus, veröffentlichte zwischen 1986 und 1991 Comic-Storys unter anderem beim alpha-Verlag, illustriert seit 1996 Familienspiele hauptsächlich beim Zoch-Verlag, wohnt seit 25 Jahren in Freiburg und beschäftigt sich seit kurzem wieder mit dem Schreiben.

Helmut Ehls
wurde 1958 in Freiburg geboren, wohin es ihn nach sieben Jahren Berlin (Publizistikstudium, Taxifahren, Amateurfilme) wieder zurückgeführt hat. Freiberufliche Tätigkeit als Journalist und Lektor. Ausgleichende Interessen für Kino, Pop, Literatur. Veröffentlichungen in Anthologien und Magazinen, zuletzt in Phantastischer Oberrhein (Schillinger Verlag).

Thomas Erle
geboren in Schwetzingen, studierte Mathematik, Sport und Waldorfpädagogik in Heidelberg und Stuttgart. Er lebt und arbeitet in Emmendingen. Neben Musik und Literatur gilt seine Liebe dem Schwarzwald. In den letzten Jahren veröffentlichte er zahlreiche Kurzkrimis in verschiedenen Anthologien. Mit der Geschichte »Der Mann auf der Brücke« gehörte er 2010 zu den Siegern beim ersten Freiburger Krimipreis. 2011 wurde »Der Zauberlehrling« für den renommierten Agatha-Christie-Preis nominiert. Sein Debütroman »Teufelskanzel« erschien 2013 und wurde zu einem Überraschungserfolg. Der Nachfolgeband »Blutkapelle« ist seit Kurzem erhältlich. Thomas Erle ist Mitglied im »Syndikat«.
www.thomas-erle.de

Anne Grießer
aufgewachsen im Odenwald, studierte Ethnologie, Volkskunde und Germanistik, bevor sie auf die schiefe Bahn geriet. Nach einigen Ausflügen ins seriöse Berufsleben schwingt sie heute in Freiburg als Autorin (Kurzgeschichte, Roman, Hörspiel, Theater), Herausgeberin und Krimi-Entertainerin die Feder und so manches blutige Theaterrequisit.
Sie ist Mitglied bei den »Mörderischen Schwestern« und im »Syndikat«.
Zuletzt erschienen im Wellhöfer Verlag der Krimi »Die tote Spur« und im Sutton Verlag der historische Roman »Das Heilige Blut«.
www.anne-griesser.de

Birgit Hermann
1962 im tiefsten Schwarzwald geboren und auch dort hängengeblieben. Lebt in Titisee-Neustadt, wo sie hauptbe-

ruflich in einem klinisch-chemischen Labor diversen Erkrankungen auf der Spur ist. Freiberuflich heftet sie sich gerne an die Fersen historischer Figuren der Region, bis der Wald nach und nach seine finsteren Geheimnisse preisgibt. Nachzulesen in den Romanen »Die Apfelrose«, »Der Ferman«, »Geigenholz«, oder zuletzt in dem Kurzkrimi »Kleinkunstfestival« im Rahmen des Freiburger Krimipreises 2013. Ein Freilichttheater wurde ebenfalls von ihr inszeniert, aktuell entsteht ein historischer Krimi. www.birgit-hermann.de

Volker Hesse

wurde 1968 im ostwestfälischen Detmold geboren und wuchs in Merlsheim am Teutoburger Wald auf. Sein Beruf führte ihn kreuz und quer durch Deutschland.
Vor ein paar Jahren haben seine Frau und er ihre Heimat in dem von Weinreben umgebenen Wettelbrunn nahe der malerischen südbadischen Stadt Staufen gefunden und fühlen sich dort sehr wohl. Seit seiner Kindheit spielen Bücher eine wichtige Rolle im Leben des Autors.
Mit »Der 7. Lehrling« (Jugend / Fantasy) hat alles angefangen, der Roman ist als eBook und auch gedruckt erhältlich, eine Fortsetzung ist in Arbeit.
Mit »Die Johannes-Buche« veröffentlicht er bereits seine vierte Kurzgeschichte im Wellhöfer-Verlag. www.volker-hesse.de

Renate Klöppel

ist promovierte Ärztin für Kinderheilkunde, außerdem Diplommusiklehrerin. Nach vier Fachbüchern wechselte sie 1999 zur Belletristik und schrieb unter anderem sechs Krimis, in deren Mittelpunkt der Freiburger Professor Alexander Kilian steht. 2003 war sie Stipendiatin des Förderkreises Deutscher Schriftsteller in Baden-Württemberg. Für die bei Rowohlt erschienene Biographie »Die Schattenseite des Mondes: Ein Leben mit Schizophrenie« erhielt sie 2007 den Horst Joachim Rheindorf-Literaturpreis. Renate Klöppel lebt seit 2007 als freie Schriftstellerin in Freiburg. Unter dem Titel »Stumme Augen« erscheint im März 2015 ihr neuester Kriminalroman.

Susanne Kraft
wurde 1975 in der Nähe von Bonn geboren und studierte in Nordrhein-Westfalen Mathematik, Chemie und Geschichte auf Lehramt. Nach dem Studium war sie drei Jahre lang im Norden Deutschlands als wissenschaftliche Mitarbeiterin im Fachbereich Chemie an der Universität Oldenburg tätig, bevor sie zum Referendariat nach Heidelberg kam. Seit 2006 lebt sie nun in Südbaden und unterrichtet an einem Gymnasium im Markgräflerland.

Bernadette Kuner
geboren 1976 in Furtwangen im Schwarzwald. Nach dem Abitur Ausbildung zur Krankenschwester, danach Studium der Germanistik und Mittelalterlichen Geschichte.
Lebt und arbeitet mit ihrem Mann und zwei Kindern in Freiburg. Schreibt seit 2012. Endlich. Davor 34 Jahre Ideen hamstern. Am liebsten schreibt sie Geschichten über die skurrilen Dinge, die ganz normale Menschen so tun und erleben.

Ralf Kurz
ist seit seinem Debütroman »Sdaiv – Die Entführung der Fußball-Nationalmannschaft« (2005) als freier Autor tätig. Bisher hat er neben einigen Kurzgeschichten und einem Bühnenstück insgesamt zehn Romane unterschiedlicher

Genres veröffentlicht, von der Liebeskomödie über den historischen Porträtroman bis zum Gesellschaftsdrama. Die Hälfte seiner Werke sind jedoch Kriminalromane. Im Südwesten Deutschlands erreichte Kurz einige Bekanntheit mit seiner Kommissar-Bussard-Reihe, deren vierter Band »Kopf oder Zahl« auf der Frankfurter Buchmesse 2014 präsentiert wurde. Weitere Infos über den Autor und seine Bücher gibt es unter www.ralf-kurz.de.

Anna Monte

Die in Freiburg lebende Zeichnerin, Jahrgang 1989, bekam dank einer anregenden Begegnung den Gedankenanstoß, ihren Kugelschreiber nicht ausschließlich für zeichnerische Phantasmen, sondern ebenfalls für das geschriebene Wort zu nutzen. Mehr bedarf es wohl nicht.

Sarah Geraldine Nisi

geboren in Hildesheim, MA in Creative Writing, Wirtschaftsjuristin, hat viele Jahre in Düsseldorf gewohnt. Zurzeit lebt und arbeitet sie in London.

Ihre Leidenschaft für das Schreiben hat sie schon als Kind entdeckt und ausgelebt. In den letzten Jahren erfolgten zahlreiche Veröffentlichungen ihrer Kurzgeschichten in Anthologien verschiedener Verlage. Sie gewann den zweiten Platz beim Agatha-Christie-Krimipreis 2014 und ist Mitglied bei den »Mörderischen Schwestern e.V.«

Sonja Pöhlitz

wurde 1969 in Orsoy am Niederrhein geboren. Zum Studium der Sozialpädagogik zog sie nach Freiburg, wo sie bis heute lebt. Seit Abschluss des Studiums arbeitet sie in einer Kinder- und Jugendpsychiatrie im Schwarzwald, in eben der, in der sich die rätselhaften Ereignisse um »Charlotte« abspielten.

Das Schreiben ist seit Jahren ein fester Bestandteil in ihrem Leben. Schon als Kind las sie viel und schrieb Kindergeschichten, später Kurzgeschichten für Erwachsene. Die Autobiografie von Astrid Lindgren inspirierte sie zu ihrem ersten Jugendroman. Sie ist Mitglied des Freiburger Literaturbüros und verschiedener Autorengruppen.

Hans Peter Roentgen
hat lange in der Computerbranche gearbeitet und Sachbücher geschrieben. Seit über zwanzig Jahren beteiligt er sich an Schreibseminaren und Diskussionsforen. Beim größten deutschen Autorennewsletter »The Tempest« war er von Anfang an als Redakteur dabei. Daraus entstanden zwei Schreibratgeber: »Vier Seiten für ein Halleluja« und »Drei Seiten für ein Exposé«. Ein Freiburg Krimi »Der Plotter« wurde im Conteverlag veröffentlicht. Er ist Mitglied im Verband deutscher Schriftsteller (VS) und dem Syndikat (Verband deutschsprachiger Krimischriftsteller) und dem Autorenforum Montsegur. Mit seiner Frau wohnt er hoch über den Dächern Freiburgs.
Homepage: www.hproentgen.de.

Alexa Rudolph
arbeitete von 1986 bis 2006 als freischaffende Malerin, stellte regelmäßig aus und hatte zahlreiche Auftritte als Performerin. Seit 2006 schreibt und publiziert sie Erzählungen, Kurzgeschichten, Lyrik. Zurzeit arbeitet sie an ihrem zweiten Roman. Sie selbst sagt dazu: "Auf der Suche nach neuen künstlerischen Herausforderungen und Ausdrucksmöglichkeiten habe ich mich für das literarische Schreiben entschieden und damit eine Form gefunden, die mich über mein Anliegen als Malerin hinausgehen lässt."
Alexa Rudolph lebt in Freiburg. www.alexa-rudolph.de

Christoph Rück
wurde 1960 in Gießen geboren. Nach dem Abitur war er als Globetrotter unterwegs: Fahrradtour ums Mittelmeer, Olivenpflücker in Griechenland, Deutschlehrer in Damaskus, Erntehelfer auf Sizilien. Seit Mitte der 80er Jahre lebt er in Freiburg und arbeitet zurzeit für ein Touristikunternehmen.

Barbara Saladin
wurde an einem Freitag, den 13. im Jahr 1976 geboren und lebt im Kanton Baselland, wo sie als freie Journalistin, Auftragstexterin und Autorin arbeitet. Die literarischen Tatorte ihrer Kriminalromane und Kurzgeschichten befinden sich schwerpunktmäßig an der rauen Nordseeküste und im Nordwestschweizer Jura. Mit Unheimlichem, Gespenstischem und Sagenhaftem hat sie als Drehbuchautorin und Filmprojektleiterin des ersten Oberbaselbieter Kinofilms »Welthund« reichlich Erfahrung gesammelt.
www.barbarasaladin.ch

Regina Schleheck
geboren 1959, nach Kindheit in Köln, Studium in Aachen und Familienzeit in Herford seit 1996 in Leverkusen wohnhaft, ist hauptberuflich Oberstudienrätin an einem Berufskolleg, daneben freiberufliche Referentin, Autorin, Lektorin, Herausgeberin und fünffache Mutter. Seit 2002 veröffentlicht sie – schwerpunktmäßig im Bereich Kurzprosa und Hörspiel. Die vielfach ausgezeichnete Autorin – u.a. mit dem Deutschen Phantastikpreis für ein Hörspiel und dem Friedrich-Glauser-Preis in der Sparte Kurzkrimi – ist Mitglied im Netzwerk der »Mörderischen Schwestern« und im »Syndikat«.
www.regina-schleheck.de

Ursula Schmid-Spreer
Lehrerin im Gesundheitsbereich, zahlreiche Veröffentlichungen in Anthologien, Fernseh- und Rundfunkzeitschriften. Bertaluise Nürnberger ermittelt in »Die Nürnbergerin« und »Der Tote vom Silbersee«, (Mit-)Herausgeberin von 10 Krimi-Anthologien, Mitarbeiterin bei »The Tempest«, Organisatorin von Seminaren und dem Nürnberger Autorentreffen, Mitglied bei den »Mörderischen Schwestern« und im »Syndikat«
www.schmid-spreer.de

Sylvia Schmieder
ist 1966 in Frankfurt am Main geboren und dort sowie bei München aufgewachsen. Studium der Germanistik, Musikwissenschaft und Philosophie in Freiburg, Abschluss MA. Sie war mehrere Jahre als Werbetexterin tätig, dann als freie Journalistin und in der Presse- und Öffentlichkeitsarbeit. Heute ist sie in einem Sozialunternehmen als PR-Fachkraft angestellt und lebt mit Partner und Katze in Freiburg.
Literarisches schreibt sie, seit sie schreiben kann – je nach Zeit und Zuversicht mehr oder weniger intensiv. Momentan arbeitet sie an einem Roman.

Rainer Schorm
geboren 09.08.1965 in Wehr. Jurastudium an der Universität Freiburg. 1987 erste Publikation einer Kurzgeschichte. 1988 Wechsel zum Studium der Visuellen Kommunikation. Seit 1995 freiberuflich als Grafik-Designer. Referent für Öffentlichkeitsarbeit.
2008 Nominierung für den Deutschen Phantastik-Preis (Grafik). Mitglied der Autorengruppe »Phantastischer Oberrhein«.

2011 erschien »In Freiburgs Schatten« im Verlag Schillinger. Zahlreiche Kurzromane unter Pseudonym. Publikationen in den »Phantastischen Miniaturen« der »Phantastischen Bibliothek Wetzlar«; Ausstellung »Genius Loci« 2014 Autor für PERRY RHODAN NEO.

Michael Tillmann
wurde im Sommer der Liebe 1969 in der ehemaligen Bergbaustadt Gelsenkirchen geboren. Nach einer Ausbildung zum Elektriker absolvierte er die Abendschule. Zusätzlich verpflichtete er sich für acht Jahre im Katastrophenschutz. Es folgten Studien zur Ökologie, welche er als Dipl.-Umweltwissenschaftler abschloss. Heute arbeitet er als Qualitäts-/Umweltmanager. Tillmann hat ca. 50 Erzählungen in einschlägigen Phantastikpublikationen veröffentlicht, aber auch Social Beat in Obdachlosenmagazinen und Jugendgeschichten bei BELTZ/GULLIVER. Bei MEDUSENBLUT sind zwei Bücher erschienen »Ein Gänsekiel aus Schwermetall. Heavy-Metal-Phantastik« (2010) und »Schatten suchen keine Ewigkeit. Postmoderne Gespenstergeschichten« (2013). 2012 war er mit »Das Himmelreich der Autisten« für den Vincent Preis nominiert.
www.michaeltillmann.de

Sibylle Zimmermann
wurde in Freiburg geboren, studierte in Tübingen, arbeitete als Schäferin in Israel, als Biologin im Pharma-Management bei Salzburg und in München, als Uni-Dozentin und Multimedia-Drehbuchautorin in Australien, als Wirtschaftsinformatikerin in Berlin, und sah schließlich ein, dass sie sich eigentlich nur für Schreiben so richtig interessiert. Seither schreibt sie als Redakteurin und Autorin und lehrt als gelernte Schreibpädagogin kreatives Schreiben an

der Uni Freiburg und im von ihr gegründeten Zentrum für Schreibtraining (kreatives-schreibtraining.de). Auszeichnungen: Agatha-Christie-Preis, Nominierung zum Friedrich-Glauser-Preis und zum Deutschen E-Book-Preis.

Regional-Krimis

Breisgauner

Anne Grießer (Hrsg.) – 280 Seiten, Euro 11,90

Das liebliche Markgräfler Land, die geheimnisvollen Täler des Schwarzwaldes, die malerischen Städte Freiburg, Emmendingen und Waldkirch – sie alle werden Schauplätze von mörderischen Geschichten. Begleiten Sie 26 bekannte Autorinnen und Autoren auf einer kriminellen Reise durch die Regio. Lesen Sie, wie der Münsterturm über Nacht verschwinden konnte, was es mit einem schlecht riechenden Beifahrer im Höllental auf sich hat, warum ein kopfloser Schimmelreiter in Breitnau sein Unwesen treibt und wie eine harmlose Regiokarte zur tödlichen Falle werden kann.

Die tote Spur

von Anne Grießer – 320 Seiten, Euro 11,90

Bei den Freiburger Privatdetektivinnen Myriam Schultz und Katrin Hellriegel hängt der Haussegen schief. In der Kasse herrscht Ebbe, die Auftragslage ist miserabel, die Zukunft ungewiss. Da kommt die aufgetakelte Dame, die ihren edlen Greyhound vermisst meldet, gerade recht. Besonders als sie ihr dickes Scheckbuch zückt.

Doch schon bald stellt sich heraus, dass nicht nur der Windhund spurlos verschwunden ist, sondern auch ein junges Mädchen, das keiner zu kennen scheint.

www.wellhoefer-verlag.de

Toni Feller im Wellhöfer Verlag

Die Sünde

von Toni Feller
400 Seiten, Euro 9,95

Ein abgetrennter Zeigefinger, mysteriöse Botschaften. Alles andere als ein klassischer Entführungsfall. Der kauzige Kriminalhauptkommissar Nawrod und die junge türkische Kommissaranwärterin Nesrin Yalcin tappen im Dunkeln.
Der Fall nimmt ein ungeheures Ausmaß an, nachdem ein zweites Opfer entführt und verstümmelt wird. Die Nachforschungen führen bis in die höchsten Kreise der katholischen Kirche. Tiefste Abgründe und eine Mauer des Schweigens stellen das Ermittlerteam vor eine kaum lösbare Aufgabe. Als Nawrod selbst zur Zielscheibe des Täters wird, kommt es zu einem gnadenlosen Showdown.